BASTEI
LÜBBE

Peter Danzinger

Die gefiederte Schlange

Historischer Roman

BASTEI LÜBBE

BASTEI LÜBBE TASCHENBUCH
Band 14577

Erste Auflage: Juli 2001

Vollständige Taschenbuchausgabe

Bastei Lübbe Taschenbücher ist ein Imprint
der Verlagsgruppe Lübbe

Originalausgabe

Lektorat: Karin Schmidt
Umschlaggestaltung: Tanja Diekmann
Titelbild: Archiv für Kunst & Geschichte, Berlin
Satz: hanseatenSatz-bremen, Bremen
Druck und Verarbeitung: Ebner Ulm
Printed in Germany
ISBN 3-404-14577-1

Sie finden uns im Internet unter
http://www.luebbe.de

Der Preis dieses Bandes versteht sich einschließlich
der gesetzlichen Mehrwertsteuer.

DENEN VON CHIAPAS

Die Völker aus all den Teilen Westindiens, in die wir eingedrungen sind, haben das Recht, gegen uns Krieg zu führen und uns auf dem ganzen Erdenrund zu vernichten, und dieses Recht behalten sie bis zum Jüngsten Tag.

Bischof Bartolomé de Las Casas
(1474-1566)

PROLOG

So zahlreich die Wendungen auch sein mögen, die das Leben nimmt, am Ende erscheint es uns doch als eine vorgezeichnete Bahn, die wir beschritten, und selbst die wunderlichsten Ereignisse, die uns widerfahren, fügen sich im Rückblick nahtlos ins Ganze ein und gehören zu uns wie die freudigsten Momente oder solche tiefsten Schmerzes. Und dann stehen wir staunend vor dem Spiegel unserer Erinnerungen und sehen uns darin mit schlafwandlerischer Sicherheit jene Dinge tun, die wir später zu einem großen Entwurf, zu einem Weltenplan gehörend erkennen werden; und selbst wenn wir dessen Existenz nie in Zweifel zogen, so hätte es uns im jeweiligen Augenblick gewiß verblüfft und wohl auch überfordert zu erfahren, *was* zu tun wir im Begriffe sind. Die Rolle, die mir darin zukam, war nicht eben die ruhmreichste, ja nicht einmal die rühmlichste, doch außergewöhnlich allemal.

1489 in Andalusien geboren, zähle ich heute fünfunddreißig Jahre, indes ist mein Haar bereits aschgrau wie das eines Greises, und ich gehe gestützt auf einen Stock infolge einer Verletzung, die ich in einer Schlacht davontrug und die das linke Bein hat steif werden lassen. Die ehrbarsten Männer ziehen den Hut vor mir, und hinter meinem Rücken flüstern sie sich meinen Namen zu: Gerónimo de Aguilar. Ach, *der*! Eine Berühmtheit, ja, aber um welchen Preis. Und mir liegt nichts daran, zumal ihre Achtung nicht mir gilt, sondern dem, den sie aus mir gemacht haben. Ich erkenne mich in ihm nicht wieder. Für die Leute freilich ist er wirklicher, als ich selbst es bin, und so existiere ich nur noch als die Schattengestalt eines Namens, der die Person bereits zu deren Lebzeiten hinter sich gelassen hat. Mitunter kommen mir die seltsamsten Geschichten zu Ohren, und erst nach einer Weile begreife ich, daß da von mir die Rede ist. Ich habe es aufgegeben, mich auf Debatten einzulassen. Was nützt es zu widersprechen, wenn alle Welt behauptet, daß es aber wirklich so war, und ich könne mich wohl nur nicht mehr daran erinnern. Sie lieben ihre Geschichten – und wen interessiert schon die Wahrheit. Oh, gewiß, ein großes Wort, und, nein, auch hierin wird man nur eine Geschichte finden, jedoch eine aus erster Hand, welche davon berichtet, wie es mich in ein fremdes Land verschlug und in die Stadt der Morgendämmerung, die zu jenem Reich gehörte, über das einst ein mächtiger König herrschte. Man nannte ihn *Die gefiederte Schlange*.

Erster Teil

Wie ich ins Kloster kam

Die Neue Welt! Wann und zu welcher Gelegenheit dieser Ausdruck zum ersten Mal gebraucht wurde, das zu klären sei Berufeneren, als ich es bin, vorbehalten; gewiß aber lag es am Klang der Verheißung, daß er bald in aller Munde war. Hatte ehedem der Krieg mit den Mauren Kastilien jahrzehntelang in Atem gehalten, so bot die Nachricht von der Entdeckung Westindiens dem Volk Gelegenheit, sich Luft und seiner Klatschsucht neue Nahrung zu verschaffen; denn das erste, was die Neue Welt lieferte, war schier unerschöpflicher Gesprächsstoff. Man berichtete die wunderlichsten Dinge von den Ländern jenseits des Ozeans, erzählte von seltsamen Tieren und von Ungeheuern, die dort hausten, aber auch von unermeßlichen Reichtümern und vom Gold, das man nur einzusammeln brauchte. Die grellsten Blüten freilich – wenn auch nur solche eines unausrottbaren Unkrauts – trieb die Phantasie des Volkes, wenn es auf die Bewohner dieser Länder zu sprechen kam. Von Wilden war die Rede, die herumliefen, wie Gott sie geschaffen hatte, von Völkern, die den Kopf unterm Arm trugen, vom Kannibalismus, den sie trieben, und von den Menschenopfern, die sie zur Verehrung der Götzen brachten, die sie anbeteten. Allerorts konnte man Berichte von Seefahrern hören, die behaupteten, dort gewesen zu sein und mit eigenen Augen gesehen zu haben, was sie in Schenken oder auf Jahrmärkten gegen das Entgelt von einigen Bechern Wein zum besten gaben, und mit jedem klangen ihre Erlebnisse noch abenteuerlicher und phantastischer, und die Zuhörer dankten es ihnen gleich mit dem nächsten. Die Menschen konnten sich nicht satt hören an diesen Geschichten; Wissen, oder jedenfalls das, was man dafür hielt, war zur Mode geworden. Und da nunmehr auch für das einfache Volk erschwinglich, steckte sich ein jeder den Ruhm der verwegensten Landsleute gleich selbst an den Hut, während sich die Schankwirte herablassend gaben, daß man hätte meinen können, die Admiräle sämtlicher Weltmeere gingen bei ihnen ein und aus – und ich, ein einfältiger und leichtgläubiger Bursche, war geneigt, jeden Seemann für einen solchen zu halten.

Ich entstamme einer in Écija ansässigen Kaufmannsfamilie, die es über mehrere Generationen zu hohem Ansehen und zu nicht unbeträchtlichem Reichtum gebracht hatte. Von den fünf Geschwistern, die wir zählten, war es mir als dem zweitgeborenen der beiden männlichen Nachkommen bestimmt, Geistlicher zu werden, und so gab man mich in die Obhut der Franziskaner, damit ich eine christliche Erziehung erfahre und beizeiten lerne, ein wahrhaft gottgefälliges Leben zu führen. Bei allen Irrungen, welchen ich seither erlegen bin, ist dies stets das Ziel meines Strebens geblieben. Das Wenige, das ich besaß, behielt der Verwalter ein, dem man mich an der Pforte des Klosters anvertraut hatte, und mit den Attributen meiner Herkunft legte ich auch die Kindheit ab, übersprang die Jugend und war unversehens zu einem milchbärtigen Greis in einem Mönchsgewand geworden, in das ich erst hineinwachsen mußte.

Das Leben im Kloster war hart und entbehrungsreich. Die Fratres unterrichteten uns Novizen mehr im Verzicht als in der Theologie, und so sich einer nicht gelehrig zeigte, brachte man ihm Genügsamkeit mit der Reitgerte bei. Ich nahm eins wie das andere mit Gleichmut hin und wohl auch ein wenig mit dem Hochmut dessen, der sich gewiß ist, noch Schlimmeres ertragen zu können. Und um den Bund mit Gott endgültig und unverbrüchlich zu besiegeln, legte ich, lange vor der Zeit, da ich die ersten Weihen empfangen sollte, ein Keuschheitsgelübde ab.

Über die Lage des Paradieses

Mit der Entdeckung Westindiens flammte unter den Gelehrten der Disput über die Frage auf, wo der Garten Eden gelegen habe, und die angesehensten unter ihnen vertraten die Ansicht, daß sich dieser in der Neuen Welt befand, die aufgrund des milden Klimas und der üppigen Vegetation als idealer Lebensraum galt. Zudem stimmten nach Meinung der Kartographen die landschaftlichen Gegebenheiten mit den Beschreibungen in der Heiligen Schrift überein. So sei etwa die Vielzahl der Inseln und Meeresbuchten eine Folge der Sintflut, die vieles für immer mit Wasser bedeckte, was zuvor Land gewesen war. Als sicherster Beweis aber galten uns Novizen Berichte über eine Baumart, die nirgendwo sonst wachse und die so herrliche Früchte trage, daß man nicht daran vorbeigehen könne, ohne eine zu pflücken, weshalb viele meinten, der Baum der Erkenntnis müsse von der gleichen Art gewesen sein. Daraufhin entspannen sich endlose Dispute darüber, ob, und wenn, wer den Garten Eden betreten dürfe, und ob jene, die von diesen Früchten aßen, den Sündenfall gleichsam erneuerten, was dann wohl abermals die Vertreibung aus dem eben erst wiedergefundenen Paradiese zur Folge hätte. So unterschiedlich die Meinungen dazu auch waren, ungetrübte Einigkeit herrschte im Wunsch, einmal einen Blick ins Paradies zu werfen. Um der Vorsehung ein wenig nachzuhelfen, traf ich für alle Fälle die nötigsten Vorkehrungen, legte mir Seekarten zu, nach denen, wie es hieß, selbst ein Blinder ein Schiff zu steuern vermöge, erwarb, was an Zeytungen[1] über die Neuen Spanien feilgeboten wurde, und war überzeugt, mit jeder dem Paradiese wieder einen Schritt nähergekommen zu sein. Und so las ich manche Elle Seemannsgarn auf und wob sie eifrig in das bunte Geflecht *allseits verbürgter* Fakten ein.

Wie ich zum ersten Mal eines Indios ansichtig wurde, der dann doch keiner war

Die Neue Welt hatte sich als sehr einträglich erwiesen, und so kam es, daß sie ein neues Gewerbe hervorbrachte. Zwar war das Risiko, in dieser Zunft Prügel zu beziehen, kaum geringer als im Gefolge irgendeines

[1] Ein-Blatt-Holzdrucke: Berichte über Entdeckungsfahrten, auf der Rückseite versehen mit nach mittelalterlichen Sujets angefertigten Darstellungen.

Maulhelden, deren sich unzählige in Westindien herumtrieben, doch das hielt freilich weder diesseits noch jenseits des Ozeans irgendwen davon ab, seine Haut zu verpfänden und um ihren Preis sein Glück zu versuchen. Das Volk indes wußte solchen Wagemut durchaus zu schätzen, und hatte sich die Empörung über einen entlarvten Betrüger erst einmal gelegt, so lief es dafür dem nächsten nur um so eifriger hinterher.

Als es hieß, in einer nicht eben wohl beleumundeten Schenke sei eine leibhaftige Rothaut zu besichtigen, strömten Frauen und Männer, Kinder und Greise, Bauern, Kaufleute, Gutsbesitzer und Mätressen dorthin, um endlich dieses Fabelwesens ansichtig zu werden. Ich zwängte mich an den Leuten vorbei, die mit gestreckten Hälsen am Eingang standen und den Wilden bestaunten, den man an eine Kette gelegt hatte, die wohl zehn Pferde nicht zu sprengen vermocht hätten. Der mit einer Peitsche bewehrte Schausteller warnte die Umstehenden, dem Indio nicht zu nahe zu kommen, und wie zur Bestätigung seiner Worte stieß der Gefangene einen so entsetzlichen Schrei aus, daß die Menge ängstlich zurückwich. Daraufhin warf ihm sein Bewacher ein Stück rohes Fleisch hin, das der Indio sogleich verschlang; und zum Dank dafür, daß er die zivilisierte Welt vor dieser Bestie beschützte, fielen dem tapferen Landsmann die ersten Münzen vor die Füße. Das löste seine Zunge, und er berichtete, der da sei keine gewöhnliche Rothaut, sondern der König einer westindischen Insel, wie man an den Federn erkennen könne, die er, von einem Lederriemen gehalten, auf seinem Kopf trug und die tatsächlich entfernt an eine, wenn auch etwas zerbeulte Krone erinnerten. Ein Indiokönig nehme das Zeichen seiner Würde niemals ab, erläuterte er, zumal es das einzige Attribut sei, durch das er sich von seinen Untertanen unterscheide, die, so wie er selbst, völlig nackt herumliefen. Da man den anwesenden Damen diesen Anblick indes ersparen wolle, habe man ihm die Hose eines vom König höchstselbst zum Frühstück verspeisten Seemannes angezogen. Einige von dieser Rücksichtnahme Betroffene äußerten daraufhin den Wunsch, daß sie, wennschon – dennschon, die Rothaut in natura zu besichtigen begehrten. Ihre Zurufe gingen jedoch im Geprassel des einsetzenden Geldregens unter, der sich in Würdigung seines Anstandes über den Schausteller ergoß.

Die Sache stellte sich bald als Schwindel heraus; der angebliche König einer westindischen Insel erwies sich als Maure, der ehedem als vagabundierender Händler durch die Lande gezogen war. Man verabreichte den beiden einen gehörigen Denkzettel und warf sie aus der Stadt. Der Schankwirt indes behielt die Federkrone ein und behauptete fortan, diese stamme vom Großkönig der Indios; und nicht einmal jenen, die um die wahre Herkunft des Federschmucks wußten, wäre es in den Sinn gekommen, dessen Echtheit anzuzweifeln.

Von verruchten Stätten, über das Laster der Neugier und welche Unbill mir daraus erwuchs

Denn trotz des Verbots und der Androhung der schlimmsten Strafen trieb mich die Neugier wieder hierher, an diesen Ort der Laster und der Versuchungen, von welchen die Novizen fernzuhalten sich die Fratres zur Lebensaufgabe gemacht hatten. Doch da mein Interesse geistiger Natur und ich für andere Verlockungen unempfänglich war, nahm ich mich stillschweigend von dem Verbot aus, und wann immer ich unter irgendeinem Vorwand die Erlaubnis erhielt, das Kloster zu verlassen, lauschte ich den Geschichten der Seefahrer und Vagabunden. In den hintersten Winkel gedrückt, hockte ich dann stundenlang da und hielt den Blick gesenkt, als hoffte ich, blind für meine Umgebung, dadurch meinerseits unbemerkt zu bleiben. Die Ohren aber sperrte ich auf, damit mir nur ja keine Silbe entgehe. Es waren die merkwürdigsten Dinge, die man sich hier über die Länder Westindiens erzählte. Man stellte sich die Neue Welt in vielerlei Hinsicht als den Gegensatz der Alten vor, und manches von dem, was hierzulande als gottgegeben und für so sicher wie das Amen im Gebet erachtet wurde, habe dort keineswegs mehr Gültigkeit. Wasser etwa, hieß es, fließe südlich des Äquators hinauf, weshalb sich die Indios flußaufwärts treiben ließen, während sie flußabwärts gegen die Strömung anzukämpfen hätten. Ebenso verhielte es sich mit den Himmelsrichtungen, und man behauptete, daß für den, der das Südmeer[1] befahre, die Sonne im Westen aufgehe und abends im Osten versinke. Und die Umkehrung dessen, was für unsereinen selbstverständlich sei, setze sich auch in der Lebensweise der

[1] Aguilar verwendet diesen Begriff hier falsch, denn als Südmeer bezeichnete man jenen Ozean, dem erst Magellan den Namen Pacifico, *der Friedvolle*, gab, und nicht, wie uns der Erzähler glauben machen will, die Meere südlich des Äquators.

Indios fort, die keineswegs den klügsten Menschen die größte Achtung erwiesen, sondern den dümmsten und närrischsten, weshalb ein Verrückter die besten Aussichten habe, zum König ernannt zu werden. Nur schade, meinte daraufhin die Köchin Doña Luisa, daß dies nicht auch in Spanien der Brauch sei, sie wüßte da gleich mehrere, die als Thronanwärter in Frage kämen.

Hier also fand meine Phantasie die Nahrung, nach der sie verlangte; doch selbst das, wovon wir den größten Nutzen haben, fordert mitunter höheren Tribut, als es uns lieb ist – und dann kann von Glück reden, wer noch einmal ungeschoren davonkommt.

Als ich mich eines Tages gerade auf den Rückweg zum Kloster machen wollte, geriet ich unversehens inmitten des oftmals recht zügellosen Treibens. Einige Frauen umkreisten mich und wiegten sich aufreizend im Takt des Liedes, das die Tochter des Wirts auf einer Flöte spielte. Und wie der Vorbote einer ob solcher Unzüchtigkeit aus den Fugen geratenden Welt, schwankte ein Mönch der Abtei zur Tür herein, stolperte, seines massigen Leibes kaum mehr Herr, die Treppe herunter und steuerte eben auf den Schanktisch zu, als sein Blick auf mich fiel. Er blieb so abrupt stehen, daß er Mühe hatte, das Gleichgewicht zu halten, und wischte sich über die Augen, als gelte es, ein Trugbild zu verscheuchen. Plötzlich stieß er einen Schrei aus, und schon sah ich ihn mit heftigen Armbewegungen sich einen Weg durch die Menge bahnen. Unfähig, mich von der Stelle zu rühren, harrte ich des Unheils, das, seinen Drohungen nach, gleich über mich hereinbrechen werde. Schon war er nur noch eine Armlänge von mir entfernt, schon streckte er seine drallen Finger nach mir aus, während seine Ausdünstungen mir ohnedies bereits den Atem raubten, da fühlte ich plötzlich eine Hand in der meinen, und noch ehe mich der Mönch zu fassen bekam, riß sie mich fort, zog mich hinter den Schanktisch und einen schmalen finsteren Gang entlang, und von dort über eine Leiter und durch eine Mauerluke ins Freie. Doch als ich in den von windschiefen Baracken umgebenen Hof hinaustrat, war meine Retterin verschwunden; und noch während ich nach ihr Umschau hielt, setzte die Musik wieder ein, und der Klang der Flöte drang aus dem Gewölbe herauf, begleitet vom rhythmischen Stampfen eines sich zur Raserei steigernden Tanzreigens.

Ich ließ mir diesen Vorfall eine Warnung sein und kehrte nie mehr dort ein. Und obwohl mein Leben dem glich, das ich davor geführt hatte – die Unbeschwertheit früherer Tage wollte sich nicht mehr einstellen. Ich vermißte diese fremde, verbotene Welt, kaum eine Stunde Wegzeit vom Kloster gelegen, und trotzdem mit einem Mal wieder so fern, als läge sie jenseits des Ozeans.

Der Mönch, in dessen Fänge ich um ein Haar geraten wäre, kam bald darauf durch einen Sturz ums Leben. Man fand ihn am Fuße eines Abhangs in der Nähe des Klosters. Es hieß, er sei in der Nacht vom Weg abgekommen. Einige behaupteten, er wäre gewiß betrunken gewesen, andere wiederum meinten, da müsse schon jemand nachgeholfen haben. Und obgleich niemand zu sagen wußte, woher dieses Gerücht stammte, war noch lange davon die Rede, wer es auf ihn abgesehen haben könnte.

Von großen Plänen, hehren Zielen, und wie es kam, daß ich trotzdem nicht Priester wurde

Man sagte mir eine vielversprechende Laufbahn voraus. Der Klerus, hieß es, wisse Leute zu schätzen, die sich durch Disziplin und Gehorsam hervortäten, statt sich in der zweifelhaften Tugend sophistischer Redegewandtheit zu üben, wodurch man nur allzu oft die Untugend der Geschwätzigkeit zu bemänteln trachte. Doch ob ich tatsächlich der mustergültige Novize sei, der ich nach außen hin war, schien weder für die Patres noch, in deren Meinung, für Gott von Belang. Man teilte mir mit, daß man mich in die Hauptstadt zu entsenden gedenke, wo die größten Gelehrten unserer Zeit den geistlichen Nachwuchs des Landes in der Theologie und in der Naturwissenschaft unterwiesen, und ich malte mir aus, daß ich nach Jahren eingehender Studien den Auftrag erhalten würde, mich auf die Suche zu machen und endgültig die Lage des Paradieses zu bestimmen – da erreichte mich die Nachricht, daß mein Bruder auf einer Handelsreise den Tod gefunden hatte und daß nun ich seine Stelle an der Seite des Vaters einnehmen und dereinst dessen Erbe antreten sollte. Ich bekundete, meine Entscheidung stehe fest, Geistlicher wollte ich werden, und wenn es sein müsse, auch gegen den Willen des Vaters, doch die Patres wiesen mich zurecht und sagten, daß der Weg zum Priesteramt nicht über den Ungehorsam wider den Vater führen dürfe, und überdies habe man bereits einen Nachfolger bestimmt, der an meiner Statt entsandt werden solle.

Jahre später begegnete ich diesem in Mexico wieder. Er hatte inzwischen geistliche Würden erlangt und genoß bei Spaniern und Indios gleichermaßen hohes Ansehen, und so war ich versucht, in ihm mich selbst zu sehen und den, der ich vielleicht geworden wäre, indes ohne Bedauern, ohne eine Spur von Reue.

Von großen Plänen, hehren Zielen und manches andere wie vorher

Man hatte dafür Sorge getragen, daß ich neue Kleider und ordentliches Schuhwerk erhielt, und als ich in dieser Tracht vor die Novizen trat, um von ihnen Abschied zu nehmen, wichen sie scheu zurück und schlugen die Augen nieder. Auf dem Weg zur Stadt hinunter wandte ich mich nicht ein einziges Mal um.

Ich kam eben hinzu, als auf dem Marktplatz zwischen Händlern, Bauern und Handwerkern, die ihre Waren anpriesen, ein junger hochgewachsener Mann eine Stute zum Kauf feilbot. In ganz Spanien, sagte er, werde man kein Pferd finden, das sich an Schnelligkeit und Ausdauer mit diesem messen könne. Warum er es denn verkaufe, wenn es so unvergleichlich wäre, wurde er gefragt, worauf er unverblümt eingestand, daß seine Mittel erschöpft seien und daß er sich mit dem Erlös, ganz gleich wieviel es sei, in die Neue Welt aufmachen werde, um die Güter wiederzugewinnen, die sein Oheim, der ihn nach dem Tode der Eltern an Sohnes Statt bei sich aufgenommen hatte, eines wütenden Geschicks wegen verlor.

»Wie steht es mit Euch, junger Herr«, wandte er sich

an mich, »meint Ihr nicht, daß Ihr der richtige Mann wärt, ein Pferd zu reiten, dessen sich ein Fürst nicht zu schämen brauchte?«

Ich erwiderte, daß meine Mittel die seinen wohl kaum überstiegen und daß ich ihm für seine Unternehmung kaum mehr als die besten Segenswünsche mitzugeben vermöge. Aus dem rechten Munde seien auch solche Goldes wert, gab er zurück, und tatsächlich fand sich ein Käufer, der für das Pferd eine ansehnliche Summe bot, und so war der Handel beschlossene Sache.

»Hier, Euer Anteil«, sagte er, nachdem er das Geld in Empfang genommen und sich die Menge zerstreut hatte. »Ohne Eure Mithilfe wäre es mir nicht gelungen, einen solchen Batzen Geld für die alte Schindmähre herauszuschlagen.«

»Aber Ihr selbst habt doch eben noch den edlen Wuchs dieses Pferdes gepriesen«, wandte ich ein.

»Glaubt mir, nur selten ist, was uns edel erscheint, es auch dem Wesen und nicht nur den Worten nach. Doch wenn Worte zu adeln vermögen, so ist dieser Mann nun tatsächlich stolzer Besitzer eines der edelsten Pferde Spaniens, und er kann mit dem Handel ebenso zufrieden sein wie wir. Nehmt das Geld, Ihr habt es Euch verdient.«

Ich entgegnete, wiewohl die Mönche, von welchen ich erzogen worden sei, dies als Sophismus abtun würden, hätten sie mir nicht beigebracht, solcher Beweisführung etwas entgegenzusetzen – das Geld aber wolle ich dennoch nicht annehmen. Wir machten uns bekannt, und jeder bezeichnete die Gegend, aus welcher er stammte, und es ergab sich, daß meine Vaterstadt am

Wege nach dem Hafen lag, von dem aus er die Überfahrt anzutreten gedachte. Wenn ich also nichts gegen Reisebegleitung einzuwenden hätte, könnte ich mich ihm und seinen Gefährten anschließen, die ihn in einer Herberge unweit der Stadt erwarteten.

Sein Name war Cristobal de Olea, und er stammte aus Medina del Campo in Altkastilien. Er sei nun schon Wochen unterwegs und könne es nicht erwarten, dieses Spanien hinter sich zu lassen, um dann reich an Geld und Ruhm zurückzukehren. Nichts sei bedrückender, als einem verarmten Geschlecht anzugehören; besser in Armut geboren, als Zeuge des steten Niedergangs und des eigenen Ruins zu werden, sagte er.

»Ihr habt gehört, was ich über mich und meinen Oheim erzählte, doch war dies nur die halbe Wahrheit. Er ist ein lasterhafter Mensch und hat nach dem eigenen Vermögen auch noch das Erbe durchgebracht, das mir die Eltern hinterließen. Ich stahl ihm dieses Pferd und machte mich auf und davon. Jetzt wißt Ihr, mit wem Ihr es zu tun habt, und könnt immer noch entscheiden, ob Ihr in Begleitung eines Pferdediebs reisen wollt.«

Als wir in der Herberge eintrafen, war die Freude über den erzielten Erlös groß. Olea mußte wieder und wieder den Hergang erzählen, und jedesmal schmückte er die Worte, die wir gewechselt hatten, mit immer neuen Redewendungen aus. Man wurde nicht müde, einander in die Arme zu schließen zum Zeichen der Freude darüber, daß es nun endlich losgehen könne. Bei Tagesanbruch brachen wir auf. Die Zeit vertrieb man sich damit, Pläne zu schmieden und die Abenteuer auszumalen, die es zu bestehen gelte, und endlich fand auch mein Fundus an Geschichten ebenso begierige Zuhörer, wie ich selbst einer war. Das Nachtlager schlugen wir im freien Feld auf, um das Geld für die Herberge zu sparen, und, am Lagerfeuer sitzend, dauerten die Gespräche oft bis zum Morgengrauen an. Am fünften Tag erreichten wir Écija, und somit war die Zeit gekommen, Abschied zu nehmen. Die Gefährten versprachen, mir Nachricht aus der Neuen Welt zu geben, sobald sie gelandet wären. Von den meisten habe ich nichts mehr gehört, allein den übrigen wurde die Neue Welt zum Verhängnis. Cristobal de Olea traf ich im Gefolge des Hernan Cortés wieder. Die erhofften Reichtümer hatte er nicht errungen und mußte sich als einfacher Söldner verdingen. Bei Mannschaft und Hauptleuten stand er dennoch in hohem Ansehen und galt als außergewöhnlich tapferer Soldat. Cortés selbst rettete er zweimal das Leben und ließ das eigene, als er den bereits gefangenen General gegen eine gewaltige Übermacht herausschlug. Er fiel bei der Eroberung von Tenochtitlan, was in der Sprache der Indios *Am Kaktus auf dem Stein* bedeutet. Von den Spaniern wurde die Stadt nach dem Lande benannt, in welchem sie liegt, und heißt seither Mexico.

Rückkehr in die Fremde

Das Anwesen, das meine Familie seit Generationen bewohnte, lag inmitten eines Gartens, den ich seiner Blütenpracht wegen noch gut in Erinnerung hatte, doch nun war alles verwildert und von Unkraut überwuchert. Die Gebäude waren verwahrlost, in den Erkern und Nischen gediehen wilde Gräser, und zu Bruch gegangenes Fensterglas war nicht erneuert worden. Das Haus lag in tiefer Trauer. Die Möbel und Bilder waren mit schwarzem Tuch verhängt, das einen modrigen Geruch verströmte. Die Mutter umarmte mich schluchzend, während sich die Schwestern scheu abseits hielten. Ich reichte einer jeden die Hand und hatte Mühe, ihnen ihre Namen zuzuordnen; erst später kam ich dahinter, daß ich die beiden jüngeren verwechselt hatte. Man hieß mich niedersetzen und, da ich doch gewiß hungrig sei, einen Teller Suppe essen, indes man dem Vater meine Ankunft melden wolle. Ich aß, und die Frauen leisteten mir schweigend Gesellschaft. Dann brachte man die Nachricht, daß mich der Vater nun zu sprechen wünsche. Ich stieg die Treppe zum Herrenzimmer hinauf, und als ich, oben angelangt, mich umwandte, fand ich alle Augen auf mich gerichtet, traurig und verweint die der Mutter, die der Schwestern ausdruckslos.

Der Vater stand, der Tür den Rücken zugekehrt, am Fenster, die Hände hinter sich verschränkt. Mir fiel auf, daß ich ihn größer in Erinnerung hatte, zum einen, weil ich ihn mittlerweile fast um eine Spanne überragte, zum andern wirkte er gebeugt, zusammengesunken unter der Last seiner Jahre.

»Der Tod deines Bruders ist für uns alle ein großes Unglück«, sagte er, den Blick immer noch auf die Bergkette gerichtet, die sich im Süden des Landes zum Meer hin erhebt. »Du warst lange fort und hast ein anderes Leben geführt, als es dich hier erwartet. Doch vergiß nie, was du dem Wohle der Familie schuldest.«

Und er eröffnete mir, daß meine Hochzeit auf den dritten Sonntag nach Ablauf des Trauerjahres festgelegt sei.

Von Handel, Geld und Heiratssachen

Die Geschäfte gingen schlecht. Die Portugiesen hatten Indien auf dem Seeweg erreicht und kontrollierten seither die bedeutendsten Umschlagplätze Asiens; daraufhin war in Spanien der Gewürzhandel zusammengebrochen, und um das Wenige, das über Schleichwege ins Land gelangte, feilschten zu viele Kaufleute und trieben so den Preis ins Unermeßliche. Manche suchten einen Ausweg darin, indem sie sich zusammenschlossen und gemeinsam Expeditionen finanzierten, deren Ziel es war, eigene Handelsstationen zu gründen, doch diese Unternehmungen scheiterten allesamt, und von eben einer solchen war mein Bruder nicht mehr zurückgekehrt.

Von seiten der Krone war nicht mit Unterstützung zu rechnen, da man bei Hofe auf die baldige Entdeckung eines Seeweges in westlicher Richtung setzte. Nun höre ich, daß dieser endlich gefunden worden sei, doch sind seither beinah zwei Jahrzehnte verstrichen.

Damals freilich hatte man bei der Suche nach dem *estrecho*, dem *paso*[1] ins *Mar del Sur* nach anfänglich vielversprechenden Nachrichten einen Rückschlag um

---

[1] Durchgang, also Seeweg zwischen dem Atlantik und dem Südmeer (s. Anm. S. 18), der etwa auf der Höhe des 40. Grades südlicher Breite vermutet wurde. Tatsächlich befindet sich die nach ihrem Entdecker (1520) benannte Magellanstraße weit unterhalb des 50. Breitengrades.

den anderen erlitten. Obgleich in Unkenntnis der Marktlage und im Grunde allein meiner Neigung gehorchend, riet ich dem Vater daher, sich aus dem Handel mit indischen Gewürzen zurückzuziehen und sein Augenmerk dafür auf Güter aus der Neuen Welt zu richten. Ich erzählte ihm von einer Frucht, *kakaw* genannt, die den Indios zum Verfeinern der Speisen diene und überdies bei sämtlichen Völkern Neuspaniens auch als Zahlungsmittel Verwendung finde, zumal sie für so wertvoll erachtet werde wie hierzulande Gold. Der Vater zeigte sich davon wenig beeindruckt, doch in Anbetracht des drohenden Bankrotts müsse man es wohl auf einen Versuch ankommen lassen, sagte er; und während ich Auskünfte über Preis, Liefermengen, Lager- und Transportfähigkeit des *kakaw* einholte, nutzte er seine Verbindungen dazu, diesen den Händlern schmackhaft zu machen.

Zunächst schien unser Unternehmen unter keinem guten Stern zu stehen. Die erste Schiffsladung war naß geworden und kam verfault an, und für die nächsten fanden sich kaum Abnehmer, da man in den Küchen der Herrenhäuser zuwenig über Verarbeitung und Zubereitung der Mandeln wußte. Doch das Blatt wendete sich zu unseren Gunsten, als bekannt wurde, daß ein nach Indioart aus dem *kakaw* zubereitetes Getränk neuerdings bei Hofe in Mode sei, weil es im Ruf stand, bei Frauen und Männern gleichermaßen anregend zu wirken – ein, ob nun tatsächlicher oder nur vermeintlicher, für uns indes zweifellos hilfreicher Umstand, der immerhin zur Folge hatte, daß der Wert unserer inzwischen erheblich angewachsenen Lagerbestände binnen weniger Wochen um ein Vielfaches stieg.

Bald kehrte der Glanz früherer Tage ins Haus zurück, alle sprachen bereits von der bevorstehenden Hochzeit – und mir wurde es allmählich unbehaglich. Ich hatte mich bisher niemandem anvertraut und schweigend mit angesehen, wie man begonnen hatte, erste Hochzeitsvorbereitungen zu treffen; deshalb war es höchst an der Zeit, das Schweigen zu brechen und mich dem Menschen zu erklären, dem ich es als einzigem tatsächlich schuldete. Aber Doña Inés ging mir aus dem Wege und schützte Unwohlsein vor, wann immer ich das Gespräch mir ihr suchte. Dann endlich traf ich sie nur in Begleitung ihrer Zofe im Garten ihrer Eltern an und fragte, ob ich einige Worte im Vertrauen mit ihr wechseln dürfe, worauf sie entgegnete, dies ihrem künftigen Gemahl schwerlich abschlagen zu können. Eben darüber müsse ich mit ihr reden, erwiderte ich, denn ich sei durch ein anderes Gelöbnis gebunden, durch ein solches nämlich, das es mir verbiete, eine Ehe gemäß all ihrer Rechte und Pflichten zu führen. Auch gestand ich, daß ich nahe daran gewesen sei, mich dem Willen des Vaters zu fügen, um die Eltern und Schwestern vor der drohenden Armut zu bewahren, indes mit dem Vorsatz, die Ehe niemals zu vollziehen. Doch der glückliche Gang der Geschäfte mache den Verzicht auf die Mitgift leicht verschmerzlich, und dies habe mich darin bestärkt, einem nie gegebenen und somit falschen Eheversprechen nicht auch noch eine falsche Ehe folgen zu lassen.

»Damit habt Ihr eine weise Entscheidung getroffen«, sagte Doña Inés und dankte mir meine Offenheit, indem sie mir anvertraute, zuvor bereits meinem Bruder versprochen gewesen zu sein, und daß es sie zutiefst gekränkt habe, wie irgendein Erbteil in den Besitz eines anderen überzugehen, den sie schon deshalb verachtete, noch ehe sie ihn zu Gesicht bekam.

»Nun, mein lieber Gerónimo, Eure Verschlossenheit und Euer sonstiges Gehaben lassen Euch nicht eben als einen Mann erscheinen, den sich eine junge Frau zum Gatten wünscht«, sagte sie. »Indes ist mir der, der mir als Bräutigam eben noch verhaßt war, als Freund künftig immer willkommen.«

Ich höre nun, Doña Inés habe schließlich doch noch geheiratet, aber ihr Mann starb noch im selben Jahr, und sie blieb kinderlos zurück. Man sagt, sie habe das Erbe ihres Gatten nicht anrühren wollen und für sich nicht mehr behalten, als sie in die Ehe mitbrachte.

Von Belagerung und Sieg des Gewissens

Tags darauf eröffnete ich dem Vater, daß ich keinesfalls zu heiraten beabsichtigte, weder Doña Inés noch irgendeine andere, die – ob Verlobte meines Bruders oder welcher Vorteile auch immer wegen – er für mich erwählt haben möge. Er zeigte sich zunächst belustigt und meinte, das gehe jedem Mann so, der im Begriff sei, sich fürs Leben zu binden, er selbst habe es kurz davor auch mit der Angst zu tun gekriegt, aber keine Sorge, das lege sich wieder, zumal der Ehestand gewiß auch manche Vorteile habe, wovon ich mich, von Mann zu Mann gesprochen, ja bald selbst überzeugen könne. Ich fiel ihm ins Wort und erklärte, daß es mir eben versagt sei, die Vorteile des Ehestandes zu entdekken, da ich als Novize ein Keuschheitsgelübde abgelegt hätte und es nicht zu brechen gedenke.

So ein Unsinn, schrie er, ich sei nun einmal kein Novize mehr und brauche mich deshalb auch nicht wie einer aufzuführen; ob die Ehe etwa nicht gottgewollt wäre? Und was solle aus der Familie werden, wenn ich als der letzte Stammhalter keine Nachkommen hätte? Mit mir gehe ein Name zugrunde, der in ganz Andalusien einen guten Klang besitze; und ob es etwa meine Absicht sei, als der Letzte eines Geschlechts zu gelten, das mit meinem Tod begraben und vergessen sein werde. Ich sagte, daß ich es bedaure, ihm solchen Kummer zu bereiten, doch mein Entschluß stehe fest.

Die beiden Familien einigten sich darauf, der Aufhebung des Verlöbnisses nicht weiter Beachtung zu schenken, doch da man Zweifel hegte, ob die Zeremonie ihren gewünschten Ausgang finden werde, hatte man den festgesetzten Hochzeitstermin unter Hinweis auf einen weiteren Todesfall verstreichen lassen. Insgeheim aber war man darum bemüht, kirchlicherseits eine Aufhebung des Gelübdes zu erwirken, mit dem Resultat, daß sich irgendein Geistlicher die Auskunft, dies sei letzten Endes eine Entscheidung des Gewissens, mit einer Spende für ein neues Altartriptychon vergelten ließ. Daraufhin wurde mein Gewissen zum Feindesland ausgerufen und von einer Übermacht mit der Forderung belagert, es möge das vor Gott abgelegte Gelübde aus freien Stücken für nichtig und hinfällig erklären, allein es blieb standhaft und kapitulierte nicht.

Damals hieß es, ich hätte dem Vater das Herz gebrochen und seine Tage wären damit gezählt. Mehr als eineinhalb Dezennien sind seither vergangen, und man berichtete mir, er erfreue sich trotz seines fortgeschrittenen Alters nach wie vor bester Gesundheit. Als ihn nach den Jahren, in welchen ich als verschollen galt und schließlich für tot gehalten wurde, die Nachricht erreichte, daß ich noch am Leben sei, wies er dem Überbringer mit der Bemerkung die Tür: Egal, wen man da aufgelesen habe, für ihn sei ich gestorben, und Tote pflegten bekanntlich nicht zurückzukehren.

Von der Flucht, die keine war und trotzdem beinahe mißlang

Die Mutter weinte unentwegt, die Schwestern warfen mir feindselige Blicke zu, und der Vater zog sich in seine Gemächer zurück und war für niemanden zu sprechen. Sogar die Dienerschaft behandelte mich wie einen Aussätzigen und machte um mich einen großen Bogen. Mit einem Wort, meine Lage war hinreichend unerträglich geworden, und ich traf Vorbereitungen für meine Abreise. Die Patres hatten mich gelehrt, mit kaum mehr als dem, was man am Leibe trägt, auszukommen, und so verließ ich auch das Elternhaus. Als ich von Tür zu Tür ging, um Abschied von der Familie und den Bediensteten zu nehmen, fand ich alle Räume leer vor, und auch im Garten und in den Wirtschaftsgebäuden traf ich keine Menschenseele an.

An diesem Tag schlug das Wetter um. Ein heftiger Sturm kam auf, und es goß in Strömen. Als ich Sevilla erreichte, suchte ich umgehend das Hafenamt auf und erkundigte mich, wann das nächste Schiff auslaufe, das

Kurs auf die Neue Welt nehme. Der Kontorist sah mich belustigt an und meinte, ob ich denn heute schon aus dem Fenster geschaut hätte, so ein Unwetter habe es die letzten zwanzig Jahre nicht mehr gegeben; niemand wisse, wann der Wind endlich abflaue, und bis dahin werde jedenfalls kein Schiff auslaufen, schließlich sei das keine Bootsfahrt, wo man gerade einmal ans andere Flußufer übersetze, um der Liebsten ein Sträußlein zu pflücken. Nun, das gewiß nicht, entgegnete ich, doch ich sei sehr in Eile und dürfe keine Zeit verlieren – ich traute dem Frieden nicht und wollte Spanien schleunigst den Rücken kehren, ehe der Vater dies womöglich zu verhindern versuchte; meine diesbezüglichen Befürchtungen sollte ich bald bestätigt finden.

Gewiß hätte ich es eilig, sagte der Kontorist, ihm sei noch keiner begegnet, der es nicht eilig gehabt hätte; die Eile sei gewissermaßen der Passierschein in die Neue Welt, denn einer, der es nicht eilig habe, gehe ja erst gar nicht weg von dort, wo er herkomme. Freilich hätten einige auch guten Grund zur Eile, dem einen wären die Gläubiger auf den Fersen, dem anderen der Henker oder so manches Opfer seiner blutigen, wenn auch nicht unbedingt gewaltsamen Untaten, raunte er mir augenzwinkernd zu. Ich versicherte ihm, daß auf mich nichts dergleichen zutreffe. Oh, gewiß, er bezweifle nicht, einen Ehrenmann vor sich zu haben, das sei von großem Vorteil für mich und werde mir unnötigen Ärger ersparen, zumal er andernfalls gezwungen wäre, mich der Stadtwache anzuzeigen. Indes könne es ja auch andere, durchaus lautere Gründe geben, weshalb man es mitunter vorziehe, unerkannt zu bleiben. Ich sagte, sein gezügelter Diensteifer werde sich gewiß mit ein paar Maravedis[1] zu trösten wissen. Er dankte ergebenst und ließ die Münzen in seinem Wams verschwinden, derweil er versicherte, alles in seiner Macht Stehende für mich zu tun. Ich möge wiederkommen, sobald Wind und Regen nachgelassen hätten. Und wenn ich mir inzwischen ein wenig die Zeit vertreiben wolle, er wüßte da ... Ich nannte ihn bei mir einen elenden Kuppler und ging. Je länger ich in Sevilla festsaß, desto schlechter wurde meine Laune. Endlich klarte der Himmel auf, der Regen ließ nach, und kaum, daß sich ein wenig die Sonne zeigte, machte ich mich abermals auf den Weg zum Hafenamt.

Als ich eintrat, fuhr der Kontorist zusammen und beschwor mich, noch ehe ich den Mund auftat, um Himmels willen leise zu sprechen, hier hätten selbst die Wände Ohren. Er wisse nicht, flüsterte er, ob ich mir den Papst oder Johanna die Wahnsinnige[2] zum Feind gemacht habe, aber eines könne er mir versichern: Im ganzen zivilisierten Abendland werde ich kein Schiff finden, auf dem man mich nicht mit einer Tracht Prügel empfange; und bei der Belohnung, die dafür ausgesetzt sei, ließe er sich glatt selbst anheuern, wenn er nicht schon seekrank wäre, sobald er das Meer nur rauschen höre.

Wenngleich es mancherorts als ehrenvoll gilt, sich der Feindschaft hochgestellter Personen zu versichern, so hätte mich doch nichts mehr zu beeindrucken vermocht als der Einfluß, den der Vater geltend machte –

---

[1] Kupfermünzen
[2] Gemahlin Philipps I. von Kastilien und Mutter von Kaiser Karl V.

oder eigentlich die Summe, die er mir als Barriere in den Weg zu legen bereit war. Andererseits sah ich mich dadurch genötigt, einen Gutteil meiner Barschaft dagegenzusetzen, um mir Gehör und vor allem Wohlwollen zu verschaffen. In einer der Schenken, die ich zu diesem Zweck aufsuchte, wurde ich auf einen Mann aufmerksam, den man aufgrund seiner Herkunft und wohl auch in Anspielung auf seinen berühmteren Landsmann[1] nur den *Genueser* nannte, nach der Stadt also, die, wie er behauptete, die besten Seefahrer hervorgebracht hätte, wogegen hierzulande ein paar kräftiger Böen wegen gleich eine ganze Handelsflotte unnütz vor Anker liege. Das freilich wollten die Matrosen nicht auf sich sitzen lassen. Schuld daran wären die Kaufleute, hieß es, die jede Brise bereits um den Schlaf bringe aus Angst um ihre Schiffe, ihre Waren und ihr Seelenheil, auf das manch einer, der bereits Frau und Kinder verpfändete, Kredit genommen habe. Gewiß, die Kaufleute seien das schlimmste Übel von allen, räumte er ein, lieber ließen sie die halbe Mannschaft über Bord gehen als auch nur den geringsten Teil ihrer Ladung zu opfern, eine Schande sei das, ein Greuel für jeden Christenmenschen, wetterte er, um gleich darauf einzustreuen, daß er Auftrag habe, tüchtige Seeleute für eines der stolzesten Schiffe, das je die Weltmeere befuhr, anzuheuern. Ich zog ihn beiseite und erläuterte ihm die Umstände, die mich bewogen, auf geheimem Wege das Land zu verlassen. Es gebe da schon eine Möglichkeit, sagte er und strich sich über den Bart. So es die Witte-

[1] Columbus

rung zulasse, laufe das Schiff in drei Tagen aus, und der Kapitän sei ihm ohnedies noch einen Gefallen schuldig; freilich, umsonst wäre da nichts zu machen, aber wenn ich ihm das Geld anvertrauen wolle, werde er die Sache für mich in die Wege leiten.

Es wäre ungerecht zu sagen, er habe nicht Wort gehalten; das stolze Schiff indes, als das er es gelobt hatte, erwies sich als das wohl schäbigste, das jemals einen spanischen Hafen anfuhr. Zudem stellte sich heraus, daß der Kapitän nicht bezahlt worden war, und so mußte ich noch einmal in die Tasche greifen.

Ich bezog Quartier im Laderaum zwischen Fässern und muffigen Säcken und teilte mein Lager mit Ratten, Schaben und anderem Ungeziefer. Ramirez, einer der Matrosen, den der Genueser angeworben hatte, schüttelte ungläubig den Kopf und meinte, wir alle müßten lebensmüde sein, daß wir die Überfahrt auf diesem Haufen Treibholz wagten; doch dafür auch noch den Fuhrlohn zu entrichten, sei, als wäre man zu Charon in den Nachen gestiegen und die Reise führe schnurstracks ins Jenseits. Was ihn selbst betraf, sollte er damit recht behalten.

Der Weg in den Westen führt über den Süden

Bei Morgengrauen liefen wir aus. Das Schiff knarrte und ächzte an allen Ecken und Enden, daß man hätte meinen können, es werde beim ersten Wellenschlag auseinanderbrechen. Ich bekreuzigte mich und rief sämtliche Schutzheilige an, als wir die Küste hinter uns ließen und aufs offene Meer hinausfuhren. Der Maat, ein rundlicher, graubärtiger Mensch, war wohl der einzige an Bord – der Kapitän nicht ausgenommen – der auf die Zuverlässigkeit des Schiffes vertraute. Meine Gebete könne ich mir sparen, höhnte er und verglich die für meine mißtrauischen Ohren beunruhigenden Geräusche mit dem Schnurren eines Kätzchens, während er mit seiner großen behaarten Hand dem Fahrzeug die Reling tätschelte.

»Hört Ihr das?« fragte er. »Hört Ihr das Ächzen der Planken unter dem Druck des Wassers, als würde der Schiffsrumpf ein- und ausatmen? Wenn Ihr es einmal nicht mehr hört, dann macht, daß Ihr von dem Kahn runterkommt, und verschwendet an nichts auch nur einen einzigen Gedanken, als daran, wie Ihr schleunigst ins Beiboot gelangt.«

Damals nannte ich ihn einen komischen Kauz, weil er von einem Ding wie von einem Lebewesen sprach, das wisse, wann es mit ihm zu Ende geht; andererseits blieben mir seine Worte gerade deshalb in deutlicher Erinnerung, und dieser Umstand sollte mir das Leben retten. Doch das war unter einem anderen Segel und in zu jener Zeit noch fernen Gewässern.

Wir passierten die Säulen des Herakles und nahmen Kurs auf die Kanarischen Inseln. Am fünften Tag gingen wir vor Lanzarote vor Anker, um die Wasservorräte zu ergänzen und uns mit Proviant zu versorgen. Aufgrund ihrer Lage am Schnittpunkt zweier bedeutender Seewege – der eine westwärts in die Neue Welt, der andere entlang des Afrikanischen Kontinents in den fernen Orient – waren die Kanaren zu einem wichtigen Umschlagplatz geworden. Doch mit der wachsenden Bedeutung als Handelsstützpunkt gingen Plünderungen und Brandschatzungen einher, weshalb man bestimmt hatte, daß jedes Schiff, das die Insel anlief, einen Kommissär zu entsenden habe. Der Kapitän bestellte sich kurzerhand selbst zum Unterhändler, übertrug dem Schiffsmaat das Kommando und ließ sich an Land rudern, indes man von der Festung aus, die sich über der Hafeneinfahrt erhebt, jede Regung an Deck überwachte. Schließlich wurde eine blaue Flagge gehißt zum Zeichen, daß es uns gestattet war, von Bord zu gehen.

Die Insel selbst ist ein karges Eiland mit schwarzen Steinwüsten und einer Unzahl roter vulkanischer Berge, die im Licht der untergehenden Sonne leuchten, als ob die Schmiede des Hephaist in ihrem Innern glüht; doch steht sie im Zenit, wähnt man sich jenen Breiten nahe, wo die Meere versiegen und die Erde zu schmelzen beginnt, und fast möchte man den Erzählungen Glauben schenken, wonach die Sonne diese Felsenlandschaft formte.

Binnen weniger Stunden waren alle Vorbereitungen getroffen, der Wind stand günstig, und so setzten wir bei Morgengrauen Segel und nahmen Kurs nach Westen.

Vom Alltag und von der Langeweile auf hoher See

Hat man sich erst einmal daran gewöhnt, die eigenen Schritte so zu lenken, daß man meinen könnte, eine ansehnliche Wegstrecke zurückgelegt zu haben, während man in Wahrheit gar nicht recht von der Stelle gekommen ist, hat man also der Versuchung widerstanden, die Probe aufs Exempel zu wagen, ob das Wasser einen vielleicht nicht doch trägt, so daß man bei geringer Fahrt ein wenig neben dem Schiff herlaufen könnte – dann sollte man damit beginnen, sich eine möglichst anspruchslose und platzsparende Beschäftigung zu suchen, denn die Tage an Bord scheinen doppelt und dreimal so lang, indes der Antrieb, diese sinnvoll zu nutzen, im gleichen Maße abnimmt wie das Zeitguthaben wächst. Mit einem Wort: Wüßte man nicht, wie viele Opfer die Seefahrt Jahr für Jahr fordert, man wollte sie für das langweiligste und stumpfsinnigste Gewerbe halten, das sich denken läßt, und aller Einwände zum Trotz ist sie es vermutlich auch.

Kaum hatten wir Lanzarote den Rücken gekehrt, als an Bord eine staunenswerte und für den unbeteiligten Beobachter zunächst völlig rätselhafte Geschäftigkeit losbrach. Nichts schien unbedeutend genug, um nicht zum Gegenstand fachlicher Dispute zu werden; um jeden Handgriff wurde gefeilscht und dann eifersüchtig darüber gewacht, daß niemand anderer sich unterstehe, diesen auszuführen. Doch je größer der Eifer, mit dem ein jeder den Anschein der Unentbehrlichkeit zu erwecken suchte, desto härter traf es den, der Befehl erhielt, auf der Mars Posten zu beziehen. Keinen Ort, die Hölle mit eingerechnet, fürchteten die Matrosen so sehr wie diesen, und schon manchen habe er bei gesundem Verstand hinaufsteigen und übergeschnappt wieder herunterkommen sehen, erzählte der Maat. Und eine Qual sei es allemal, da könne einer sagen, was er will, immer nur den Horizont zu fixieren und angestrengt ins Leere zu schauen, bis einem alles vor Augen verschwimmt und man oben und unten nicht mehr zu unterscheiden vermag, als hätten die Elemente den Platz getauscht, als ziehe sich der Ozean über unseren Köpfen hin, indes das Schiff in der Luft segle und jeden Moment abzusacken drohe ins Nichts, himmelwärts falle oder hinabsinke auf den Grund des Firmaments – und was der Streiche mehr sind, die einem der Verstand dort oben spielt. Da sei es denn auch kein Wunder, daß manchem ein Unwetter, das sich zusammenbraue, oder das Herannahen eines feindlichen Schiffes entgehe, und wenn er es dann doch bemerke, sei es oft schon zu spät und das Schiff und die Mannschaft verloren. Ich hielt solche Geschichten für reichlich übertrieben, um nicht zu sagen für das Produkt eines aus purer Langeweile gepflegten Aberglaubens – bis Ramirez eines Tages erkrankte und in der Mars einen so schweren Fieberanfall erlitt, daß er es aus eigenen Kräften nicht mehr herunter schaffte und an einem Seil hinabgelassen werden mußte. Er phantasierte und rief, man möge um Gottes willen wenden und daß wir geradewegs ins Nichts steuerten. Allen, die es hörten, lief es kalt über den Rücken. An Deck warf manch einer einen verstohlenen Blick zum Horizont, und ein Matrose kletterte sogar die Bram hinauf, um nach der Erscheinung Ausschau zu halten, die Ramirez gesehen haben mochte, aber das Meer war ruhig und die Luft so sanft und lau wie in Andalusien im April.

Ich nahm mich des Kranken an, so gut ich es vermochte, doch war er nur selten bei Sinnen, und so blieb mir nichts zu tun, als für ihn zu beten und ihm die stets trockenen Lippen zu netzen. In der folgenden Nacht kam ein Nordostwind auf, und der starke Seegang behinderte die Fahrt. Dann wieder stand die Strömung gegen uns, so daß wir trotz günstigen Windes nur wenige Meilen zurücklegten, was, wie der Maat ausführte, gemessen an der Größe des Ozeans soviel sei, wie wenn man auf der Stelle trete. Schließlich schien es, als ob die um unser Schiff in Widerstreit geratenen Kräfte einen Waffenstillstand geschlossen hätten und die Elemente übereingekommen wären, das Fahrzeug anzuhalten und für alle Ewigkeit an einer Weiterfahrt zu hindern. Wir saßen fest, als wäre das Meer mit einem Mal zu einer tiefgrünen undurchdringlichen Masse erstarrt. Die Fischschwärme, die wir seit der Abfahrt von Lanzarote gesichtet hatten, waren tief unter die spiegelglatte Meeresoberfläche hinabgetaucht, und die Vögel, die sich immer in der Nähe des Schiffes aufgehalten hatten, waren verschwunden. Nicht der leiseste Lufthauch regte sich, und die Sonne brannte mit solcher Glut auf das Deck nieder, daß sich manch einer der Berichte entsann, wonach Schiffe, die auf Dauer solcher Hitze ausgesetzt waren, in Flammen aufgegangen seien wie Zunder. Der Kapitän geriet darüber in Zorn und rief, die Männer würden sich mit solchen Ammenmärchen gegenseitig verrückt machen; doch als er Befehl gab, die Wasservorräte zu rationieren, sahen darin viele ein Indiz dafür, daß unsere Lage ernster sei, als er zuzugeben bereit war.

Die Geschäftigkeit an Deck kam zum Erliegen. Die einzige Aktivität jedes einzelnen an Bord war, sich die Wasserration so einzuteilen, daß die geschwollene Zunge nicht am Gaumen kleben blieb; denn wer der Versuchung erlag, den brennenden Durst für einen Moment lang zu löschen, der büßte dafür Höllenqualen bis zur nächsten Wasserzuteilung. Es schien, als hätten uns der Wind und die Strömung zu keinem anderen Zweck Hunderte Meilen auf den Ozean hinausgetrieben, als um der Groteske willen, uns inmitten dieser Wasserwüste elendiglich verdorren zu lassen. Doch von allen war Ramirez am schlimmsten dran, und obwohl er von der Wasserrationierung ausgenommen blieb, hätte niemand mit ihm tauschen mögen. Die drückende Hitze setzte seinem fiebernden Körper dermaßen zu, daß wir jeden Tag erneut fürchteten, er werde den Mittag nicht überstehen. Doch sobald die Sonne unterging und die Hitze gerade soviel nachließ, daß man es als Linderung empfand, überliefen ihn heftige Schauer, kalter Schweiß trat ihm auf die Stirn, und trotz der Decken, die man herbeischaffte, zitterte er am ganzen Leib. Er starb, von allen unbemerkt, in der Nacht des sechsten Tages, den die Flaute nun schon andauerte. Da kein Priester an Bord war, bat man mich, ein Gebet für ihn zu sprechen, dann übergab man seinen Leichnam dem Meer. An diesem Morgen frischte der Wind auf.

Sieben Wochen nachdem wir in Sevilla an Bord gegangen waren, liefen wir im Hafen von San Domingo ein, das auf der Insel Española liegt. Die Eingeborenen nennen sie Bohio oder Haïti.

Das spanischere Spanien

Die Insel verdankt ihren Namen den Auen und Pinienwäldern, die vage an Gegenden Kastiliens erinnern, wobei der Vergleich wohl jedem Lande schmeichelt, denn in Wahrheit ist der Anblick, der sich einem schon vom Meer aus bietet, einzigartig und an Schönheit unübertroffen. Die Vegetation ist so üppig, daß man über eine solche Vielfalt nur staunen kann, und jeder, der es mit eigenen Augen gesehen hat, wird nicht müde, die Fruchtbarkeit dieses Landes zu preisen. Überall findet man gutes und gesundes Wasser, und die Flüsse sind reich an Fischen aller Art. Die Luft ist so voll von Düften, daß man jeden Atemzug als wohltuend empfindet, und tatsächlich lassen sich aus vielen Pflanzen wirksame Arzneien gewinnen. Eine Palmenart trägt Nüsse so groß wie der Kopf eines Kleinkindes, und diese enthalten eine farblose Milch, die süß ist wie Honig. Baumwolle kann man das ganze Jahr über ernten, ohne daß man sie zu säen braucht. Ihr Brot stellen die Eingeborenen aus Wurzeln her, die unseren Mohrrüben ähneln. Um sie anzubauen, bedarf es nicht mehr, als einen Stengel dieser Pflanze in die Erde zu stecken, worauf sie Wurzeln zu treiben beginnt, aus welchen, gerieben und geknetet, ein Brot gebacken wird, das im Geschmack an Kastanien erinnert.

Obwohl es auf der Española kaum nennenswerte Goldvorkommen gibt, lassen unverbesserliche Encomenderos[1] einen Stollen um den anderen graben, so daß mancherorts dieses fruchtbare Land für den Anbau bereits ungeeignet ist. Entgegen einem königlichen Erlaß werden die Indios wie Sklaven gehalten; im Wert stehen sie aber weit unter dem eines Pferdes, das mehr als das Hundertfache von dem einbringt, was man für

[1] Siedler, denen Indios zur Zwangsarbeit zugeteilt wurden; die Spanier selbst sagten dazu bezeichnenderweise *encomendar,* also *anvertrauen.*

einen Eingeborenen zu zahlen gewillt ist. Trotzdem läßt manch einer lieber die Ernte verfaulen, als bei einem Mangel an Feldarbeitern einen höheren Preis für diese zu zahlen. Andere behelfen sich damit, indem sie Expeditionen ausrüsten und auf den benachbarten Inseln so viele Gefangene machen, daß durch den Verkauf der überzähligen Indios die Kosten für Mannschaft und Verpflegung gedeckt sind.

Heute leben auf der Española nur noch wenige Eingeborene, und man schätzt, daß in den ersten zehn Jahren, nachdem sich die Spanier hier niederließen, mehr als hunderttausend ums Leben kamen oder als Sklaven nach Spanien verkauft wurden. So also verfuhr man mit den Völkern Neuspaniens, deren gutherzige und freigebige Gesinnung in den ersten Berichten häufig Erwähnung fand. Manche nannten sie gar die besten Menschen von allen und gaben sich überzeugt, daß es ein leichtes wäre, sie zum Christentum zu bekehren. Dabei zeigte es sich, daß die Vorstellung des menschgewordenen Erlösers ihrem Heilsverständnis keineswegs fremd war, hatten doch schon ihre Propheten geweissagt, daß dereinst über das Meer im Sonnenaufgang ein von ihnen als Gott verehrter König zurückkehren werde, den sie Quetzalcoatl oder auch Kukulcán, *gefiederte Schlange*, nennen. Dieser hatte sich vor vielen Generationen auf die Suche nach dem verheißenen gelobten Land aufgemacht, und wo immer nun die Spanier zum ersten Mal auf ein Indiovolk treffen, werden sie für Nachkommen dieses Königs oder der jeweilige Kommandant gar für diesen selbst gehalten, da die Steinbildnisse Kukulcán mit einem ebensolchen Bart zeigen, wie dies nun bei den Spaniern die

Mode ist. Und so wurde in weiten Teilen der Neuen Welt den Entdeckern ein herzlicher Empfang bereitet, doch statt den Indios für ihre Gastfreundschaft zu danken, verachtete man sie um eben dieser willen. Ihre Arglosigkeit hielt man für Dummheit und ihre Friedfertigkeit für Schwäche, und die Spanier prägten den Wahlspruch, daß dem, der freiwillig gibt, genommen werden müsse. Man beschlagnahmte ihre Vorräte und steckte in Brand, was man nicht fortzuschaffen vermochte, man verschleppte Frauen und Mädchen, und wenn sich eine nicht gefügig zeigte, überließ man sie der Mannschaft, so daß viele an den Folgen starben.

Bei meiner Ankunft wußte ich von alldem nichts, denn darüber hatte man in Spanien nicht berichtet. Hier aber wird man allerorts solcher Greuel gewahr. Doch als man auf meine Einwände hin erwiderte, die Indios seien, weiß Gott, störrische Kreaturen, und mit Güte wäre bei ihnen nichts auszurichten, so schenkte ich dem bereitwillig Glauben und stimmte jenen zu, die es einen schlechten Dienst an den Eingeborenen nannten, wenn man es aus Weichlichkeit und irregeleitetem Mitgefühl an der gebotenen Strenge mangeln lasse, die das einzige Mittel sei, ihnen das Barbarentum auszutreiben. Wäre man hingegen zu nachsichtig mit ihnen, bestärke man sie dadurch nur in ihrem Eigensinn, was wiederum noch härtere Maßnahmen erforderlich mache. Solche sind indes ohnehin kaum mehr vorstellbar. Das Recht liegt in den Händen derer, die es verstehen, den größten Nutzen daraus zu ziehen, und kaum jemand findet etwas Anstößiges dabei. Und weil ein jeder tun und lassen kann, wonach ihm gerade der Sinn steht, ohne dafür Rechenschaft ablegen zu müssen, herrscht die Ansicht vor, daß jede Tat schon durch sich selbst gerechtfertigt sei, mitunter gar geheiligt, so man nicht verabsäume, auf der nächstgelegenen Anhöhe ein Kreuz zu errichten.

Und so gab es zur Zeit meiner Ankunft für die Spanier kein Halten mehr: Nicht irgendeine Insel, sondern ein Weltreich sollte erobert, nicht ein paar halbnackte Indios erschlagen, sondern ein Heer, eine Streitmacht mußte vernichtet werden, erst dann durfte man sich gewiß sein, Geschichte geschrieben und sich als ein Teil derselben ein anonymes Angedenken gesichert zu haben. An keinem anderen Ort der Welt war die Vorstellung, am Beginn einer neuen Epoche zu stehen, so greifbar und zugleich so illusorisch wie hier. Stets war es das Kommende, das Bevorstehende, worauf unser Sinnen gerichtet war, und die Begeisterung für immer noch gewagtere Unternehmungen griff um sich wie eine Seuche. Und obwohl die wenigsten glücklich verliefen, knüpften wir an die nächsten nur um so größere Hoffnungen; und in der Vorahnung des Ruhms, der von diesem Ort aus für Spanien errungen würde, nannte man San Domingo den Nabel der Neuen Welt.

Die Bautätigkeiten waren zügig vorangeschritten. Die Paläste, Kirchen und Klöster hatte man nach Plänen bereits bestehender Gebäude errichtet, weshalb man sich einmal in Sevilla und schon drei Häuser weiter in Granada hätte wähnen können; und auch das Treiben auf den Straßen und Plätzen weckte den Verdacht, man sei über Andalusien gar nicht hinausgekommen. Sogar alte Rivalitäten zwischen den Provinzen wurden diesseits des Atlantiks mit größerer

Erbitterung geführt als im Mutterlande selbst – man hatte sich in der Fremde häuslich eingerichtet.

Und doch war das Gewohnte nicht gewöhnlich, das Eigentümliche nicht mehr vertraut wie sonst, als habe es, flugs in eine neue Umgebung verpflanzt, ebenso plötzlich einen befremdlichen Charakter angenommen. Die gleichen Gesten, dieselben Gebärden wirken außerhalb der Breiten, in welchen man sie sich aneignete, immer irgendwie übertrieben, beinah ein wenig trotzig, als ob man sich dessen zu vergewissern suchte, nach Monaten, vielleicht Jahren am anderen Ende der Welt noch derselbe zu sein, der man ehedem gewesen war. Wohlhabender freilich, und jeder für sich ein Mann der ersten Stunde, dessen Verdienste bei Hofe gar nicht hoch genug gewürdigt werden könnten; denn wem habe man es schließlich zu danken, daß die Staatskassen gefüllt seien und der König morgens über ein größeres Reich herrsche als noch abends zuvor, da er zu Bett ging? Mitunter war gar zu hören, Spanien wäre längst dem Untergange geweiht, wenn nicht die Entschlossensten des Landes sich seines Schicksals angenommen und diesem eine ruhmreiche Zukunft gewiesen hätten. Und so fehlten oft nur einige Becher Wein zu der Behauptung, die Conquistadoren wären die besseren Spanier und wo immer zwei zusammenträfen, sei das wahre, das eigentliche Spanien.

San Domingo war der Sitz des Admirals von Neuspanien[1] und des Generalstatthalters, sowie der königlichen Audienz. Letzteres ist die Española auch nach der Eroberung ihrer größten Nachbarinsel, der Juana, geblieben, die die Eingeborenen Cuba nennen und die heute die bedeutendere der beiden Inseln ist.

Damals freilich nahmen alle Eroberungen von der Española ihren Ausgang. Doch während sich von hier aus die Kunde vom neu entdeckten Kontinent in alle Welt verbreitete, war in San Domingo selbst vor allem von den Unsummen die Rede, die die Verwaltung eines ständig wachsenden Reiches verschlang. Da der Krone aus den Unternehmungen in Übersee keine Kosten entstehen durften, waren die Conquistadoren völlig auf sich gestellt und mußten für Sold, Verpflegung und Transport der ihnen unterstehenden Truppen selbst aufkommen. Die wenigsten freilich verfügten über ein solches Vermögen und suchten daher wohlhabende Gönner für sich zu gewinnen, indem sie diesen im voraus einen Teil der zu erwartenden Erträge überschrieben; doch zumeist war auch deren Geld verbraucht, noch ehe man Segel gesetzt hatte, und so glich die Española einem riesigen Schuldturm, in dem ein Habenichts beim andern borgen wollte, und mit jedem Schiff, das aus Spanien eintraf, wurden es dieser mehr.

---

[1] Wie auch schon zu früheren Gelegenheiten verwendet Aguilar diesen Begriff rückblickend und bezieht ihn damit auf eine Zeit, wo dieser noch gar nicht geläufig war, denn erst Cortés gab dem von ihm eroberten Reich den Namen Neuspanien.

Aber so schlecht es um sie auch bestellt sein mochte, ein jeder pflegte bloß den Müßiggang, für die Arbeit seien schließlich die Indios da, hieß es, und mancher Bauernlümmel gab sich alle Mühe, seine Herkunft dadurch vergessen zu machen, daß er die Hidalgos[1] an Hochmut und Grausamkeit noch zu übertreffen suchte. Ehedem selbst von ihrem Gutsherrn geprügelt, zahlten sie es nun den Indios hundertfach heim. Einigen stieg ihre angemaßte Allmacht gar derart zu Kopf, daß sie sich zu Herren über Leben und Tod aufwarfen und aus purer Mordlust ganze Dörfer niedermetzelten. Andere wieder ließen sich von einer Handvoll gedungener Gefolgsleute zum König eines Phantasiereiches ausrufen, das selten länger währte, als die Trunkenheit des Monarchen und seiner Granden[2] anhielt. In Anbetracht der Kürze ihrer Regentschaft ein nicht eben lohnendes Unterfangen, wie man meinen sollte, zumal sie wegen Hochverrats dafür mit dem Leben zu bezahlen hatten; doch einmal fürstliche Erhabenheit erlangt, beharrten sie selbst auf dem Weg zum Galgen noch darauf, *Eure königliche Hoheit* genannt und mit, ihrem Range entsprechend, gebührendem Respekt hingerichtet zu werden.

Indes war in den meisten Fällen der Herrschaftsanspruch unumstritten. Papst Alexander VI. hatte den spanischen Königen die entdeckten und noch zu entdeckenden Länder und Völker zugesprochen. Jeder noch so unbedeutende Landstrich, der den zweifelhaf-

---

[1] Besitzlose Adelige
[2] Mitglieder des Hoch- und Hofadels

ten Vorzug hatte, von einem verirrten Conquistador im Namen der Krone in Besitz genommen zu werden, war somit de facto spanisches Hoheitsgebiet und sollte unter spanische Verwaltung gestellt werden. Da sich dies in den meisten Fällen als undurchführbar erwies, wurden immer wieder Klagen über den Gouverneur laut; man bezichtigte ihn der Pflichtvergessenheit und eines nachlässigen Umgangs mit königlichem Eigentum. Deshalb ging der Statthalter dazu über, das Kommando für weitere Expeditionen nur solchen Hauptleuten in Aussicht zu stellen, die zuvor an der Befriedung bereits entdeckter Gebiete teilgenommen hatten. Doch da dies weder Geld noch Ruhm einbrachte und die Mannschaften zudem derart schwächte, daß an weitere Unternehmungen nicht zu denken war, schuf sich der Statthalter dadurch nur neue Feinde. Egal ob Niederlage auf dem Schlachtfeld oder im Schacher um ein Flottenkommando, ob Geldmangel oder Zinsenwucher, ob Flauten, Wolkenbrüche oder Mißernten, für alles machte man den Gouverneur verantwortlich, nur die Erfolge schrieb sich ein jeder selbst zu.

Die Gegner des Gouverneurs fanden im Admiral einen Fürsprecher, während die seinen sich wiederum der Gunst des Gouverneurs gewiß sein durften, was dazu führte, daß man die meiste Zeit damit beschäftigt war, einander Steine in den Weg zu legen, während wichtige Entscheidungen oft so lange auf sich warten ließen, bis eine solche nicht mehr vonnöten war und die Sache längst ihren Lauf genommen hatte.

Derlei Mißgeschicke hintanzuhalten, war, zumindest dem Papier nach, Aufgabe der königlichen Audienz, der die Gerichtsbarkeit oblag und die zwischen den

Parteien vermitteln sollte, was unwillkürlich zur Bildung eines dritten Lagers führte, das von den beiden anderen heftig angefeindet wurde. Das wiederum hatte zur Folge, daß die königliche Audienz in den meisten Fällen entschied, die jeweilige Angelegenheit an den in Spanien weilenden Indienrat zu verweisen, womit zwar auf Jahre hinaus niemandem geholfen, Justitias Unparteilichkeit indes unter Beweis gestellt war. So blieb alles in Schwebe, und die Krone sah dies keineswegs ungern, war man doch bei Hofe darum bemüht, ausgewogene, wenn auch nicht immer überschaubare Machtverhältnisse zu schaffen.

In Abwägung sämtlicher Vorbehalte wählte ich mir das vergleichsweise geringere Übel und trat als Schreiber in den Dienst der königlichen Audienz. Als solcher betraute man mich damit, Vorfälle von zumeist minderer Bedeutung zu Protokoll zu nehmen, insbesondere wenn sich diese außerhalb der Hauptstadt zutrugen und die Anreise mit erheblichen Strapazen verbunden war. Ich nahm diese gern in Kauf, zumal ich dadurch Gelegenheit hatte, das Land zu bereisen, und, wer weiß, vielleicht würde ich auf meinen Wanderungen das Paradies entdecken – doch was ich vorfand, glich viel eher der Hölle.

Die Entdeckung des Menschen

Als ich in San Domingo von Bord ging, betrat ich in mancherlei Hinsicht Neuland, doch die wundersamste aller Weltgegenden ist das Wesen des Menschen, und das erstaunlichste daran, daß das der Eingeborenen kaum größere Rätsel aufwirft als jenes der Spanier. Wer meint, seine Landsleute zu kennen, wird seinen Irrtum einsehen, sobald er in der Fremde mit ihnen Umgang hat, wo sie, frei von Zwängen, die ihnen ihre gewohnte Umgebung auferlegt, erst ihren wahren Charakter zeigen – und das tun sie dann auch allenthalben. Ihre Sitten gleichen denen von Wegelagerern; ein jeder nimmt sich, was er gerade benötigt, und wer es ihm weigert, tut gut daran, gewappnet zu sein. Die Leidtragenden sind vor allem die Eingeborenen, da außer einer kleinen Schar von Klerikern niemand auf die Einhaltung der von der Krone erlassenen Bestimmungen drängt, wonach Indios, die den Siedlern als Leibeigene zugeteilt wurden, umgehend freizulassen wären und ihnen fortan kein Schaden an Leib und Besitz zugefügt werden dürfe. Doch Spanien ist weit, und hier kümmert man sich wenig um Gesetze, die nicht dem Vorteil *Don Rodrigos* dienen, wie die Eingeborenen die Weißen nennen. Zudem gehen in der Indiofrage die Lehrmeinungen auseinander, weshalb sich ein jeder bestätigt findet, ganz gleich welche Ansicht er hierin vertritt. Stehen die einen auf dem Standpunkt, daß jedes Volk sich seine eigene Ordnung schafft, weshalb dessen Herrscher ebenso anzuerkennen sei wie der Fürst eines europäischen Hofes, so behaupten die anderen, daß nur dem, der die Macht im Zeichen des Kreuzes erlangt habe, diese nicht entrissen werden dürfe. Demgemäß fordern die einen die Gleichstellung der Indios und ihre Anerkennung als freie Vasallen, während die überwiegende Mehrheit die Eingeborenen nicht als ihresgleichen ansieht und sich dabei auf jene berufen kann, die sie als *Sklaven von Natur* oder als *sprechende Tiere* bezeichnen – und wie solche hält man sie auch. Man pfercht sie in Verschläge ein, die mehr an Schweineställe denn an menschliche Behausungen erinnern, und rechtfertigt dies damit, daß sie ohnehin nichts anderes gewohnt seien; und wo immer ein Dorf diese Behauptung Lügen straft, wird es dem Erdboden gleichgemacht. Flucht ist zumeist aussichtslos. Hatte man auf entlaufene Indios ehedem Treibjagden zu Pferde abgehalten, so ist man dessen bald müde geworden und hetzt ihnen nun Bluthunde hinterher; und dem schnellsten tätscheln die Gutsherren die Flanke, wenn ihnen das brave Tier artig ein Stück Menschenfleisch vor die Füße legt. Und selbst wenn es den Entflohenen gelingt, unbeschadet davonzukommen, am Ende werden sie ja doch wieder aufgegriffen und geraten abermals in Gefangenschaft. Viele Indios wählen deshalb lieber den Freitod, als den Spaniern zu dienen, und so kam es, daß ein Siedler just zu der Zeit, als die Ernte bevorstand, eines Morgens nach dem Öffnen der Scheune, in welche er die Feldarbeiter nachts über einschloß, darin alle erhängt vorfand, Alte und Junge, Männer ebenso wie Frauen und Kinder, nicht ein einziger war mehr am Leben. Darüber geriet er derart in Raserei, daß er mit der Peitsche auf die hängenden Leichen einschlug und sie ein faules, undankbares Pack nannte, das, nur um ihm zu schaden, lieber in der Hölle schmore, als ihm die Wohlfahrt, die er ihnen erwiesen habe, mit ein paar Handgriffen zu vergelten. Dieser Vorfall erregte solches Aufsehen, daß es eine Zeitlang den Anschein hatte, als ob sich die Lage der Indios bessern sollte. Man verfügte, daß die Siedler für die Bekehrung der Eingeborenen Obsorge zu tragen hätten; doch das hieß freilich, den

Bock zum Gärtner zu machen, denn unter den Spaniern hat ein abscheulicher Aberglaube Verbreitung gefunden, wonach die ewige Glückseligkeit nicht allein durch ein christliches Leben zu erlangen sei, sondern auch auf ebenso schnellem wie sicherem Wege durch ein wahrhaft christliches Sterben. Wem also das Glück zuteil wurde, in einem Gefecht so schwer verwundet zu werden, daß er nach erfolgter Beichte und empfangener Kommunion verschied, dem, so meinte man, sei sein Platz an der Seite der Märtyrer gewiß. Die von der Vorsehung weniger Begünstigten müßten sich dann eben mit der Beute trösten, die man bei solchen Gelegenheiten für alle Fälle zu machen pflegte, da kein Verlaß sei auf die Kampfkraft der Indios. Solchem Hochmut zum Trotz machte einer der Indios den Conquistadoren die längste Zeit zu schaffen, und manchem, der die Eingeborenen ehedem ihrer Friedfertigkeit wegen verhöhnt hatte, lehrte nun einer ihrer Anführer das Fürchten, denn jenen Spaniern, die in Gefangenschaft gerieten, stand ein langes und qualvolles Sterben bevor, und obwohl gewiß eines Märtyrers würdig, galt ein solcher Tod nicht als probates Mittel, um Aufnahme in die himmlischen Heerscharen zu finden.

Er hieß Hatuey, und man erzählte sich wahre Wunderdinge von ihm und schrieb ihm übermenschliche Kräfte zu. Er hatte sich mit seinen Gefolgsleuten in unwegsame Bergregionen zurückgezogen, wo die Reiterei nichts auszurichten vermochte und die schweren Waffen der Spanier eher ein Hindernis denn ein Vorteil waren. Also begann man damit, Straßen und Schutzwälle anzulegen, und als man endlich meinte, die Aufständischen in die Knie zwingen zu können, stellte man fest, daß sich diese längst nach Cuba abgesetzt hatten. Hatuey versammelte dort viele Anhänger um sich, so daß er nun auch den offenen Kampf wagen konnte. Die siegesgewohnten Spanier erfuhren durch ihn eine schwere Niederlage und erlitten empfindliche Verluste. Schließlich wurde man seiner doch noch habhaft, indes nur, weil ihn ein rivalisierender Anführer verriet, dem man weitgehende Unabhängigkeit für sich und sein Volk zugesichert hatte. Doch als der Sieg errungen und der Aufstand niedergeschlagen war, machte man mit beiden kurzen Prozeß, und sie landeten gemeinsam auf dem Scheiterhaufen. Einem Priester, der den bereits an den Pfahl gebundenen Hatuey zum Christentum bekehren wollte, soll jener geantwortet haben, daß er die ewige Verdammnis einem Himmel vorziehe, der für Menschen bestimmt sei, die zu solchen Grausamkeiten fähig wären, wie sie die Spanier an seinem Volk begingen.

Trotz der Weigerung ihres von allen als Held verehrten Anführers lassen sich viele Eingeborene taufen, und wer die Hingabe sieht, mit der sie die Meßfeier begehen, der findet die Worte des verstorbenen Admirals[1] bestätigt, wonach es für die Kirche keinen größeren Gewinn auf Erden gäbe, als wenn es gelänge, die Völker der Neuen Spanien zu Christen zu machen. Die Missionierung schreitet inzwischen zügig voran, doch viele sind sich über deren Zweck keineswegs schlüssig, da sie behaupten, die Indios besäßen keine unsterbliche Seele und wären demnach auch keine Menschen.

---

[1] Columbus, 1451-1506

Und selbst die, die darin anderer Meinung sind und beteuern, daß sie uns in allem gleich oder nicht mehr von uns verschieden wären als die Deutschen oder Niederländer, fahren damit fort, die Indios wie Vieh untereinander aufzuteilen und wie diesem das Brandeisen aufzudrücken. Und so wird man allerorts entweder Zeuge der schändlichsten Verbrechen oder der widerlichsten Heuchelei.

Zu der Zeit, da ich auf der Española weilte, gab es aber auch eine Handvoll aufrechter Christen, die alle Greuel darin begründet sahen, daß sich ein Volk über ein anderes erhebt. Und als sich die ohnedies recht allgemein gehaltenen und in den entscheidenden Punkten sehr vage formulierten Gesetze zum Schutz der Eingeborenen und zur Wahrung der Rechte der Indios als völlig wirkungslos erwiesen, ging aus dem rhetorischen Gelehrtenstreit ein Glaubenskampf hervor, in dem sich seither die Parteien unversöhnlich gegenüberstehen.

Ich hatte den Auftrag, in einer Grenzstreitigkeit zu vermitteln, die sich im Landesinneren zugetragen hatte, und so geriet ich mitten hinein in die Ereignisse, die zur Spaltung der Christenheit führten, und diese dauert an bis zum heutigen Tag.

Die Stimme des Volkes

La Vega, zwei Tagesreisen von San Domingo etwa in der Mitte der Española gelegen, war das Zentrum der Goldwäscher und Gutsbesitzer, und es hieß, das Land sei so fruchtbar, daß, wer Goldstaub aussäe, Dukaten ernten könne. Und wer den Luxus sah, der auf manchem Anwesen inmitten tiefster Wildnis, weitab der nächsten Ortschaft herrschte, der war geneigt, das auch zu glauben. Doch manches widerfährt uns so unvermutet, daß wir uns vom ersten Anschein täuschen lassen und aufgrund des überraschenden Anblicks, nachdem wir eben noch das Dickicht durchstreiften, eine Lichtung für ein Wunder halten und uns ein von Orangen- und Zitronenbäumen gesäumter Weg wie ein verzauberter Garten vorkommt, indes wir einer steinernen Treppe wegen meinen, vor einem prächtigen Palast zu stehen.

Das Anwesen gehörte Martín Avisdad de Fuérte, einem Conquistador, der sich rühmte, noch unter dem alten Admiral gedient zu haben; doch im Gegensatz zu vielen, die sich seither hier angesiedelt hätten, habe er den Boden nutzbar gemacht, statt ihn nach dem letzten Körnchen Gold zu durchwühlen. Obendrein sei er es gewesen, der aus Spanien lebende Schweine habe kommen lassen, und von diesen stammten alle ab, die es heute auf der Española gebe, weshalb man ihm im Grunde für jede Speckseite tributpflichtig wäre. Inzwischen habe er sich daran gewöhnt, daß sich um den Spott, den er damals erntete, nunmehr jedermann den Bauch vollschlage, und so denke er sich dazu nur noch: Wohl bekomm's. Beim nächsten Mal freilich werde er es nicht mehr so billig geben, zumal er beabsichtige, mit dem nachgereichten Naschwerk das Dreifache von dem, was ihm auf diese Weise entgangen sei, wieder hereinzubringen, denn mittlerweile habe er begonnen, Zuckerrohr anzupflanzen, und die Erträge hätten seine Erwartungen weit übertroffen. Nur die Verarbeitung lasse noch zu wünschen übrig, da der Zucker ein wenig vom Geschmack und der Farbe der Hölzer annehme, aus welchen die zum Auspressen des Rohrs verwendete Apparatur bestehe. Die herkömmlichen Geräte hätten wiederum den Nachteil, daß sie des feuchten Klimas wegen Rost ansetzten und, kaum eingelangt, schon wieder unbrauchbar wären; deshalb denke er daran, sich eines aus getriebenem Gold herstellen zu lassen.

Nein, nach Spanien werde er nicht mehr zurückkehren, hier sei er sein eigener Herr und niemandem Rechenschaft schuldig, wenn man von dem leidigen Grenzstreit absehe, den er mit dem Corregidor[1] von La Vega führe. Aber soviel Gutes ihm dieses Land auch bescherte, so quälend wären auch die Geißeln, mit welchen es ihn schlug, und er frage sich, ob die geschwollenen Leistendrüsen[2], die ihm in letzter Zeit sehr zu schaffen machten, oder das Laster der *tabacos* das schlimmere Übel sei. So nennen die Indios die Rollen, die sie aus einem bestimmten Kraut und einem Blatt derselben Pflanze herstellen, um sie an einem Ende in Brand zu setzen und den Rauch am anderen Ende einzusaugen. Habe man sich einmal an den beißenden Geschmack gewöhnt, so daß man den Qualm einzuatmen und ohne zu husten bei sich zu behalten vermag, werde man, so sagte er, ganz benommen und ein wenig schwindlig davon; man verspüre weder Hunger noch Müdigkeit und fühle sich seltsam berauscht. Doch noch ehe man so recht daran

---

[1] Auch Regidor; Ortsvorsteher mit richterlichen Befugnissen.
[2] Syphilis

Gefallen finde, stünde es schon nicht mehr in der eigenen Macht, davon abzulassen, obwohl ihm diese Sitte am Anfang ekelhaft vorgekommen sei und er gemeint habe, daran wären jene zu erkennen, die auch Menschenfresserei betrieben – sprach's und entzündete ein *tabaco* in dem Glutgefäß, das zu diesem Zweck bereitstand. Er bewahre immer einen größeren Vorrat dieser Rollen auf, denn nichts wäre dem Martyrium vergleichbar, als wenn ihn die Lust danach überkomme und er nicht imstande sei, diese augenblicklich zu stillen. Zudem hätte er nie gelernt, sich die *tabacos* zu drehen, dazu habe er seine Indias, junge Mädchen zumeist, unter deren Händen wahre Kunstwerke entstünden. Er nenne sie alle Maria, die Frauen nenne er Maria und die Männer José, denn er könne sie ohnehin nicht auseinanderhalten, für ihn sähen alle Indios gleich aus.

Ein paar Dutzend Eingeborene stünden in seinem Dienst, aber ob sie auch arbeiteten, wie er es ihnen auftrage, dessen könne man sich nie sicher sein. Ein Gut dieser Größe mit diesen Leuten zu bewirtschaften sei das reinste Glücksspiel, denn manchmal stellten sie sich bockiger an als das störrischste Maultier, und dann ließen sie, weiß der Himmel warum, von einem Augenblick auf den anderen alles stehen und liegen und wären durch nichts dazu zu bringen, auch nur einen Finger zu rühren, da könne man noch so auf sie einprügeln; und dabei zuckten sie nicht einmal mit der Wimper. Deshalb hätten sie es sich selbst zuzuschreiben, wenn sie dadurch zu Schaden kämen, denn würden sie schreien und jammern, wüßte man wenigstens, wann es genug sei, aber sie schrien nicht; und über die

Wirkungslosigkeit der eigenen Schläge gerate man erst recht in Zorn und dresche nur noch wilder auf sie ein. Unsereins würde gewiß brüllen wie am Spieß, schon um das Mitleid des anderen zu wecken; aber freilich, wer kein Mitleid kenne, der rechne auch beim anderen nicht damit, und daher gebe es für die Indios gar keinen Grund zu schreien, wenn man ihnen Schmerzen zufüge. Indes sei auch nicht auszuschließen, daß sie ihn dadurch nur verhöhnen wollten und es ihm auf diese Weise heimzahlten.

»Maria zum Beispiel – nein, nicht die, die Alte dort drüben: Sie ist so etwas wie meine Haushälterin, führt die Wirtschaft, kümmert sich um alles, eine bessere Bediente werdet Ihr auch in Spanien nicht finden; aber jetzt seht sie Euch einmal an! Nun, was seht Ihr? Nichts seht Ihr, nicht die Spur eines Gedankens, nicht den Funken einer Empfindung. Aber heißt es denn nicht, das Antlitz des Menschen sei der Spiegel seiner Seele? Und wenn sich nun nichts darin widerspiegelt? Dann sind die Züge leblos oder die eines seelenlosen Wesens, und somit ist Maria entweder bereits tot oder eben kein Mensch. Gut, sie sieht in etwa aus wie wir, und sie hat auch ihr eigenes Kauderwelsch, das sie selbst vermutlich für eine Sprache hält; na, und wenn schon?, was macht das für einen Unterschied, denn in Wahrheit sind es erst die Gefühlsregungen, die uns über die anderen Geschöpfe erheben, und die sucht man bei ihr vergeblich. Da bringt Ihr mir früher einen Affen zum Lachen als diese Rothäute. Oder zum Weinen. Nicht einmal ihre Kinder weinen; oder habt Ihr jemals eins ihrer Kinder weinen sehen? Ein einziges Mal habe ich es erlebt, daß einem Indio die Tränen gekommen sind, einem erwachsenen Mann obendrein. Und aus welchem Anlaß, Ihr würdet es nicht für möglich halten.«

Seine Haushälterin hatte inzwischen ein üppiges Mahl zubereitet, und so aßen wir und tranken, und vom Wein alsbald angeregt, setzte Martín de Fuérte seine Erzählung fort.

»Nun, die Sache war die: Ich hatte es auf eines dieser jungen Dinger abgesehen, deren Anblick allein schon uns Männer auf ganz unerhörte Weise peinigt, Ihr werdet mir's gewiß nachfühlen können – wie? Na egal, Ihr versteht mich schon. Ich sage Euch, ich führte mich auf wie ein über beide Ohren verliebter Grünschnabel. Ich lief ihr ständig hinterher und machte ihr kleine Geschenke; sogar herausgeputzt hab' ich mich für sie, Ihr hättet mich sehen sollen. Wie ein aufgeblasener Gockel bin ich einherstolziert, aber sie wich mir aus und wollte nichts von mir wissen. Irgendwann kam ich dahinter, daß sie nur Augen für den Sohn des alten Kaziken[1] hatte; also spionierte ich ihr nach. Und dann hab' ich sie dabei erwischt, wie sie Händchen hielten, völlig harmlos an und für sich. Trotzdem geriet ich darüber derart in Raserei, daß ich, mit mir uneins, welche Qualen ich ihnen zufügen sollte, den beiden in blinder Wut die Kleider vom Leib riß. Doch wie sie nun so dastanden, bemerkte ich, daß sie einander nicht anzusehen wagten, zutiefst beschämt durch die Blöße des andern. Ausgerechnet diese Wil-

---

[1] Ursprünglich nur auf Cuba gebräuchlicher Ausdruck für Häuptling oder Fürst; von den Spaniern zumeist abschätzig verwendet.

den, die bis zu unserer Ankunft kaum etwas am Leibe trugen! Und ich schwöre, mir war, als ob sich in diesem Augenblick das Schriftwort erfüllte: *Da gingen ihnen die Augen auf, und sie erkannten, daß sie nackt waren.* Und mit einem Mal wußte ich, auf welche Art ich an ihnen Rache üben konnte. Ich ließ sie fesseln, und zwar so, daß sie gezwungen waren, die Scham des anderen zu betrachten, und sobald einer die Augen schloß oder den Blick abwandte, hatte dies der andere mit Peitschenhieben zu büßen. Sie zerrten an den Fesseln, als ob man sie auf den Scheiterhaufen gebunden hätte; und plötzlich standen dem Mann die Tränen in den Augen und liefen ihm über die Wangen, daß es jedem, der es sah, die Brust zusammenschnürte. – Hinterher hab' ich sie gemeinsam begraben lassen.«

Von der Abtei, die keine war, und wie es mir gelang, den Streit zu schlichten

Ich traf zur Zeit der Goldschmelze in La Vega ein. Von überall her strömten Menschen in die Stadt, um ihre Schürffunde zu Münzen prägen zu lassen. Vielen blieb freilich nur ein Bruchteil ihres Ertrags, nachdem sie den Fünften für den König und die recht eigenwillig festgesetzten örtlichen Abgaben entrichtet, alle Schuldverschreibungen beglichen und die dafür verrechneten Zinsen gezahlt hatten. Und manch einer verließ die Stadt mit nicht mehr als den Kleidern, die er am Leibe trug, hatte in Schenken, beim Würfelspiel oder mit Huren auch noch den Rest durchgebracht oder war bestohlen und so im Handumdrehen um den Erlös eines ganzen Jahres erleichtert worden.

Der Corregidor Don Escuban bereitete mir einen herzlichen Empfang und lud mich ein, für die Dauer meines Aufenthalts Gast in seinem Hause zu sein, doch ich lehnte ab und sagte, ich zöge es vor, im Kloster der Fratres des heiligen Dominikus Quartier zu nehmen, um nicht in den Verdacht der Bestechlichkeit zu geraten. Was denn, bei dieser Brut? Niemals!, rief er, und daß ich keine Ahnung hätte, worauf ich mich da einließe, Verleumder seien das, elende Ketzer, die sich um jeden Christenmenschen weit weniger scherten als um irgendeinen gottlosen Wilden, denn offenbar hätten die Fratres verlernt, Freund und Feind auseinanderzuhalten. Und dann berichtete er von den Gefechten, die man in dieser Gegend zu bestehen gehabt hätte, zählte die Verwundungen auf, die er im Kampf erlitten hatte, und zeigte die Narben, die ihm davon geblieben waren, wie die Insignien seiner Redlichkeit, bis ich schließlich nachgab und wir uns darauf einigten, daß ich im Hause einer Witwe untergebracht werden sollte, die, ihn selbst mit eingerechnet, die ehrbarste Person von La Vega sei und der Stadt große Wohltaten erwiesen habe. Es stellte sich heraus, daß sie den Witwenstand wohl eher dem Entschluß, nur noch in Schwarz zu gehen, verdankte, als einem dahingeschiedenen Gemahl, und die Wohltaten, die sie der Stadt erwies, bestanden im Unterhalt einer Abtei – so hieß man in Frankreich gewisse Häuser, und sie selbst war *Französin*. Madame wurde »die Äbtissin« genannt, und man versicherte mir, sie habe im Laufe ihres Lebens mehr für den Seelenfrieden der

Christenheit getan als alle Prediger zusammen. Und so kam es, daß ich, ein ehemaliger Novize, statt mit den Brüdern vom Orden des heiligen Dominikus, an einem Tisch mit den Schwestern der Abtei von La Vega saß, die ebensowenig Nonnen waren wie die Abtei ein Ort des Gebets.

Der Rechtsstreit erwies sich als heikle und nicht leicht zu lösende Angelegenheit. Sowohl Martín de Fuérte als auch Don Escuban sahen sich als rechtmäßiger Besitzer ein und desselben Gebietes, und beide legten Urkunden vor, die ihre Ansprüche beglaubigten – eine Folge der seit jeher unklaren Machtverhältnisse und ein Erbe des verstorbenen Admirals und seines Widersachers, des ersten Gouverneurs von San Domingo.

Obwohl meine Aufgabe vor allem darin bestand, Abschriften anzufertigen, Lage und Größe des betreffenden Gebietes zu erheben, mit den in den Urkunden verzeichneten Angaben zu vergleichen und allenfalls weitere Besitzwerber ausfindig zu machen, zeigten sich beide daran interessiert, wie ich ihre Aussichten in diesem Rechtsstreit einschätzte. Ich sagte, daß sich meiner Ansicht nach keiner von ihnen allzu große Hoffnungen zu machen brauche, zumal, so wie die Dinge lägen, die Entscheidung nicht hier-, sondern bei Hofe fallen würde, und daß sich gewiß ein Günstling fände, dem der Landstrich schließlich zufallen werde. Ob es – ganz im Vertrauen und unter dem Siegel der Verschwiegenheit, versteht sich –, ob es denn nicht Mittel und Wege gäbe, die Angelegenheit doch noch zu einem anderen Abschluß zu bringen, raunte mir erst der eine und bald darauf auch der andere zu, und ich entgegnete beide

Male, die einzige Möglichkeit bestehe darin, die königliche Audienz wissen zu lassen, daß man übereingekommen sei, den Streitfall einvernehmlich beizulegen. Und der Nachteil? Der Nachteil wäre, daß man sich vorher zu einer gemeinsamen Lösung werde durchringen müssen, erwiderte ich, womit ich ihnen vollends den Glauben an die Gerechtigkeit raubte, da dieser Genüge zu tun ihrer Auffassung nach bedeutet hätte, den anderen übers Ohr zu hauen. Doch schließlich willigten beide ein und übertrugen es mir, eine Lösung auszuhandeln. Nun bestand das Problem darin, eine Abmachung zu treffen, wie und nach welchen Kriterien das Gebiet aufzuteilen wäre. Deshalb schlug ich vor, daß durch Losentscheid dem einen die Aufgabe zufallen sollte, die Grenze zu ziehen, während sich der andere dann für eine der Hälften zu entscheiden habe, wodurch, so sich jemals einer benachteiligt fühle, er die Gewißheit hätte, von nichts und niemandem als dem eigenen Urteilsvermögen getäuscht worden zu sein. Dieses Risiko brauchten sie nicht zu scheuen, polterten beide, indes haben sie wohl noch manch schlaflose Nacht verbracht, ehe eine Einigung zustande kam.

So unbedeutend uns manche Vorkommnisse zunächst erscheinen, so unbedeutend sie auch tatsächlich sein mögen, mitunter verleihen gerade sie erst unserem Dasein die Wendung, die wir dann ergeben als unser Schicksal zu bezeichnen geneigt sind. Und so zog ich mit dem Aufsetzen des von Martín de Fuérte und Don Escuban geschlossenen Abkommens nichtsahnend und voller Eifer einen Schlußstrich unter mein bisheriges Leben, denn dieser Vertrag gab den

Ausschlag dafür, daß ich zum Schreiber einer Delegation ernannt wurde, die Auftrag hatte, in einem ähnlich gelagerten, indes ungleich schwerwiegenderen Konflikt zu vermitteln. Das aber heißt, daß ohne die in La Vega erzielte Übereinkunft meine im Grunde damit erst beginnende Geschichte sich so wohl nie ereignet hätte.

Doch ehe ich La Vega verließ und nach San Domingo zurückkehrte, brach ein neues Zeitalter an. Nicht die Krone, nicht das Volk, nicht die Kirche würde mehr entscheiden, was richtig und was falsch wäre – von nun an würde jeder selbst für sein Handeln verantwortlich sein.

Der Aufstand der Mönche

So schlecht die Einwohner von La Vega auf ihre Fratres auch zu sprechen waren, so wenig hinderte sie das daran, bei diesen die Messe oder vielmehr die Predigt zu hören, und nicht etwa bei den Franziskanern, die sich unweit der Stadt niedergelassen hatten und die in der Indiofrage eine gemäßigtere, also siedlerfreundlichere Gesinnung vertraten. Man lauerte auf eine Gelegenheit, seinem Unmut Luft zu machen, und so glich jeder Gottesdienst einem Pulverfaß, an das man Feuer gelegt hatte.

An jenem Sonntag des Jahres 1511, es war das Fest des Apostels Tomas, hätte wohl nicht einmal mehr der Schatten eines Bettelmönchs in der Kirche Platz gefunden, und noch einmal so viele Leute tummelten sich vor dem Portal und beklagten, daß man von hier aus nicht recht mitbekäme, wenn das Spektakel endlich losginge. Als Entschädigung vertrieb man sich die Zeit mit Würfelspiel, Weinkrüge wurden herumgereicht, oder man suchte Trost und Erbauung an der Seite der Äbtissin und ihrer Novizinnen, deren wortkarge, aber unmißverständliche Botschaft die Käuflichkeit irdischen Glücks verhieß, um dessentwillen mancher freiwillig den Nachdrängenden Platz machte, die, ihrerseits nun gar nicht mehr so sehr darauf erpicht, zumindest ein angeregtes Schwätzchen führen wollten. Das wiederum erzürnte jene, die sich dadurch in ihrer Andacht gestört fühlten, worauf sie, nun schon einmal darum gebracht, mit jedem Streit anfingen, der ihnen in die Quere kam.

Die Messe las ein alter schmächtiger Pater, der von all dem kaum Notiz zu nehmen schien, doch als er auf die Kanzel stieg, wurde es mit einem Mal still in La Vega. Jetzt könne man sich auf etwas gefaßt machen, flüsterte mir Don Escuban zu, denn Fray Bernardo sei der scharfzüngigste von allen.

Er komme, hob dieser die Predigt an, aus einem kleinen Dorf, ein Nest, wie tausend andere auch, gerade eine Handvoll Menschen lebten da, Bauern, Handwerker, Fischer, einfache Leute eben, was solle man mehr über sie sagen? – doch eines Tages sei das Dorf überfallen worden. Wer sich widersetzte, den metzelte man nieder, und wer keine Gegenwehr bot, den schlachtete man aus purer Grausamkeit hin; die wenigen Überlebenden trieb man am Dorfplatz zusammen, erschlug die Alten und schmetterte vor den Augen der Mütter ihre Säuglinge gegen einen Felsen, so daß das Knacken der Schädel weithin zu hören war. Seither vergehe keine Nacht, in der er nicht aus dem Schlaf aufschrecke mit diesem Geräusch in den Ohren und in der Seele. »Und jetzt stellt Euch vor, dies sei ein spanisches, dies sei Euer Dorf gewesen, Euer Vater, Eure Mutter, die man erschlug, Eure Brüder, die man in die Sklaverei verschleppte und Eure Schwestern, denen man Gewalt antat.«

Alle begriffen, daß vom Überfall auf eine der letzten Indiosiedlungen die Rede war, von einem Massaker, an dem mancher der hier Anwesenden beteiligt gewesen sein mochte. Er werde nicht dulden, daß man seine Familie beleidige, indem man sie mit Wilden vergleiche, rief einer dazwischen und fand dafür heftige Zustimmung. Fray Bernardo ließ sich davon nicht beirren, und er sagte, daß sich der Konvent an den Papst gewandt habe mit dem Ersuchen, die Eingeborenen als Menschen anzuerkennen.[1] Zudem würden er und seine Mitbrüder hinfort jedem das Bußsakrament verweigern, der nicht davon ablasse, Indios als Sklaven zu halten, oder sie der Rechte beraube, die für jeden und nur insgesamt und allgemein Gültigkeit hätten oder für niemanden. Daraufhin brach ein Sturm der Entrüstung los. Um ein Haar wäre Fray Bernardo von der Kanzel gezerrt und verprügelt worden, und in der Stadt machte die Losung die Runde, man solle die Pfaffen ausräuchern und davonjagen. Und damit klar sei, was man in La Vega davon halte, die Eingeborenen zumindest dem Papier nach zu Menschen zu ma-

---

[1] Tatsächlich wurden die Indios erst 1537 von Papst Paul III. zu Menschen erklärt.

chen, nachdem alle anderen diesbezüglichen Versuche gescheitert waren, damit also niemand behaupten könne, der Antwort auf diese Hohnpredigt hätte es an der gebotenen Deutlichkeit gemangelt, schleifte Don Escuban eine India an den Haaren auf dem Marktplatz und erschlug sie vor den dort versammelten Bürgern. Solange er hier das Sagen habe, solange werde ein jeder mit dem, was ihm gehöre, tun und lassen können, was immer ihm beliebt, und er werde nicht dulden, daß man Recht und Ordung dieser Kreaturen wegen untergrabe. Freilich, wenn die Herren ihm die Stelle zeigten, wo geschrieben stehe, daß es eine Sünde sei, ein räudiges Vieh zu erschlagen, dann möge er seinetwegen dafür in der Hölle schmoren, ganz gleich ob eines dahergelaufenen Köters oder irgendeiner Rothaut wegen; indes könne ein jeder hier Gift darauf nehmen, daß seine unsterbliche Seele deshalb kein bißchen schwärzer wäre als vorher, sein Gewissen sei rein, das schwöre er bei Gott.

Nicht eines jeden Gewissen blieb stumm, doch kaum einer war bereit, auf die Haltung von Sklaven zu verzichten und die Indios in die Freiheit zu entlassen. Statt dessen zahlte man einen Ablaß, der, seit der Ankündigung Fray Bernardos, Sklavenhaltern die Beichte zu verweigern, von Franziskanern und Hieronymiten entsprechend der Zahl an Leibeigenen, nach Dutzend gerechnet, eingehoben wurde. In San Domingo maß man der Angelegenheit zunächst weit geringere Bedeutung bei. Hier habe man Besseres zu tun, als Predigten zu kommentieren, hieß es, und man teilte mir mit, daß ich zum Schreiber einer Gesandtschaft bestimmt worden sei, die demnächst zu einer wichtigen Mission aufbrechen werde. Drei Wochen später ging ich an Bord eines Schiffes, das Kurs nach einer Gegend nahm, die man El Darién oder auch *Terra Firma*, »das feste Land« nennt.[1] Die Española aber sollte ich nie mehr betreten.

---

[1] Dieses Gebiet reichte vom *Cabo Gracias a Dios* an der heutigen Grenze zwischen Honduras und Nicaragua bis zum *Golf von Urabá* im Norden Kolumbiens und erstreckte sich somit über eine Länge von etwa 1000 km.

Zweiter Teil

Von mächtigen Kriegsherren und wehrlosen Friedensstiftern

Wie so oft in der erst kurzen Geschichte der Neuen Welt hatte sich auch dieser Konflikt daran entzündet, daß ein junger Abenteurer die Befehle des Vorgesetzten mißachtet und auf eigene Faust gehandelt hatte, und das, den Verwünschungen des Präfekten zum Trotz, mit beachtenswertem Erfolg. Dieser freilich konnte solchem Treiben nicht tatenlos zusehen, daher entsandte er eine Strafexpedition gegen den Abtrünnigen, der sich indes zu wehren wußte, und so kam es zu heftigen Gefechten, in welchen beide Seiten große Verluste vor allem unter den indianischen Hilfstruppen zu beklagen hatten. Als Rache an den Verbündeten des Gegners verwüstete man daraufhin weite Landstriche und brannte Felder und Dörfer nieder, was zu einer verheerenden Hungersnot und zu Aufständen der indianischen Bevölkerung führte. In San Domingo war man über diese Entwicklung sehr besorgt, und man vertrat die Ansicht, daß die Kämpfe umgehend beendet werden müßten, wollte man nicht riskieren, einer Kontroverse unter Spaniern wegen vielleicht über Jahre hinaus die Kontrolle über »das feste Land« zu verlieren. Ein nach zähem Ringen unter Vermittlung eines Kommissärs vereinbarter Waffenstillstand währte nicht halb so lang, als man benötigt hatte, diesen auszuhandeln. Beide Seiten warfen dem Gegner vor, die Einstellung der Kämpfe nur dazu zu nutzen, den nächsten Angriff vorzubereiten, und wie die bald darauf neu entbrannten Gefechte bewiesen, bestand das gegenseitige Mißtrauen nicht zu Unrecht. Daher setzte man nun alle Hoffnungen in die aus drei Rechtsgelehrten, einem Franziskaner, einem Gesandten des Königs und mir als deren Schreiber und Protokollführer bestehenden Delegation, die zwischen den Streitparteien vermitteln und eine Beendigung der Kämpfe herbeiführen sollte. Freilich, *alle* Hoffnungen bedeutet nicht, daß es auch *aller* Hoffnungen wären, und so fiel in Anbetracht der Autorität, die man vertrat, der Empfang in El Darién denn auch kühl und beleidigend formlos aus. Ein Abgesandter des Präfekten hieß uns in dessen Namen willkommen, worauf er sich auch schon wieder empfahl und ebenso unauffindbar blieb wie dieser selbst oder auch nur irgend jemand, dem gegenüber man Titel, Vollmachten und Befugnisse hätte geltend machen können, mit welchen man auf eigenes Ersuchen hin ausgestattet worden war. Doch da sich all dies nun als wertlos erwies, wünschte manch einer, man wäre etwas bescheidener zu Werke gegangen, zumal mit der Machtfülle auch die Erwartungen an die Abgesandten stiegen und man ein Scheitern um so mehr als deren persönliches Versagen werten würde. Diese Aussicht beunruhigte einige der Delegierten mehr als die fortdauernden Kämpfe, und alsbald wurden Stimmen laut, wonach die unverzügliche Rückkehr die einzige Möglichkeit sei, einen Rest an Autorität zu wahren, weil man sich jetzt noch darauf ausreden könnte, daß es, um sich Gehör und Respekt zu verschaffen, etlicher Kanonen und einer schlagkräftigen Truppe bedurft hätte; und damit läge die Verantwortung wieder bei der königlichen Audienz, der es sowohl am Geld als auch an der Entschlossenheit mangelte, sich zu einem militärischen Eingreifen durchzuringen. Wenn auch nicht alle der gleichen Meinung waren, so hatte doch jeder das nutzlose Warten satt, und schließlich sprach sich eine Mehrheit für die Rückkehr nach San Domingo aus. Man hatte bereits mit dem Beladen des Schiffes begonnen, als uns ein Gerücht zu Ohren kam, das besagte, die Delegation hätte bloß Auftrag gehabt, den Präfekten seines Amtes zu entheben und die Verwaltung zu übernehmen, bis man einen Nachfolger ernannt hätte. Don Peréz, der Rangälteste und Vorsitzende der Gesandtschaft, verfügte daraufhin, daß ein letzter Versuch unternommen und mit der Abreise noch eine Woche zugewartet werden solle. Dann ließ er in den umliegenden Ansiedlungen kundmachen, daß der Präfekt in Anbetracht der Verdienste, die er sich als Wahrer von Recht und Gerechtigkeit in der Region El Darién erworben habe, in seinem Amt bestätigt worden sei. Die Woche war noch nicht um, als ein Kurier mit der Nachricht eintraf, der Präfekt bitte uns zu einer Unterredung zu sich. Er empfing uns mit übertriebener Zuvorkommenheit, die keinen Zweifel daran ließ, daß die Mißachtung, die uns bisher zuteil geworden war, seinen Wünschen und Weisungen entsprochen hatte. Die Gerüchte über seine Abberufung erwähnte er im übrigen mit keiner Silbe. Es wäre ihm eine Ehre, endlich die Bekanntschaft der hohen Herren zu machen, sagte er, und er bedaure, daß er nicht schon früher dazu Gelegenheit gefunden habe, doch sei er eben erst von einer Strafexpedition gegen einen elenden Strauchdieb zurückgekehrt, der die ganze Gegend in Aufruhr versetze. Ob er seiner denn habhaft hätte werden können, wandte sich der Franziskaner an den Gastgeber, worauf es dieser einer Verkettung unglücklicher Umstände zuschrieb, daß er ihm neuerlich entwischt sei; aber beim nächsten Mal ... Ein nächstes Mal werde man allen Beteiligten womöglich ersparen können, fiel ihm der Vorsitzende ins Wort, sofern, wie wohl unschwer zu erraten, von einem Mann namens Balboa die Rede wäre. Diese Delegation komme im Auftrag der königlichen Audienz, der viel an einer friedlichen Beilegung des Streits gelegen sei. Das heiße, ihn ungeschoren davonkommen lassen, rief der Präfekt, wie sich das denn die Herren vorstellten? Wie stehe er vor seinen Leuten da, wenn er jetzt einfach nachgebe? Außerdem würde es die Disziplin der gesamten Mannschaft untergraben, und dann sei es mit der Kampfmoral vorbei. Gewiß, solche Überlegungen dürfe man nicht außer acht lassen, erwiderte der Vorsitzende, doch hier wären auch andere, höhere Interessen im Spiel, die man in diesem Fall über derlei Bedenken zu stellen habe – und so kam der Präfekt schließlich nicht umhin, der Aufnahme von Verhandlungen zuzustimmen, freilich mit dem Nachsatz, man werde noch so seine Wunder erleben, und ob die Herren denn im Ernst glaubten, daß, wer einmal wortbrüchig geworden sei, dazu nicht abermals fähig wäre. Verräter bleibe nun einmal Verräter, das solle man sich von ihm gesagt sein lassen.

»Habe ich's Euch nicht prophezeit?!« triumphierte er denn auch, als ein Kurier mit der Botschaft Balboas eintraf, daß sich die Herren aus San Domingo schon zu ihm bemühen müßten, wenn sie mit ihm reden wollten. Womit freilich weder der Präfekt noch die übrigen Delegierten und vermutlich nicht einmal Balboa selbst gerechnet hatten, war, daß Don Peréz diese Aufforderung wörtlich nehmen würde. Und so brachen wir in ein Gebiet auf, das mit keiner uns bis dahin bekannten Region zu vergleichen war. Kaum daß wir das gemäßigte Küstengebiet hinter uns gelassen und uns landeinwärts gewandt hatten, mußten wir uns mit Dolchen und Schwertern einen Weg durch ein Gewirr von Stengeln und Laubwerk bahnen, das sich indes hinter uns gleich wieder zu schließen schien, gerade so, als ob es Wasser wäre, das wir mit unseren Klingen zu teilen versuchten. Und schon nach wenigen Schritten vermochte man nicht mehr zu sagen, aus welcher Richtung man gekommen war. Uns allen blieb es ein Rätsel, wie man sich in dieser Umgebung orientieren konnte, und auf meine Frage hin erteilte mir der Gefolgsmann Balboas, der uns zu dessen Versteck bringen sollte, die ein wenig beunruhigende Auskunft, daß er zwar oft selbst nicht mehr wisse, wo wir seien, dafür aber ungefähr, wohin wir müßten, und darauf komme es schließlich an.

Die dampfende Luft machte einem das Atmen so schwer, daß man hätte meinen können, ersticken zu müssen, und nun kletterten wir auch noch steile Hänge hinauf, ein jeder mit dem Kunststück beschäftigt, sich mit dem Schwerte, auf das er sich stützte, einen Weg zu bahnen. Endlich, am vierten Tag dieses kräfteraubenden Marsches, erreichten wir die Lichtung, auf der Balboas Mannschaft lagerte, doch hier erwartete uns bereits die nächste böse Überraschung. Der Präfekt hatte uns heimlich und entgegen den Abmachungen einen Späher hinterhergeschickt, der vom Vorposten des Lagers aufgegriffen worden war, wodurch wir nun in arge Bedrängnis gerieten, da man uns beschuldigte, mit diesem gemeinsame Sache zu machen. Wir beteuerten unsere Unschuld und wiesen Dokumente vor, die unsere wahren Absichten belegen sollten, aber die Leute wußten damit nichts anzufangen; deshalb verlangten wir, dem Hauptmann vorgeführt zu werden. Der, hieß es, habe Besseres zu tun, und wir müßten schon mit ihnen vorlieb nehmen; und dann ging die Debatte los, ob man uns nun trauen dürfe oder uns nicht besser gleich am nächsten Baum aufhängen sollte. Endlich trat der Hauptmann hinzu, flüsterte einem seiner Männer etwas ins Ohr und war sogleich wieder verschwunden. Der Angesprochene forderte uns auf, ihm zu folgen, und nun ging es wieder steile Hänge hinauf und hinein in den tiefsten Dschungel, und wir dachten schon, er habe die Anweisung wohl mißverstanden, als wir plötzlich am Rande eines gewaltigen Felsvorsprungs standen. Balboa, den Blick in die Ferne gerichtet, hatte uns hier erwartet. Nach einer Weile wandte er sich um, lächelnd, dann bückte er sich, hob einen Stein auf und ließ ihn in die Tiefe fallen.

»Von hier«, sagte er, »genau von dieser Stelle stürzen die Eingeborenen ihre Opfer in die Tiefe, und man erzählt, daß ihr Schrei nicht abreißt, so daß es sich anhört, als würden sie ins Bodenlose fallen. Deshalb nennen die Indios diesen Ort *Die Pforte in eine andere Welt*. Nun, meine Herren, das ist er auch für mich geworden, denn was Ihr dort am Horizont seht, ist das

Südmeer[1], das man bisher auf dem Seeweg zu erreichen hoffte. Doch was, wenn es den *paso* nicht gibt, wenn wir umsonst immer weiter in den Süden vorstießen, um den Zusammenfluß der Weltmeere zu finden; was, wenn die beiden voneinander geschieden sind und keine Route existiert, die von dem einen ins andere führt? Sollte uns etwa deshalb der Weg nach Indien für immer versperrt bleiben?«

Deshalb sei er entschlossen, über Landes zu dieser Küste zu gelangen[2], und er plane, ein Schiff um das andere in seine Einzelteile zu zerlegen, über den Isthmus zu schaffen und sie allesamt auf der anderen Seite als die erste spanische Südmeerflotte zu Wasser zu lassen. Für den Präfekt wären das freilich nichts als Hirngespinste, obwohl es in der Vergangenheit um nichts weniger kühne Ideen gewesen seien, welchen er heute Rang, Macht und Einfluß verdanke. Und hätte er, Balboa, sich dafür zu rechtfertigen, daß er dem Statthalter die Gefolgschaft aufkündigte, so würde er alle lebenden und bereits verstorbenen Pioniere als Zeugen anrufen, die sich der gleichen Vision verschrieben hätten, und deren Werk zu Ende führen, diesen letzten entscheidenden Schritt zu tun sei nun ganz allein an ihm: zu beweisen, daß es möglich wäre, in westlicher Richtung bis nach Indien zu gelangen.

Balboa hatte zuletzt mit großer Leidenschaft gesprochen, und seine Worte machten auf alle großen Eindruck. Es sei eine Schande, einem Mann seines Taten-

---

[1] Balboa sollte ihm später den Namen *Südsee* geben (siehe auch Anm. S. 18 und S. 27)

[2] Am 29. September 1513 erreichte er als erster Spanier den Pazifik.

drangs wegen wie einem gemeinen Verbrecher nachzustellen, hieß es, und daß sich ein Land glücklich schätzen solle, das solche Leute hervorbringe. Der Vorsitzende gab indes zu bedenken, daß, so wie die Dinge stünden, trotz allem der Präfekt das Recht auf seiner Seite habe. Deshalb drängte man Balboa, diesem eine Reihe von Zugeständnissen zu machen, und versprach als Gegenleistung alle nur erdenkliche Unterstützung für seine gewagte Unternehmung. Dennoch gingen noch Wochen damit hin, den Vertrag in allen Einzelheiten auszuhandeln. Endlich war ein Kompromiß gefunden, den abzulehnen sich keine Seite hätte erlauben dürfen, ohne in den Verdacht zu geraten, an einer Beilegung des Konflikts gar nicht interessiert zu sein, und so brachte man die beiden doch noch gemeinsam an einen Tisch. Kaum, daß die Dokumente besiegelt und die Ansprachen verklungen waren, in welchen man nicht müde wurde, einander die Unverbrüchlichkeit des Vertrags zu beteuern, schon hielt die Delegierten hier nichts mehr, und allen voran drängte der Vorsitzende zur unverzüglichen Rückkehr nach San Domingo. Den Erfolg vermelden, solange es ein Erfolg sei, hieß die Parole, denn an die Dauerhaftigkeit des Friedens glaubte offenbar niemand.

Jahre später erfuhr ich, daß das Abkommen, entgegen aller Erwartungen, gehalten hatte, obwohl die Abschrift des Vertrags nie in San Domingo angekommen ist.

Die in aller Eile vorbereitete Rückreise stand von Anfang an unter keinem guten Stern. Zunächst stellte sich heraus, daß ein Teil der Mannschaft an Fieber litt und zurückgelassen werden mußte, und als schließlich Ersatz gefunden war, brach das Steuerruder, was die Abreise neuerlich verzögerte. Endlich schien alles zum Auslaufen bereit, als ein Unwetter aufzog und Kapitän Juan de Valdivia dazu riet, wieder vor Anker zu gehen, doch der Vorsitzende drängte auf eine eilige Rückkehr, und so nahmen wir Kurs auf die Española. Sturm und Regen ließen indes allmählich nach, und als sich nach drei Tagen endlich die Sonne am Himmel zeigte, hellten sich auch die Mienen der Menschen an Bord wieder auf. Nur der Kapitän warnte davor, sich schon im sicheren Hafen zu wähnen, die See hier sei tückisch, und wer sie unterschätze, dem werde sie leicht zum Verhängnis. Daraus spräche bloß der gekränkte Stolz desjenigen, dessen Meinung für unerheblich erachtet worden sei, spottete man. In der darauffolgenden Nacht brach ein Orkan los. Obwohl man uns geraten hatte, unter Deck zu bleiben, stieg ich hinauf in der Absicht, mich nach Möglichkeit nützlich zu machen und mit anzupacken, wo Not am Mann wäre. Masthohe Wellen brachen über uns herein, und schon die erste hätte mich beinah wieder von Deck gespült. Ich rief einen neben mir stehenden Matrosen an, und obwohl er mir aus Leibeskräften etwas zuschrie, war in dem Tosen und Krachen umher kaum ein Wort zu verstehen. Dann wies er in die Richtung, wo eben ein Blitz für einen Augenblick lang den

Horizont erhellte, und da sah ich nun das Meer aufschäumen, hochsteigen und sich brechen wie die Brandung an einer Felsküste. Trotz der widrigen Umstände gelang es, das Schiff an den Untiefen vorbeizumanövrieren und Kurs hinaus aufs offene Meer zu halten, und fast schon schien es, als sei das Schlimmste überstanden – da erhob sich vor uns eine Wasserwand und rollte auf uns zu, indes sie wuchs wie ein Gebirge, das aus dem Grunde des Meeres emporstieg. Das Schiff neigte sich immer mehr gen Backbord, so daß wir fürchteten zu kentern, doch plötzlich ebbte die Welle ab und richtete das Schiff noch einmal auf. Einen Augenblick lang herrschte völlige Stille an Deck, als habe das Bersten der Wasserwand ein Loch in das Tosen gerissen. Aber nicht das Pfeifen des Windes, nicht das Prasseln von Regen und Gischt hatte nachgelassen, es war das Knarren des Schiffes, das für einen Augenblick aussetzte, als ob die Karavelle den Atem anhielte. Im nächsten Moment liefen wir auf das Korallenriff auf, das Schiff schlug leck und sank mitsamt der Gerichtskasse, welche zwanzigtausend Dukaten und den Vertrag zwischen Balboa und dem Präfekten von El Darién enthielt. Don Peréz und die übrigen Mitglieder der Delegation fanden den Tod, ebenso rund die Hälfte der Mannschaft.

Ich selbst verdanke meine Rettung der Mahnung, die der Maat ausgesprochen hatte, als wir von Sevilla ausliefen, und die in die Stille hinein, die plötzlich an Bord herrschte, in meiner Erinnerung widerhallte. Und ich folgte ihr wie ein Hund, der dem Zuruf seines Herren gehorcht, doch wie ich über das schwer schlagseitige Deck trotz Wind und Nässe und gebrochener Planken ans Heck des Schiffs gelangte, weiß ich nicht und ist mir bis heute unerklärlich. Von dort versuchte ich mich an dem Tau, an welchem das Beiboot hing, zu diesem hinabzulassen, doch die Kräfte verließen mich, und ich fiel ins Wasser. Die Wellen schlugen über mir zusammen, und ich hatte mich bereits aufgegeben, als mich eine Hand buchstäblich beim Kragen packte und aus dem Wasser zerrte.

Als ich wieder zu mir kam, erstaunte mich, wie viele es bereits vor mir ins Beiboot geschafft hatten, und mir schien, als habe, im Vergleich zu diesen, bei mir die Ahnung des nahenden Unheils ein wenig auf sich warten lassen. Nur noch zwei weitere Personen wurden geborgen, dann kappte man das Seil, und wir mußten zusehen, wie das Schiff, von dem verzweifelte Hilferufe zu uns drangen, langsam in den Fluten versank. Doch uns blieb kaum die Zeit, ein Gebet für die Opfer zu sprechen, da Sturm und Regen anhielten, so daß wir uns selbst von der Gefahr bedroht sahen, unterzugehen. Stunden um Stunden schöpften wir mit Bechern, Mützen und den bloßen Händen Wasser aus dem Boot – in einem ständigen Wettlauf mit der Zeit zwischen einer Welle und der nächsten. Endlich ließ das Unwetter nach, und so verbrachten wir, nebeneinander kauernd, durchnäßt und zitternd vor Kälte, die erste Nacht auf offener See unter freiem Himmel, mit nichts als zwei Zoll Holz zwischen uns und dem Verderben.

Bei Tagesanbruch hielten wir Ausschau nach der Küste Jamaicas, einer Nachbarinsel der Española, in deren Nähe wir uns nach Meinung des Kapitäns befanden, doch zu allen Übeln kam hinzu, daß die Ruder in dem Unwetter verlorengegangen waren und wir uns der Strömung überlassen mußten. Die aber trieb uns immer weiter von Jamaica fort, und in der Richtung, so der Kapitän, sei nichts als Wasser.

Von den Arten, den Tod zu bezwingen, und der Unart, ihm zu erliegen

Bei Tag der unerbittlichen Sonnenglut ausgesetzt, bei Nacht von Wolkenbrüchen heimgesucht, so trieben wir auf dem Meer dahin und durften noch von Glück reden, daß sich unser Schiffbruch in der Regenzeit ereignet hatte, denn die spärlichen Wasservorräte waren bald verbraucht, und so boten die täglichen Regengüsse die einzige Gelegenheit, uns wenigstens die Kehlen zu netzen. Wir ernährten uns von den Fischen, die einer der Matrosen mit großem Geschick und nur mit Hilfe eines Bootshakens fing und die wir, anfangs nicht ohne Ekel, doch nach und nach mit wachsender Gier roh verspeisten. Beinahe noch schlimmer als Hunger und Durst war die starke Sonneneinstrahlung, die manchem die Haut in Gesicht und auf den Händen verbrannte, so daß sie Blasen warf und sich abzulösen begann. Und auch unser Verstand litt zunehmend unter der enormen Hitze, und schließlich dämmerten wir nur noch dahin, fühllos und gleichgültig gegen uns selbst, mit Trugbildern vor Augen, die uns das fiebernde Hirn vorgaukelte, bis sich mit der Abendkühle allmählich wieder klarere Gedanken einstellten und mit ihnen die Gewißheit über die Ausweglosigkeit unserer Lage. In solchen Momenten suchte ich Trost im Stundenbuch[1], wiewohl ich gestehen muß, daß die Hoffnung auf Erlösung bereits in einem Schluck Wasser ihre Erfüllung fand und mich die Frage nach einem ewigen allmächtigen Gott weit weniger beschäftigte als die nach etwas Schatten und einer hinreichenden Mahlzeit. Das Stundenbuch aber trage ich seither immer bei mir, und daß ich heute über jene Begebenheiten berichten kann, verdanke ich gewiß auch diesem nunmehr abgegriffenen und kaum mehr lesbaren Bändchen, das mir zum stummen Freund und beredten Gefährten wurde.

Damals freilich glaubte niemand daran, daß es für uns noch Rettung gäbe; falls aber doch, sollten jene, die überlebten, das Angedenken an die übrigen bewahren. Dies also sind, ungeachtet ihres Rangs und ihres Standes, die Namen der Schiffbrüchigen, so, wie ich sie im Boot sitzend im Gedächtnis behielt und in der Erinnerung immer noch vor mir sehe: der Steuermann Alonso Bocca und sein Maat Francisco Rodriguez; der Lizentiat[2] Garcia de Pinedo; Juan Sendeño, ein Vertrauter Balboas, der dessen Angelegenheiten vor der königlichen Audienz vertreten sollte; Gonzalo Guerrero, jener Matrose, dessen Fertigkeiten im Fischfang uns vor dem Hungertod bewahrte; die beiden Kaufleute Pedro Lasarra und Luis Pinón; Antonio Morales, ein Junge von gerade dreizehn Jahren; Doña Insunta de Quinisidad, die Nichte des Präfekten, und ihre Zofe Rositta Giménez; die Herren Andrés Estrada und

---

[1] Gebetbuch für Laien
[2] Vorstufe zum Doktortitel, unserem Magister vergleichbar

Fernando Nuñez sowie der Hidalgo[1] Miguel de Oviedo; Kapitän Juan de Valdivia und die Seeleute Ignacio Suárez, Manuel Rivera und Carlos Tapía; weiters der Portugiese João de Mateus und ich, Gerónimo de Aguilar. Neunzehn Personen zählten wir also, ehe Entkräftung und Hoffnungslosigkeit die ersten Opfer forderten und unser Rettungsboot endgültig zum Siechenschiff wurde.

Es begann damit, daß sich bei einigen deutliche Anzeichen geistiger Verwirrung bemerkbar machten; so phantasierte Pinedo unentwegt vom Land, das er gesichtet haben wolle, den Kopf indes himmelwärts gerichtet. Doch während er damit niemandem zur Last fiel, stellte Rivera die Geduld der übrigen auf eine harte Probe, da er unentwegt davon sprach, er werde das Boot leckschlagen oder zum Kentern bringen, damit das Leiden ein Ende habe. Warum er sich denn nicht einfach selbst ins Meer stürze, herrschte ihn Oviedo an, und daß man gern ein wenig nachhelfe, wenn er nicht bald das Maul halte; doch Rivera schrie, wir alle sollten mit ihm untergehen, und schon ergriff er Guerreros Bootshaken, um damit ein Loch in die Planken zu schlagen. Der Kapitän befahl, ihn zu fesseln, bis er wieder zu Vernunft gekommen sei. Rivera aber dachte nun, man wolle ihn tatsächlich über Bord werfen, und schrie und tobte wie ein Besessener, woraufhin nun auch jene, die sich bisher herausgehalten hatten, die Beherrschung verloren und einer den anderen anbrüllte, daß es wohl das beste sei, wenn wir möglichst bald

[1] s. Anm. S. 49

zugrunde gingen. Das erzürnte wiederum den Kapitän, und er meinte, daß wir noch von Glück reden könnten, wenn die Welt nie davon Kenntnis erhielte, was auf diesem Rettungsboot unter angeblich zivilisierten Menschen vorgefallen sei; wer jedoch noch einen Funken Hoffnung auf Rettung besitze, der tue gut daran, sich ein Beispiel an den beiden Frauen und dem Jungen zu nehmen, die ihr Schicksal mutiger ertrügen als die werten Herren, deren ehedem prahlsüchtiges Maul nun ihre ganze Kläglichkeit preisgebe. Im übrigen, sagte er, wäre es die reinste Blasphemie, alle Hoffnung fahren zu lassen, und ein Frevel gegen den Allmächtigen, der voll des Erbarmens sei mit jenen, die an ihn glaubten.

»Amen«, schloß Andrés Estrada für den Kapitän dessen Rede – und verschied. Von da an war der Tod mitten unter uns, und als nächstes erstarb das Mitgefühl. Man belauerte einander, maß das eigene Befinden an dem der Nachbarn, und registrierte jede Veränderung ihres Zustandes zum Schlechteren nicht ohne Genugtuung. Ein jeder wachte eifersüchtig über sein Leben, als würde es einem von allen anderen streitig gemacht, bloß weil sie an dem ihren festhielten. Nur Kapitän Valdivia und der Matrose Guerrero wurden nicht müde, an den Gemeinschaftssinn zu appellieren, denn wer die anderen aufgebe, hege auch für sich selbst keine Hoffnung mehr. Ihre Worte fanden indes kaum Gehör; ein jeder fürchtete bloß, der nächste zu sein, und mit der Angst wuchs der Haß auf die anderen, die einem gewiß den Tod wünschten, wenn nur wenigstens sie am Leben blieben. Und die, die starben, haßte man dafür, daß sie nicht noch ein wenig länger durchgehalten hatten, als ob mit dem Hinauszögern ihres Todes auch der eigene in größere Ferne gerückt wäre.

Auf Estrada folgte Rodriguez, dann Tapia und noch am selben Tag Pedro Lasarra. Weiters starben João de Mateus, Luis Pinón und Ignacio Suárez noch auf See. Um uns der Toten zu entledigen, ließen wir sie mit einem eilig dahingemurmelten Gebet zu Wasser, wo sie manchmal noch eine Weile neben uns her trieben. Kaum aber, daß sie untergegangen oder außer Sichtweite waren, begann von neuem das Ringen darum, zumindest einen, vielleicht noch zwei der Verbliebenen zu überleben.

Rettung und Verderben

Die letzten zwei Tage hatte es nicht mehr geregnet. Wir alle waren bereits so geschwächt, daß wir uns nicht mehr zu rühren vermochten. Ich weiß nicht, wer die Küste zuerst sah, doch als ich von Land reden hörte, dachte ich, es sei Pinedo, der nur wieder phantasiere; dann aber rissen mich immer lauter werdende Stimmen aus der Benommenheit. Unter größter Anstrengung hob ich den Kopf, und da nun sah ich es, verschwommen zunächst, schließlich aber ganz deutlich am Horizont: das üppige Grün einer von Palmen und Buschwerk bewachsenen Küste. Mit einem Mal waren alle Strapazen vergessen, wir lachten und fielen einander in die Arme. Die Umrisse der Landschaft traten immer deutlicher hervor, und einige meinten gar, das Rauschen eines Flusses zu hören; da erfaßte uns die Strömung und trieb uns wieder von der Küste weg. Und nun begann ein Kampf, den verbissener man sich kaum vorstellen kann. Mit Brettern, die von der gesunkenen Karavelle stammten und die wir aus dem Meer gefischt hatten, ruderten wir gegen die Strömung an, so gut es damit eben ging, allesamt am Rande der völligen Erschöpfung, und plötzlich wurden Kräfte frei, die eigentlich nicht mehr vorhanden waren.

Unser Einsatz sollte nicht unbelohnt bleiben. Nach Süden hin ließ die Strömung etwas nach, und so gelang es uns, das Boot in Sichtweite zur Küste zu halten, und endlich streckte sich uns eine Landzunge entgegen, auf die wir geradewegs zuliefen. Das Meer war dort so seicht, daß wir mit dem Boot nur etwa auf einen Bogenschuß weit herankamen und das letzte Stück watend zurücklegen mußten. Die Strecke schien uns endlos, denn nach so langer Zeit zum ersten Mal wieder auf den Beinen, hatten wir Mühe, uns auf dem teils schlammigen, teils glitschigen Untergrund aufrecht zu halten. Dann, nach zwanzig Tagen auf See, allein dreizehn davon als Schiffbrüchige in einem einfachen Beiboot, ließen wir uns erschöpft und völlig entkräftet in den Sand fallen und kamen erst wieder mit dem Einsetzen der Flut zur Besinnung. Und nun kehrten wir der Küste, dem Meer endgültig den Rücken und drangen ins Landesinnere vor auf der Suche nach Wasser und Nahrung.

Auf die Frage, wo wir uns eigentlich befänden und ob wir hier auf Spanier treffen würden, erwiderte der Kapitän, das einzige, das er dazu sagen könne, sei, daß vor uns gewiß noch kein Weißer dieses Land betreten habe. In Anbetracht unserer Lage ein nicht eben ruhmverheißender Umstand, warf Oviedo ein, vor allem angesichts der Gegend, in die es uns da verschlagen hätte: nichts als dorniges Buschwerk soweit das Auge reiche, nur alle Steinwurf weit ein dürrer Baum, kein See, kein Fluß, nur Gras und Erde und Gestrüpp, eine karge flache Steppe, als deren Entdecker wir uns fortan rühmen dürften, höhnte er. Wir sollten von Glück reden, trockenen Boden unter den Füßen zu haben, das sei mehr, als wir noch vor ein paar Stunden zu hoffen gewagt hätten, wies ihn Doña Insunta zurecht. Nun, offenbar begnüge sich manch einer damit, am Leben zu bleiben und zu vegetieren wie ein Vieh, erwiderte er; ihn aber dränge es danach, Ruhm und Ehre zu erringen, wie es der Bestimmung seines Standes entspreche. Rositta Giménez erwiderte, er möge sich damit Zeit lassen, bis man für das mindere Fußvolk einen geeigneten Lagerplatz gefunden hätte. Doch statt auf Wasser stießen wir auf eine Gruppe von Indiofrauen, die ihre Kinder packten und davonrannten, sobald sie uns erblickten. Kapitän Valdivia mahnte zur Vorsicht, da man nicht wissen könne, ob uns die Einwohner dieses Landes friedlich gesinnt wären. Und wenn nicht, müsse man ihnen eben Manieren beibringen, polterte Oviedo und fuchtelte mit seinem Dolch herum, daß man, zu unserer eigenen Sicherheit, nur hoffen konnte, er müsse nie Gebrauch davon machen. Endlich hatten wir eine Wasserstelle gefunden, die eigentlich kaum mehr als eine Pfütze war, und trotzdem schien es uns, als wäre nie ein köstlicheres Naß unsere Kehlen hinabgeronnen, und allmählich wurde es uns recht wohl und behaglich zumute. Indes dadurch unvorsichtig geworden, hatten wir es verabsäumt, Wachposten aufzustellen, und so sahen wir uns plötzlich von Indios umringt, etwa zweihundert an der Zahl, und ein jeder mit Spießen und Wurfpfeilen bewaffnet. Später erfuhr ich, daß sie dem Volk der *Itzá* angehörten, das als besonders kriegerisch gilt und für seine grausamen Riten berüchtigt ist. Die meisten hatten nichts weiter als einen Lendenschurz am Leib, wie um die vernarbten Ornamente zur Schau zu stellen, mit welchen ihre Körper übersät waren. Als Kopfschmuck diente ihnen ein in allen Farben schimmernder Federbusch. Sie trugen Steinringe in den Ohren, manche hatten sich gar einen Jadepflock durch die Unterlippe oder die Nase getrieben, was ihren tätowierten Gesichtern einen furchterregenden Ausdruck verlieh. Trotzdem empfanden wir zunächst nur Scham über den jämmerlichen Anblick, den wir dagegen boten; um so mehr Mühe gaben wir uns, Haltung und Würde zu zeigen, indes Kapitän Valdivia eine feierliche Rede an die Eingeborenen richtete in der Überzeugung, daß, wenn sie auch den Sinn der Worte nicht begriffen, so doch deren Klang ihnen Respekt einflößen würde. Er sagte, wir stammten aus einem Land im Sonnenaufgang viele Tagesreisen von hier und hätten das Meer im Auftrag unseres Königs, des mächtigsten Herrschers der Welt, überquert, zu dessen Untertanen auch sie sich zählen dürften; daß die Liebe, die der Monarch für seine Völker empfinde, sie uns zu Brüdern mache, und daß wir deshalb gekommen seien, um in Eintracht und Frieden mit ihnen zu leben und ihnen den Glauben vom wahren und einzigen Gott zu verkünden, dessen Sohn für uns am Kreuz gestorben ist zur Vergebung unserer Sünden und zum Heil der ganzen Welt. Und damit griff er nach dem goldenen Kruzifix, das er an einem Lederriemen um den Hals trug, küßte es und reckte den Arm gen Himmel, so daß es im Sonnenlicht funkelte.

»Singt!« befahl er, und so stimmten wir einen Choral an und bildeten einen Prozessionszug, der sich langsam in Bewegung setzte. Doch unser Gesang wurde vom hellen durchdringenden Ton eines Muschelhorns unterbrochen, auf den ohrenbetäubendes Trommeln folgte. Der Kreis öffnete sich, und ein steinalter Indio, gestützt auf einen mannshohen Stabfächer, trat in dessen Mitte. Er war ganz in bunte Gewänder gehüllt und hatte einen Brustschild umgeschnallt, der ebenso wie der mächtige Kopfputz fratzenhafte Gesichter mit breiten Nasen und hervorquellenden Augen zeigte. Oviedo meinte, daß wir ihn in unsere Gewalt bringen oder, den anderen zur Warnung, kurzen Prozeß mit ihm machen sollten, doch Guerrero fiel ihm in den Arm und entwand ihm den Dolch, den er bereits gezückt hatte. Der Alte blieb kaum einen Fußbreit entfernt vor Valdivia stehen, der immer noch mit erhobener Hand das Kruzifix umklammerte, und nun riß auch der Indio die Arme in die Höhe, worauf die Trommeln verstummten und nur noch das Gemurmel des Greises zu hören war, der den Fächer über Valdivias Kopf schwenkte und dazu immer die gleichen Worte sprach, was an die Zeremonie zur Austreibung von bösen Geistern erinnerte, wie ich es bei den Eingeborenen auf der Española beobachtet hatte. Mit den wirren Haaren und den langen Bärten mochten wir wohl den Teufeln und Dämonen gleichen, die in der Vorstellung dieser Völker so zahlreich sind wie die Sorgen und Ängste der Menschen; indes wußten wir nicht zu sagen, ob dies für uns günstig oder eher von Nachteil sei. Nun aber geschah, womit niemand von uns gerechnet hatte: Kapitän Valdivia schien plötzlich benommen, er schwankte, ließ den Arm sinken, das Kreuz entglitt seiner Hand und fiel in den Staub. Und als wäre damit erwiesen, daß keine Gefahr von uns drohe, wandte sich der Alte ab und überließ uns seinen Leuten. Ich fand gerade noch Zeit, mich nach dem Kruzifix zu bücken und es an mich zu nehmen, ehe die Indios über uns herfielen. Und ich weiß noch, daß ich mich fragte, ob dies die Gnade Gottes sei, daß wir zu Lande den Tod finden sollten und nicht wie die übrigen Gefährten auf See. Das Kreuz des Juan de Valdivia ist indes heute noch in meinem Besitz, und ich trage es zu Ehren dieses unerschrockenen Mannes.

Der Tod Valdivias und vier weiterer Gefährten

Im Nu waren wir überwältigt, man fesselte uns und legte jedem einen Strick um den Hals, an dem uns unsere Bezwinger hinter sich herzogen, während aus allen Himmelsrichtungen Indios herbeiströmten und sich dem Zug anschlossen. Hielt man zunächst noch scheu und abwartend Distanz, so schrumpfte diese allmählich unter den nachdrängenden Massen, und die Ängstlichkeit schlug in Übermut um. Man bedachte uns mit Hohn- und Drohgebärden, die Leute rissen uns an den Haaren oder zupften an unseren Bärten; und als gelte ihnen das als zu ungewisses Merkmal, griffen uns Männer ebenso wie Frauen an die Lenden, um zu prüfen, welchen Geschlechts wir seien. Doña Insunta und ihrer

Zofe entblößte man die Brüste und bestaunte die Blässe ihrer Haut.

Wir kamen in ein Dorf, das man im Grunde nur der einfachen Hütten wegen ein solches nennen durfte, denn der Zahl der Einwohner nach stellte es eine nicht unbedeutende Ansiedlung dar und konnte sich durchaus mit jenen in manchen Gegenden Spaniens messen. Das Zentrum derselben bildeten ein paar verwahrloste Gebäude, die vor Urzeiten Teil eines riesigen Palastes gewesen sein mochten, und schließlich gelangten wir zu einem Tempelberg, dessen Vorderfront eine steinerne Treppe bildete, die zu einer Plattform führte, in die ein aufrechtstehender Holzpfahl eingelassen war. Da die Sonne bereits sehr tief stand, hatte man am Fuße des Tempelbergs und die Stiege bis zur Plattform hinauf Feuer entzündet, so daß der flackernde Schein und die tanzenden Schatten den Eindruck erweckten, als wären die unzähligen halbverwitterten Steingötzen, die einem von überall her entgegenstarrten, zum Leben erwacht. Drei in lange weiße Gewänder gekleidete Indios traten an den Rand der Plattform, schwenkten ein Rauchgefäß über einem runden, glattpolierten Stein und besprengten ihn mit Wasser. Das Muschelhorn ertönte, und wieder setzten daraufhin die Trommeln ein, und diesmal klang es, als ob die Geräusche direkt aus dem Tempelberg oder gar aus dem Inneren der Erde kämen. Die Krieger begannen zu dem immer schneller werdenden Rhythmus zu tanzen, bis sie in Ekstase gerieten und sich auch bei den übrigen Leuten eine seltsame Erregung bemerkbar machte. Plötzlich wurde einer aus unseren Reihen gepackt, es war Alonso Bocca. Man schleppte ihn in die Mitte der Plattform, riß ihm die Kleider vom Leib, bis er völlig nackt war, und fesselte ihn an den Holzpfahl. Er war so verstört, daß er zunächst nicht begriff, wie ihm geschah, und sich darum auch nicht wehrte. Dann schritt einer der weiß gekleideten Indios mit dem Rauchbecken heran, und während ein anderer Bocca mit blauer Farbe bemalte, ergriff der dritte ein steinernes Messer und fügte ihm damit eine Wunde am männlichen Glied zu. Bocca schrie, wohl mehr des Schreckens als des Schmerzes wegen, und rief, was man denn um Himmels willen mit ihm vorhabe. Die Indios fingen sein Blut in einer Schale auf und bestrichen damit das Bildnis eines Götzen, dem offenbar ihre besondere Verehrung galt. Dann malten sie Bocca einen weißen Fleck auf die Brust, und zwar genau an der Stelle, wo sich das Herz eines Menschen befindet. Und mit einem Mal, als begriffe er jetzt erst, wozu er ausersehen war, überkam ihn die Todesfurcht. Er weinte und flehte, man möge sich seiner erbarmen, er wand sich, zerrte an den Fesseln und rief uns zu, wir sollten ihm zu Hilfe kommen und daß wir ihn doch nicht so jämmerlich krepieren lassen könnten, doch wir vermochten nicht mehr, als zu erwidern, daß er stark sein müsse und auf Gott vertrauen. Die Krieger tanzten um den Holzpfahl herum, wobei sie sich mit ihren Pfeilen an Armen und Beinen Wunden zufügten, bevor sie die Waffen auf Bocca richteten und Gebärden machten, als würden sie auf ihn schießen. Er lachte wie von Sinnen, als könnte er sich und die Indios davon überzeugen, daß es ihnen nicht ernst damit sei und daß sie ihm nur einen Schrecken einjagen wollten, doch plötzlich flog der erste Pfeil und streifte ihn an der Schulter. Bocca lachte immer noch, als wäre es ein Versehen gewesen und das Geschoß jemandem unabsichtlich von der Sehne geschnellt. Der nächste traf ihn in den Bauch, und sein Lachen kippte um in einen Schrei des Schmerzes. Man schoß einen Pfeil um den anderen auf ihn ab, wobei man darauf achtete, ihn nicht tödlich zu treffen und seinem Leiden damit ein vorzeitiges Ende zu setzen, so daß Boccas Leib bald über und über von Pfeilen durchbohrt war. Schließlich griff ein Indio, vor dem, obwohl dem Knabenalter kaum entwachsen, sich alle ehrfüchtig verbeugten, nach einem Pfeil, den ihm einer der Götzendiener reichte, schoß ihn ohne recht zu zielen ab und traf dennoch genau den weißen Fleck, der die Stelle bezeichnete, an der sich Boccas Herz befand. Dieser sackte in sich zusammen und war augenblicklich tot. Als nächsten schleppte man Juan Sendeño zum Opferstein. Man warf ihn zu Boden und schnürte ihm Arme und Beine auf dem Rücken zusammen. Dann holten sie Fernando Nuñez und gaben ihm zu verstehen, er solle Sendeño die Stiege hinunterstoßen. Nuñez weigerte sich, wofür man ihn auf der Stelle niederstreckte. Nun war Pinedo an der Reihe; auch er weigerte sich zunächst, doch nachdem man ihn mit Schlägen traktiert und auf allerlei Arten gefoltert hatte, wälzte er Sendeño behutsam an den Rand der Plattform und gab sich vom eigenen Mißgeschick überrascht, als der Gefesselte kopfwärts Übergewicht bekam und hart die Stufen hinunterpolterte. Sendeño blieb blutüberströmt am Fuße des Tempelberges liegen, doch da er zu dem Zeitpunkt noch nicht tot war, zwang man Pinedo, ihn wieder hinaufzuschleppen. Wir riefen ihm zu, er möge es nicht tun und sich um des eigenen Seelenheils willen nicht zum Handlanger solch ketzerischer Riten machen lassen, doch als er uns das Gesicht zuwandte, den Blick trübe, den Mund zu einem einfältigen Grinsen verzogen, wurde uns klar, daß er dem Irrsinn verfallen war. Und so schleifte und zerrte er Sendeño die Stiegen wieder hinauf, und wenn dieser vor Schmerz aufschrie, fuhr ihm Pinedo zärtlich über das zerschundene Gesicht. Oben angelangt, atemlos und völlig erschöpft, herzte er ihn noch einmal, ehe er ihm einen Stoß versetzte und versonnen der roten Spur nachsah, die Sendeños Körper auf den Stufen hinterließ. Dann stürzte er sich seitlich der Treppe selbst in die Tiefe und schlug inmitten der zurückweichenden Menge auf, die das Geschehen vom Vorplatz aus verfolgte.

Nun führte man Kapitän Valdivia vor. Man nahm ihm die Fesseln ab, riß ihm Wams und Hemd vom Leib und setzte ihm eine Büßerkappe auf den Kopf. Zu guter Letzt hieß man ihn, sich rücklings auf den Opferstein zu legen, und während einer der Götzendiener ihn ganz mit blauer Farbe bestrich, schwenkte ein anderer ein steinernes Messer über seiner Brust. Doch das Herz des Kapitäns hörte zu schlagen auf, ehe der Mann zustach, und mit einem Mal herrschte Bestürzung unter den Indios, denn offenbar galt ihnen das als böses Omen, das nur durch ein größeres Opfer abgewendet werden konnte. So wanderten ihre Blicke zu dem jungen Indio hin, der den tödlichen Pfeil auf Bocca abgeschossen hatte – und ich, als der nächste in der Reihe, blieb verschont.

Man warf sich vor ihm zu Boden, und auch die Götzendiener bezeugten ihm Ehrfurcht, indem sie ihn zum Opferstein führten, wobei ihn zwei in die Mitte nahmen, denen er die Arme um die Schultern legte, während der dritte mit der Rauchschale voranschritt. Dann streiften sie ihm die Kleider ab, begannen ihn zu waschen und mit Öl zu salben, so daß sein brauner ebenmäßiger Leib im Feuerschein glänzte, und schließlich bestrichen sie seine Arme und Beine, die Brust und sein Geschlecht mit blauer Farbe. Das alles geschah mit großer Feierlichkeit, und der junge Indio ließ es völlig gelassen mit sich geschehen. Als sie damit fertig waren, streckte er sich auf den Opferstein hin und bot den Götzendienern die linke Seite dar. Nun hob einer von ihnen das steinerne Messer waagrecht gen Himmel und sprach einige Worte, gewiß um den Segen ihrer Götter zu erflehen, dann stach er zu. Er rammte ihm die Klinge zwischen die Rippen, drehte das Messer einmal herum und riß mit raschem Griff dem Jungen das noch ein paar Schläge lang pochende Herz aus dem Leib. Das Opfer gab keinen Laut von sich, weshalb, wie ich später erfuhr, die Indios dies den sanften Tod nennen. Der Götzendiener reichte das Herz weiter, und nun wanderte es von Hand zu Hand, und die Leute führten es ehrfürchtig an die Lippen, und manch einer mag davon wohl auch gegessen haben. Ich aber verdankte mein Leben dem Umstand, daß ich nicht für würdig befunden worden war, den Götzen dieses Volkes zum Opfer dargebracht zu werden.

Gefangenschaft und Flucht

Die Trommeln waren die ganze Nacht über zu hören, und die Leute tanzten bis zum Morgengrauen, wie berauscht vom Blut, das sie gekostet hatten. Und doch war mit dem Tod des jungen Indios der Höhepunkt überschritten, der Blutdurst der Götzen und des Volkes gestillt, und so pferchte man uns in einen Verschlag, der kaum Platz bot für uns sieben, den traurigen Rest jener neunzehn, die den Schiffbruch überlebt hatten.

Ein jeder war tief betroffen und mitgenommen von den Ereignissen, der junge Morales schluchzte, und auch den anderen standen die Tränen in den Augen. Oviedo schimpfte, daß alles Guerreros Schuld sei, denn wenn er noch im Besitz seines Dolches gewesen wäre, hätte der alte Indio dran glauben müssen, und dann wäre alles anders gekommen und die Kameraden wären noch am Leben. In dem Fall, entgegnete Guerrero, hätten sie uns allesamt gleich auf der Stelle niedergcmacht. Oviedo erwiderte, ein jeder hier hätte diesen Tod vorgezogen, statt nun hingeschlachtet zu werden wie ein Vieh. Gewiß, aber noch sei man am Leben und deshalb imstande, alles daran zu setzen, dies auch zu bleiben, gab der andere zurück. Wie er sich das denn vorstelle, mischte sich nun Rivera ein, an Flucht sei nicht zu denken, die Wachen ließen uns keinen Moment aus den Augen; und selbst wenn es uns gelänge zu entwischen, würden wir bestimmt nicht weit kommen, so geschwächt wie wir nach all den Strapazen ohnedies schon seien. Und morgen gehe es dann uns an den Kragen.

Guerrero widersprach und meinte, daß solche Zeremonien wahrscheinlich auch nicht tagtäglich abgehalten würden, und daß die Zeit, die wir gewannen, ein nicht zu unterschätzender Verbündeter sei, zumal sie in Gestalt der Gewohnheit sich als ein wirksames Narkotikum erweise. Ob er etwa bereits Erfahrung mit diesen Leuten habe, daß er deren Gepflogenheiten so genau zu kennen glaube, spottete Oviedo. Guerrero erwiderte, er habe Erfahrung mit den Menschen, und in manchen Dingen wären sich wohl alle ziemlich ähnlich. Nun, das vielleicht, meinte Rivera, aber in dem Fall nütze ihm das gar nichts, denn das hier seien blutrünstige Bestien und keine Menschen. Aber auch die müßten essen, sagte Guerrero, und das werde er auch tun und sich endlich einmal wieder so richtig den Bauch vollschlagen. Wir sahen ihn erstaunt an, und Oviedo nannte ihn einen Narren, doch Guerrero winkte eine der Wachen herbei und gab durch Gebärden zu verstehen, daß er etwas zu essen wünsche. Der Indio war zunächst ein wenig ratlos und beriet sich mit den anderen, schließlich aber riefen sie eine Frau herbei, und sie brachte Guerrero eine große Schüssel mit Maisbrei und einen dünnen Fladen aus gelbem Maismehl. Guerrero begann zu essen, und als er unsere erstaunten Gesichter bemerkte, fragte er, ob wir etwa nicht hungrig wären. Wir nickten bloß, weil uns der Anblick bereits das Wasser im Mund zusammenlaufen ließ. Na dann!, sagte er nur, und deutete der Frau, daß sie für alle etwas bringen möge, was auch prompt geschah.

Wir aßen gierig und soviel, daß bei einem jeden der Bauch anschwoll, und die Indios deuteten uns, wir sollten nur recht tüchtig zulangen, damit wir ein würdiges Opfer für ihre Götzen und eine üppige Mahlzeit für sie selbst abgäben; doch nicht einmal das vermochte uns den Appetit zu verderben. Die nächsten Tage verbrachten wir in großer Anspannung, denn die Indios strömten in Scharen herbei, um uns zu bestaunen, und immer, wenn sich jemand dem Käfig näherte, fürchteten wir, man würde uns holen kommen. Aber allmählich legte sich die Neugier, und schließlich nahm man von uns kaum mehr Notiz. Die Gelegenheit zur Flucht schien günstig, und so einigten wir uns darauf, es in der folgenden, der fünften Nacht unserer Gefangenschaft zu versuchen.

Der Himmel war trüb und verhangen, vom Meer her krochen warme feuchte Schleier über das Land, wie das zu dieser Jahreszeit häufig der Fall ist, und verdeckten den halbvollen Mond. Wir warteten ab, bis die Feuerstellen vor den Hütten erloschen waren, und hofften, im Schutz der Dunkelheit einen hinreichend großen Vorsprung herauszuholen, ehe man unsere Flucht entdecken und die Verfolgung aufnehmen würde. Mit dem Dolch, den er Oviedo abgenommen und die ganze Zeit über versteckt bei sich getragen hatte, schnitt Guerrero ein Loch in die Rückseite des Verschlags, der wie ein Korb geflochten war und ein wenig an einen zu groß geratenen Vogelkäfig erinnerte. Von der aus drei Mann bestehenden Wache saßen zwei vor dem Eingang und führten ein angeregtes Gespräch, während der dritte an einen Baum gelehnt schlief, und so gelangte Guerrero unbemerkt ins Freie. Als er aber geraume Weile verschwunden blieb, wurde Oviedo unruhig und raunte uns zu, dieser Feigling habe sich gewiß alleine aus dem Staub gemacht und daß einer nach dem anderen durch die Öffnung kriechen und jeder auf eigene Faust zu fliehen versuchen sollte. Doch ich beschwor ihn, noch ein wenig zu warten, da dies bestimmt nicht unbemerkt bliebe und die Wachen sofort Alarm schlagen würden. Ob wir etwa warten sollten, bis man uns abschlachtet, zischte er, worauf auch Rivera und die anderen in Aufregung gerieten, und womöglich wäre alles entdeckt und unsere Flucht vereitelt worden, wenn Guerrero nicht just in diesem Moment gehandelt hätte. Er sprang hinter einem Busch hervor, stieß dem einen Indio den Dolch in die Kehle, und schlug zugleich den anderen mit einem Stein nieder. Den dritten erdrosselte er mit der Sehne seines Bogens. Dann öffnete er den Verschlag und händigte uns die Waffen aus, die er den Indios abgenommen hatte. Oviedo erhielt seinen Dolch zurück und setzte sich an die Spitze unseres Zuges, während Guerrero die Deckung übernahm. Wir anderen stützten abwechselnd Doña Insunta, die eines Frauenleidens wegen starke Schmerzen litt und so geschwächt war, daß sie sich kaum auf den Beinen zu halten vermochte. Sie sagte, sie fiele uns bloß zur Last, daß wir ohne sie schneller vorankämen und sie deshalb zurücklassen sollten, doch selbst der ansonsten nicht eben heldenmütige Rivera entgegnete, eher ließe er sich in Stücke hacken, und so nahmen wir sie in unsere Mitte und setzten uns Richtung Süden in Bewegung.

Wie wir entkamen und in neue Gefahren gerieten

Wir hatten erst zwei Leguas[1] zurückgelegt, als der Ton des Muschelhorns davon kündete, daß unsere Flucht entdeckt worden war. Bald darauf vernahmen wir das Dröhnen der Trommeln, und der Lichtschein großer Lagerfeuer wurde am Horizont sichtbar. Obwohl wir alle bereits erschöpft waren, trieb uns Guerrero zur Eile an. Bis Sonnenaufgang sei nicht mehr viel Zeit, und wenn wir bis dahin nicht ein geeignetes Versteck gefunden hätten, wären wir verloren, sagte er, und so hasteten wir weiter, indes die Indios immer näher rückten. Schon erhellten ihre Fackeln die Umgebung, schon waren die Rufe zu vernehmen, durch die sie einander offenbar die Richtung wiesen; doch diesmal, darüber waren wir uns einig, würden wir uns nicht kampflos ergeben. Und so machten wir uns bereit zum Gefecht und empfahlen uns dem Allmächtigen, denn lieber wollten wir hier sterben, als am Tempelberg ein schmähliches Ende zu finden. Da gewahrte Morales einen Spalt im Erdboden, der zu einer Höhle führte. Wir krochen hinein und entdeckten am Grund der Grotte einen unterirdischen See. Allerdings war damit zu rechnen, daß auch die Eingeborenen die Höhle kannten und uns gewiß finden würden, deshalb wollte Guerrero die Verfolger auf eine falsche Fährte locken. Wir kamen überein, daß wir bis zum Abendanbruch auf ihn warten würden, und wenn er bis dahin nicht hier wäre,

[1] *Wegstunde*; ca. 5,6 km

ihn für verloren glauben mußten. Er erklärte sich damit einverstanden und verschwand, ohne daß wir Gelegenheit fanden, ihm Glück zu wünschen und von ihm Abschied zu nehmen, denn es dachte wohl niemand, daß wir ihn wiedersehen würden.

Wir brachten den Tag damit zu, uns von den Anstrengungen der vorangegangenen Nacht zu erholen und Kräfte für die noch bevorstehenden Strapazen zu sammeln, wir verzehrten Maisfladen, die wir heimlich beiseite geschafft hatten, um auf der Flucht über ein wenig Proviant zu verfügen, und fanden endlich wieder ungestörten Schlaf, zumal die Späher, als die wir uns abwechselnd am Ausgang der Höhle postierten, nicht einen einzigen Indio zu Gesicht bekamen, obwohl, wie man uns später versicherte, tatsächlich jedes Kind im Umkreis von fünf Tagesreisen diese Höhle von den Erzählungen der Erwachsenen her kannte, die ihrem Nachwuchs mit den Geistern drohten, die hier ihr Unwesen trieben. Die Indios halten solche Höhlen, deren es einige in dieser Gegend gibt, für die Pforten zur Unterwelt, zu jenem Urmeer, auf dem ihrer Vorstellung nach die Erde schwimmt; indes ist es für einen Eingeborenen völlig undenkbar, daß jemand, den man in die Unterwelt zu senden trachtet, ausgerechnet am Eingang derselben Zuflucht sucht, und so hatten wir, ohne es zu ahnen, den wohl sichersten Ort als Unterschlupf gewählt.

Sie nennen dieses Unterwasserreich Xibalba[1], und man sagt, daß es bei Sonnenuntergang am Horizont heraufsteigt und den Platz über der Erde einnimmt,

---

[1] [*tschibalba*]

während die Sonne ihre Reise durch das Jenseits antritt, um am nächsten Tag wiedergeboren zu werden. Xibalba ist das Reich der Unterweltgötter und der Ahnen, denen die besondere Verehrung der Indios gilt und die sie in verschiedenen Zeremonien heraufbeschwören, da ihrem Glauben nach alle weltliche und kultische Macht von den Ahnen herrührt. Und um die Geister der Verstorbenen günstig zu stimmen, bringen sie diesen Blutopfer dar oder stoßen zu einem Knäuel verschnürte Menschen die Stufen des Tempelbergs hinab, wie es Juan Sendeño widerfuhr. Dies geht auf eine Legende zurück, wonach in grauer Vorzeit ein Brüderpaar gegen die Unterweltgötter zum Ballspiel antreten mußte, und es heißt, daß seither jeder, der ins Jenseits eingeht, in diesem Spiel zu bestehen habe. In Vorbereitung darauf wird das Ballspiel allerorts betrieben, wobei die Spieler mit einem Hüft- und Brustpanzer aus Holz und Leder ausgestattet sind und die Aufgabe darin besteht, mit diesen Körperteilen eine schwere Baumharzkugel so lange wie möglich hin und her zu schlagen. Gespielt wird auf eigens dafür errichteten Plätzen, die wie ihre Tempel als heilige Orte gelten. Den Erzählungen nach war es früher der Brauch, die bessere Mannschaft zu opfern, damit diese im Jenseits einen Sieg für die Menschheit über die Unterweltgötter erringe, doch habe dies nach und nach zu einem deutlichen Nachlassen des Ehrgeizes der Spieler geführt, weshalb man dazu übergegangen sei, die Verlierer mit dem Tod zu bestrafen.

All das zu beobachten und zu begreifen würde ich einige Jahre lang Gelegenheit haben, viele Bräuche und Legenden, die das Leben der Einheimischen bestimmen, sollte ich im Laufe der Zeit kennen- und zu deuten lernen, und so manches wird hier darüber noch zu sagen sein; doch das meiste ist mir verborgen und rätselhaft geblieben, und dessen Sinn zu ergründen schiene mir beinahe so aussichtslos, als wäre es Gottes Ratschluß selbst; denn unser Begreifen ist immer auf das gerichtet, was dem eigenen Verstand geläufig ist, und das, worauf er sich nicht versteht, wird uns auch nach Jahren noch fremd und unbegreiflich bleiben.

Der Abend dämmerte bereits, und Guerrero war noch nicht zurück. Oviedo drängte zum Aufbruch, aber nun war es Doña Insunta, die darauf bestand, noch ein wenig zu warten. Man habe sie mitgeschleppt, deshalb werde sie jetzt auf gar keinen Fall jemand anderen bei erster Gelegenheit aufgeben, sagte sie. Morales, der am Eingang der Höhle saß, rief, wir sollten ruhig sein, er habe draußen etwas gehört. Oviedo umklammerte den Griff seines Dolches, und Rivera und ich hielten Pfeil und Bogen schußbereit. Da hörten wir, daß es Guerrero war, und alle atmeten erleichtert auf. Er entschuldigte sich für die ungebührliche Verspätung, doch sei ihm etwas Unaufschiebbares dazwischengekommen, sagte er und ließ ein ledriges Bündel zu Boden fallen. Er entrollte es, und als es vor uns ausgebreitet dalag, erkannten wir im Schein des Lagerfeuers die zwar entstellten, aber immer noch markanten Züge Kapitän Valdivias. Sie hatten seiner Leiche die Haut abgezogen. Darin, sagte Guerrero, habe ein Indio gesteckt, wohl eine Art Prophet, der sich das Wesen des Kapitäns anzueignen gesucht hätte und uns auf die Spur zu kommen hoffte, indem er in seine Haut geschlüpft sei. Doch statt uns zu verraten, habe Juan de Valdivia den

Indio irregeführt, die Haut, sagte Guerrero, wäre diesem nicht bekommen, und dabei strich er über die Stelle, wo einst ein pochendes Herz zu fühlen gewesen war. Uns schauderte bei diesem Anblick, als stecke tatsächlich noch etwas von Valdivias Geist in dieser leblosen Hülle. Wir begruben sie und versuchten uns vorzustellen, es sei der Leichnam des Kapitäns.

Da die Nacht nun schon fast verstrichen war, hielt ich es für das Klügste, in die Höhle zurückzukehren und dort noch den kommenden Tag abzuwarten, doch Guerrero meinte, daß er ziemlich genau wisse, wo sich die Indios im Augenblick herumtrieben und wo uns ihre Späher auflauerten. Zwar müßten wir ihre Stellungen in weitem Bogen umgehen und dafür einen gehörigen Umweg in Kauf nehmen, der aber sei dafür sicher, zumindest vorläufig noch; wenn wir indes bis morgen warteten, stehe zu befürchten, daß wir den Verfolgern geradewegs in die Arme liefen. In seltener Einmütigkeit der beiden stimmte ihm Oviedo zu, und so entschlossen wir uns zum sofortigen Aufbruch.

Guerrero führte uns zielstrebig und ortskundig an, und so hatten wir bei Tagesanbruch bereits eine beachtliche Strecke hinter uns gebracht. Wenn uns dürstete, wies er die Richtung zur nächstgelegenen Wasserstelle, und wenn wir ausruhen wollten, wußte er die Wegzeit bis zu einem geeigneten Lagerplatz anzugeben, so daß er uns damit immer aufs neue in Erstaunen versetzte, wie gründlich er in so kurzer Zeit diese Gegend erkundet hatte, was Rivera zu dem Ausspruch veranlaßte, vermutlich sei das gar nicht Guerrero, sondern ein Indio, der in dessen Haut stecke.

Gegen Süden hin wurde der Baumbewuchs dichter,

und die Buschsteppe ging in einen lichten Wald über, was zum einen die Hitze erträglicher machte und uns zum andern das Gefühl gab, nun wirklich in Sicherheit zu sein. Gegen Abend machten wir schließlich bei einem Weiher Halt und wuschen, zumal das Wasser in der Grotte eiskalt gewesen war, uns endlich den Schmutz ab, der noch von den Tagen im engen Verschlag an uns klebte. Dann begaben wir uns auf die Suche nach Beeren und anderen Früchten, während sich Guerrero ein Lager im Laub zwischen umgestürzten Baumstämmen zurechtmachte, um sich nach den zwei durchwachten Nächten ein wenig Schlaf zu gönnen. Obwohl wir übereingekommen waren, kein Feuer zu entzünden, da es den Verfolgern, so sie uns noch auf den Fersen waren, die Richtung weisen und unser Versteck verraten würde, baute Rivera Fallen und legte Schlingen aus – nur aus Neugier, wie er sagte, schließlich wolle man wissen, was diese Gegend zu bieten habe. Doch als er dann mit einem großen pfauenähnlichen Vogel angerannt kam, konnten wir nicht widerstehen und schlugen alle Warnungen in den Wind. Was hätten wir schon zu befürchten; draußen im freien Gelände sei das freilich etwas anderes, aber hier mitten im Wald?, keinen Bogenschuß weit wäre der Feuerschein zu sehen, wenn wir uns eine tiefe Mulde suchten. Und schon war eine solche gefunden und auch reichlich Brennholz, und im Nu saßen wir um das Feuer herum und ließen uns im Geist bereits den Braten auf der Zunge zergehen, während das Fett des Fleisches in die Glut troff. Plötzlich sprang Guerrero zwischen uns und trat das Feuer aus. Wir lauschten angestrengt, und als wir uns an das

Dunkel gewöhnt hatten, fanden wir unzählige Augenpaare auf uns gerichtet.

Den Rest der Nacht verbrachten wir geduckt hinter Baumstämmen, ein jeder seine Waffe griffbereit, doch als der Morgen dämmerte, war von den nächtlichen Besuchern nichts zu sehen. Wir dachten schon, wir wären einer Sinnestäuschung erlegen, als Morales einen mit unzähligen bunten Federn verzierten Stabfächer entdeckte, den die Indios unweit des Lagerplatzes zurückgelassen hatten. Während Oviedo und Rivera dies als Kriegserklärung deuteten und meinten, man habe uns nur deshalb nicht angegriffen, weil die Eingeborenen den Kampf bei Nacht scheuten, hielt Guerrero dagegen, daß er in einem so kunstvoll gearbeiteten Gegenstand nichts Feindseliges zu sehen vermöge und daß die Indios bei Nacht den Kampf keineswegs scheuten, das habe er am eigenen Leib zu spüren bekommen, sagte er. Da man sich nicht darauf einigen konnte, wie diese Botschaft zu verstehen sei und welche Schlüsse man daraus zu ziehen habe, übertrug man es mir, eine Entscheidung zu fällen. Und so zählte ich auf, welche Möglichkeiten uns noch offenstanden, wenn man berücksichtigte, daß wir jede Ungewißheit dem sicheren Verderben vorzogen, das im Norden auf uns lauerte, und uns der Weg nach Osten vom Meer versperrt war, wie früher oder später wohl in jeder anderen Richtung auch, so mutmaßte ich. Schließlich müßten wir davon ausgehen, auf irgendeiner bisher unbekannten Insel gelandet zu sein – doch in dem Punkt irrte ich.

Was ihn angehe, so sei er vor allem das ewige Gerede leid, sagte der junge Morales; wie man es am Anfang beschlossen habe, dabei möge man es jetzt auch bewenden lassen, rief er und eilte uns nach Süden voraus, ohne sich auch nur ein einziges Mal nach uns umzudrehen.

»Ein halsstarriger Bursche«, meinte daraufhin Rivera.

»Aber einer mit Charakter«, erwiderte Rositta Giménez, und daß sich manch einer an ihm ein Beispiel nehmen könne. Und schon lief sie ihm hinterher, und uns blieb keine andere Wahl, als den beiden zu folgen.

Von mancherlei Irrtümern und davon, wie durch ein Mißverständnis das Land seinen Namen erhielt

Wo immer von den ersten Spaniern die Rede ist, die in dieses Land kamen, hört man von Kapitän Valdivia und seinen Gefährten erzählen; indes sind es oft die eigenartigsten Geschichten, in welchen man sich da unversehens wiederfindet, denn selbst als Protagonist ist man gegen die Überlieferung machtlos. Manches soll dennoch nicht unwidersprochen bleiben, und so sich dieses oder jenes als zutreffend erweist, wird man mir vielleicht auch im übrigen größeren Glauben schenken.

Obwohl Teil des Festlandes, findet man dieses Gebiet in den Karten als Insel eingezeichnet, da man die Buchten, die sich weit ins Landesinnere erstrecken, für Meerengen und durchgängige Wasserstraßen hält. Die Indios berichteten von hohen Bergen im Süden, auf denen das ganze Jahr über Schnee liegt. Am Fuße des Gebirges erstrecke sich eine fruchtbare Tiefebene und ein dichter Regenwald, denn im Landesinneren sei das Klima heißer und feuchter als hier im gemäßigteren

Norden. Auch wenn dort ein anderer Dialekt gesprochen werde, gebe es, wie mir ein indianischer Schreiber einmal berichtete, eine gemeinsame Schrift, die jeder in der ihm eigenen Sprache zu lesen verstünde. Und obwohl es zwei verschiedene Sprachen sind, gibt es nur ein Wort für beide, und mit diesem bezeichnet sich auch das Volk selbst: *Maya*.

Im Norden wie im Süden verehren sie dieselben Götter, welchen man im ganzen Land Tempelberge errichtete. Das ist um so bemerkenswerter, als sie keine Last- oder Zugtiere kennen und alles von Menschenhand herbeigeschafft werden muß. Ihre Bauwerke errichten sie aus Kalkstein, der im Norden ausreichend vorhanden ist; doch benötigen sie Kalk auch für die Zubereitung ihrer Speisen, da man den Mais, ihr Hauptnahrungsmittel, erst in einer Kalklösung wässern muß, bevor man ihn zu Fladen und den verschiedenen Arten von Maisbrei verarbeiten kann. Im Süden dagegen gewinnt man vorwiegend vulkanisches Gestein, wie etwa den porösen Tuff, den sie als Mahlstein benutzen, oder den von ihnen sehr geschätzten Obsidian, aus dem sie ihre Klingen herstellen; denn obwohl auch mit solchen aus Metall gehandelt wird, deren Herstellung in manchen Regionen seit langem bekannt ist, finden sie hier kaum Verbreitung, was vermutlich da herrührt, daß Metall für sie leblose Materie ist, wohingegen jeder Stein ihrer Überzeugung nach ein beseeltes Wesen darstellt. Ein wenig anders verhält es sich mit dem Gold, das sie als Exkrement der Sonne bezeichnen; indes konnte ich mir nie Klarheit darüber verschaffen, ob es deshalb auch bei den Indios geschätzt wird, oder ob sie, im Vergleich mit den Spaniern, es aus eben diesem Grunde doch eher geringachten.

Was die Tierwelt anlangt, so bleibt deren Artenvielfalt weit hinter der der Flora zurück, und fast will es scheinen, als ob die Natur dieser vorenthielt, womit sie jene im Übermaß bedachte. Den Jaguar nennt man den Herrscher des Waldes, weshalb er in den Bildnissen das Königtum symbolisiert, während die Schutzgottheit der Künstler und Schreiber als Brüllaffe dargestellt wird. Kleinere Affen werden zudem als Haustiere gehalten und erfreuen sich als Spielgefährten bei den Kindern großer Beliebtheit. Einige Vogelarten sind ihrer Federn wegen sehr begehrt, mit denen die Eingeborenen ihre Gewänder schmücken oder sich daraus ihren Kopfputz anfertigen; andere schaffen Abhilfe gegen die Insektenplage oder helfen, die Maisfelder vor Schädlingen zu schützen. Gejagt werden vor allem Waldschweine, die sie Peccaris nennen, und Hirsche, die es in großer Zahl gibt, sowie verschiedenes Kleinwild, aber auch Schildkröten und Leguane, deren Fleisch von den Indios als besondere Spezialität geschätzt wird.

Als im Jahre 1517 das erste spanische Schiff am *Kap de Catoche* landete und man die Eingeborenen nach dem Namen des Landes fragte, riefen sie in ihrer Sprache, daß sie die Fremden nicht verstünden. Die Spanier aber hielten das für die Antwort auf ihre Frage, und so heißt dieses Land seither *Yucatán* – »Wir verstehen Euch nicht«.

Wir liefen schweigend nebeneinander her, ein jeder die Waffe griffbereit, um sich nötigenfalls zu verteidigen. Jeder Laut, jedes Knacken im Unterholz ließ uns zusammenfahren, und so konnte es nicht ausbleiben, daß sich die Anspannung in den bisher nur mühsam unterdrückten Rivalitäten entlud. Es war Rivera, der damit anfing, wozu Guerrero den Stabfächer vor sich hertrage und ob er etwa auch noch die Aufmerksamkeit derer auf uns lenken wolle, die uns sonst vielleicht zu übersehen geneigt gewesen wären. Dieser erwiderte, daß wir gut daran täten, ein Unterpfand des Friedens zu hüten, da es in unserer Lage nicht eben ratsam sei, ein solches zu verschmähen. Ob wir denn keinen Stolz im Leibe trügen, daß wir auf die Gnade dieser Wilden hofften, rief Oviedo, schließlich sei dieses Land Teil des spanischen Weltreichs, und uns, als den Repräsentanten der Krone, wäre man Ehrfurcht und Gehorsam schuldig. Man könne, warf ich ein, man könne es den Indios wohl schwer verübeln, daß sie sich nicht an Beschlüsse hielten, von welchen sie nichts wüßten, wenn nicht einmal die Spanier selbst gewillt seien, sich in allem an die Gesetze zu halten. Nun ging der Streit erst richtig los; Oviedo nannte mich einen verweichlichten Betbruder, während Rivera vergeblich versuchte, Guerrero den Stabfächer zu entwinden und sich dabei eine blutige Nase holte. Es hätte wohl nicht mehr viel gefehlt, und wir wären mit den Waffen, die zu unserer Verteidigung dienten, aufeinander losgegangen, da gebot uns plötzlich Doña Insunta Einhalt und wies in die Ebene, in die der nach Osten hin lichter werdende Wald überging. Vor uns lag inmitten ausgedehnter Felder eine Stadt, die sich bis zur Steilküste und entlang des Riffs, das man als Anlegeplatz nutzte, noch eine Weile über das Festland hinaus erstreckte. Dort wurde gerade ein Markt abgehalten. Die Händler boten von den Kanus aus ihre Waren feil oder hatten diese auf bunten Dekken ausgebreitet, um mit ihren reichen Angeboten Käufer anzulocken. Währenddessen patrouillierten Männer auf und ab, die ihres Gehabes wegen leicht als Marktaufseher zu erkennen waren. Auch auf den übrigen Straßen und Plätzen herrschte geschäftiges Treiben, und als wäre einem das alles längst vertraut, vermochte man allein an ihrer Tracht mühelos Kaufleute von Bauern und Handwerkern zu unterscheiden.

Zentrum der Stadt ist der Palastbezirk, den ich später noch häufig betreten sollte, mit dem nach Osten ausgerichteten Tempel. Dieses Gebäude nennen sie Zamá, und es gibt der Stadt auch ihren Namen[1]; und Zamá bedeutet Frühlicht oder Morgendämmerung.

Des Menschen Sehnsucht nach den Menschen

Von dem Hügel aus, auf dem wir uns befanden, war alles genau zu erkennen, und dieser Anblick machte auf uns alle großen Eindruck. Der geordnete Lauf, den hier das Leben nahm, das Wohlverhalten und die Gesittung der Leute hätten beinah vermuten lassen, daß es

[1] Vermutlich mit Tulum identisch.

eine Stadt in Kastilien oder Andalusien sei, die sich uns hier präsentierte, obgleich es den Spaniern der würdevollen Gelassenheit mangelt, die diesem Volk eigen ist. Nein, das waren keineswegs Wilde, diese Menschen standen uns in ihrer Lebensart um nichts nach, wie man selbst auf die Entfernung von unserem Versteck aus bemerken konnte; und wer sich des Treibens in den Heerlagern und Siedlungen entsann, die die Spanier in der Neuen Welt errichtet hatten, der wäre womöglich zu dem Schluß gelangt, daß wir uns ihnen zu unterwerfen hätten. Und wieder war es Rivera, der als erster das Wort ergriff und aussprach, was wohl jeder in diesem Moment dachte: Wie verführerisch es doch wäre, hinunterzugehen, sich unter die Leute zu mischen und sich endlich wieder wie ein halbwegs kultivierter Mensch vorzukommen und nicht wie ein gehetztes Tier, das sich im Unterholz verkriecht und sich nur von Beeren und Früchten ernährt, als sei das Feuer noch nicht erfunden. Uns hatte Heimweh ergriffen, doch nicht so sehr nach einem bestimmten Ort als vielmehr nach dem, was man die menschlichen Errungenschaften nennt, Heimweh nach der Zivilisation. Und mit einem Mal schien es nichts Beglückenderes auf Erden zu geben, als Teil eines Gemeinwesens zu sein, selbst um den Preis, in dessen Rangordnung auf der untersten Stufe zu stehen, wäre der Gewinn doch der, daß man sich irgendwo zugehörig fühlen dürfte, statt in der Welt herumzuirren, als Gruppe zwar, doch jeder für sich, miteinander, aber im Grunde jeder mit sich allein. Damals überkam mich erstmals die Ahnung, daß Mensch zu sein immer auch Menschheit zu sein bedeutet, nie als einzelner, sondern stets als einer von allen.

Erst der Blick auf das, wovon wir losgelöst und abgeschnitten waren, führte uns dessen Wert vor Augen, den Wert der eigenen, kleinen, von Menschenhand geschaffenen Welt, in die wir aus der unendlichen göttlichen Schöpfung fliehen, die wir nicht zu erfassen vermögen. Befanden wir uns denn vor ihr auf der Flucht und längst nicht mehr vor den vermeintlichen Verfolgern? Sollten wir bisher bloß deshalb dem Tod entronnen sein, um nun solchen Regungen des Gemüts zu erliegen und also am Menschsein selbst zugrunde zu gehen? Oder lag gerade darin unsere Rettung, zumal dort, wo man eine gesittete Lebensart vorfand, man auch auf eine ebensolche Gesinnung hoffen durfte? Oder mußte man dies auseinanderhalten und sich davor hüten, von dem einen aufs andere zu schließen?

Doch wer erst einmal damit beginnt, das äußere Erscheingsbild nur als Hülle ohne innere Entsprechung zu erachten, bei dem macht dies auch vor einem selbst nicht halt, und plötzlich steht man vor der Frage, ob das, was man sich als Charakterstärke und als Bildung des Geistes zugute gehalten hatte, nichts weiter sind als zufällige Hervorbringungen und Launen einer allseits wuchernden Natur; und mit einem Mal wähnt man sich bereits als Trugbild entlarvt und um nichts weniger als um das eigene Sein betrogen. Wer aber um dessen Verlust willen dem Tod entgeht, dessen Leben ist ohnehin verwirkt.

Manches davon mag wohl damals angeklungen sein, doch waren es nicht Worte, die hier den Ausschlag gaben, denn unser Urteilsvermögen war der Tragweite der zu fällenden Entscheidung nicht gewachsen, und so würde der Verstand erst hinterher begreifen, was gleichsam über unsere Köpfe hinweg zum Entschluß gereift war: Wir gaben den Widerstand auf und überließen uns der Strömung, die unser Wesen erfaßte oder vielmehr von diesem ausging, und machten uns auf zu dieser Stadt, Guerrero mit dem Stabfächer voran, den er als ein Feldzeichen vor sich hertrug, wie um uns damit freies Geleit zu sichern.

Es würde acht Jahre dauern, bis ich Zamá endgültig und auf dem gleichen Weg wieder verließ.

Auf Gnade und Ungnade

Freilich, was uns aus der Ferne so vertraut vorgekommen war, wirkte mit abnehmender Distanz immer befremdlicher, und aus der Nähe betrachtet, verlor das Ersehnte den Reiz, den ihm unsere Einbildung zuvor im Übermaß verliehen hatte; aber das lag wohl auch daran, daß wir nach den Wochen der Entbehrungen die Fülle der Eindrücke und die Unmittelbarkeit des Gewöhnlichen schlecht vertrugen, und vermutlich wäre es uns in einer spanischen Siedlung und unter Landsleuten ähnlich ergangen. Was dem Ganzen indes etwas Beängstigendes, ja geradezu Gespenstisches verlieh, war die Beiläufigkeit, mit der die Indios von unserem Eintreffen Notiz nahmen; als ob man über jeden unserer Schritte im Bilde gewesen wäre und die kommenden bereits vorausgeahnt hätte. Oder folgten wir etwa einer Fügung, die den Indios längst offenbar geworden war, während wir sie bloß erfüllten? Das konnte aber nur bedeuten, daß die Vorsehung nichts Gutes verhieß, da die Weissagungen der Eingeborenen allesamt von irgendeinem bevorstehenden Unheil kündeten, und schon der Gedanke, Gegenstand einer solchen Prophezeiung zu sein, machte uns mehr zu schaffen, als wenn man bis auf die Zähne bewaffnet über uns hergefallen wäre, denn je weniger greifbar die Bedrohung, desto größer ist ihre Macht über uns. Also mußten wir uns der Bedrohung stellen, und wollten wir Gewißheit über unser Schicksal, mußten wir eben Gewißheit einfordern, indem wir uns auf Gnade oder Ungnade auslieferten. Es bedurfte keiner Verabredung, um zu wissen, wohin wir uns zu wenden hatten, die Richtung stand fest. Es sei schon absonderlich, meinte Oviedo, daß wir, die mit knapper Not lebend vom einen Tempelberg herunterkamen, nun darauf versessen seien, zum nächsten zu gelangen.

Vor den ersten Hütten, die wir erreichten, saßen Frauen, Mütter zumeist, die ihre Säuglinge in einem Tuch trugen, das sie sich um die Schulter gebunden hatten, und die damit beschäftigt waren, auf großen flachen Steinen die gequollenen Maiskörner zu einem Teig zu verarbeiten und nebenher das Feuer in Gang zu halten. Sie sahen kurz von ihrer Tätigkeit auf, ohne darin innezuhalten, und schienen von unserem Anblick keineswegs überrascht.

»Sie wußten, daß wir kommen würden«, sagte Doña Insunta. Rivera mutmaßte, ihre Gelassenheit sei nur ein Täuschungsmanöver, um uns in einen Hinterhalt zu locken, aber Guerrero meinte, hätte man uns überfallen wollen, hätte man nicht darauf gewartet, bis wir in der Stadt sind, wo Frauen und Kinder gefährdet wären. Damit hatte er freilich recht, trotzdem wollte sich die Anspannung nicht legen, und deshalb hielten wir uns von freien Plätzen fern, wo wir im Falle eines Angriffs kaum Deckung gefunden hätten. Doch da die Hütten und Häuser nicht entlang fortlaufender Wege, sondern verstreut um den Palastbezirk herum errichtet worden waren, rückten wir immer von einem zum nächsten vor und hielten jedesmal Ausschau, ob uns von irgendwoher Gefahr drohe. Und so blieb uns allen denn auch beinah das Herz im Leibe stehen, als uns eine Schar hühnerartiger Vögel, die wir unvermutet aufgescheucht hatten, mit lautem Geschrei um die Ohren flatterte. Mir rann der kalte Angstschweiß den Rücken hinab, Rositta Giménez mußte sich übergeben, und Rivera zitterte am ganzen Leib. Morales aber hatte sich zu Boden geworfen und war nicht zum Aufstehen zu bewegen. Und wir, ein elendes, verängstigtes Häufchen, standen ratlos daneben und fanden nur schwache Worte des Trostes, die kaum uns selbst und erst recht nicht den Jungen zu beruhigen vermochten. Doch dann trat Guerrero zu ihm und sagte, damals im Wald sei er, Morales, uns vorausgeeilt und habe uns damit den Weg gewiesen, deshalb gebühre es nun auch ihm, uns das letzte Stück anzuführen; und damit reichte er ihm den Stabfächer. Der Junge griff danach und war mit einem Mal völlig gefaßt, und allmählich ließ bei allen die Anspannung nach. Und als sich Rivera eine Feder aus dem Bart zupfte, die sich darin verfangen hatte, fanden wir beinah uns selbst zum Lachen.

Der Küste zu wurden die Gebäude immer prunkvoller, zumal Rang und Vornehmheit der Indios offenbar einhergingen mit der Nähe ihres Wohnorts zum Zentrum der Macht. Hier waren auch häufiger Männer anzutreffen, da die Bewohner dieser Gegend nicht der

Feldarbeit nachgingen, sondern Handel trieben, oder sie gehörten, wie ich später dahinterkam, der Beamtenschaft an, der die Verwaltung des Herrschaftsgebietes und das Eintreiben von Abgaben oblag. Andere wieder versahen in den unterschiedlichsten Positionen Dienst bei Hof. Zu diesen würde ich übrigens selbst irgendwann zählen.

Das Zentrum der Stadt war zu einer Küstenfestung ausgebaut, die selbst unter Geschützfeuer schwer einzunehmen gewesen wäre, und so mußten wir erst einen Wall und eine Steinmauer von dunkler, rotbrauner Farbe passieren, ehe wir den Palast erreichten. Selbst hier stellte sich uns niemand in den Weg oder suchte uns am Betreten des Palastes zu hindern, und die beiden Wachen, die am Eingang postiert waren, machten sich nicht einmal die Mühe, uns die Waffen abzunehmen. Jeder sah uns mit einem Ausdruck der Gelassenheit an, den wir bisher noch nie bei Menschen beobachtet hatten und der weder Verwunderung noch Hochmut oder auch nur den Anflug irgendeiner Gefühlsregung verriet. Und weil ihr ganzes Wesen von einer natürlichen Würde durchdrungen ist, sieht man bei ihnen auch nicht die Prahlsucht und die Selbstgefälligkeit, wie sie manche unserer Landsleute gerne zur Schau stellen. Wer sich angesichts dieser Menschen all jene in Erinnerung rief, die, gebrochen und geknechtet, wie Tiere gehalten wurden, der vermochte zu ermessen, wieviel Leid die Spanier über die Völker der Neuen Welt gebracht hatten. Womöglich ist es aus dieser Warte nur gerecht, daß sich an uns, in ungleich geringerer Zahl und in gemilderter Form, die Umkehrung dieser Verhältnisse vollzog.

Etwa zwei Dutzend Kinder, die uns die längste Zeit in einigem Abstand gefolgt waren, blieben nun am Eingang des Palastes zurück, die Hälse gereckt, um weiter nach uns Ausschau zu halten, oder sie berieten im Flüsterton wohl darüber, was mit den Fremden nun geschehen werde. Und da standen wir also, ein wenig verloren, auf dem weiten weißgetünchten Platz, der von einer Rinne umgeben war, über die das Regenwasser abrinnen konnte oder auch das Blut von Menschen. Zamá, der Tempelberg, ist um einiges niedriger und von schlichterer Bauart als derjenige, auf welchem Kapitän Valdivia und die anderen Gefährten den Tod gefunden hatten. Rechts davon führen zwei hohe Steinstufen zum Palast, und diesem gegenüber befindet sich eine Säulenhalle, die den Indios als Versammlungsort dient. Wir wandten uns dem Palast zu, und obwohl man auch hier keine Anstalten traf, uns daran zu hindern, wagten wir nicht, ihn zu betreten. Also nahmen wir vor dem Portal Aufstellung. Bald darauf erschien eine Gruppe von Männern in feinen, mit Goldfäden durchwirkten Gewändern, gefolgt von einem gebrechlichen Greis, der sich auf zwei Knaben stützte. Der Alte musterte uns abschätzig und murmelte ständig irgend etwas vor sich hin, das sich anhörte, als wäre er unseretwegen in seiner Ruhe gestört worden und daß man ihn doch mit solchem Kram verschonen möge. Dann machte er eine wegwerfende Handbewegung und ließ sich von den Knaben wieder hineinführen. Nun richteten sich aller Augen auf einen großgewachsenen jungen Mann von etwas hellerer Hautfarbe, was bei den meisten Indiovölkern ein Zeichen der Vornehmheit ist, weil es davon zeugt, daß man sich wenig in der prallen

Sonne aufhält und also keiner Arbeit nachzugehen braucht. Er war in weiße Schultertücher gehüllt, die vorne von roten Muschelschalen zusammengehalten wurden, doch im Gegensatz zu seinen Begleitern trug er sonst keinerlei Schmuck; freilich konnte er den leicht entbehren, denn es lag etwas in seiner Erscheinung, das ihn vor den anderen auszeichnete und ihn als denjenigen auswies, dem sie Gehorsam schuldeten.

Er deutete einem Diener, den Stabfächer entgegenzunehmen, und bedachte uns mit einem Nicken, das kaum mehr war als das Senken der Augenlider. Mir schien, als habe nie eine geringere Geste über Leben oder Tod entschieden.

Der Blick auf uns

Erst sehr viel später sollte ich die Vorgeschichte erfahren, die diesen Ereignissen zugrunde lag, und noch im nachhinein verwunderte mich, wie genau man damals bereits über uns im Bilde war, ohne je unsereinem begegnet zu sein.

Die Nachricht von der Ankunft der ersten Spanier hatte sich in der Neuen Welt ebenso rasch verbreitet wie in den Ländern jenseits des Ozeans. Zuerst hielt man sie für Götter, dann für Teufel, und als schließlich ihre wahre Natur offenbar wurde, stellte man sich allerorts die Frage, wie man sich diesen Fremden gegenüber verhalten sollte, wenn sie auch in *unser* Land kämen. Die einen meinten, das beste wäre, sie zurück ins Meer zu werfen, über das sie gekommen waren, andere wieder schenkten den Erzählungen Glauben, wonach sie große Zauberer seien, die aus silberglänzenden Rohren Blitze schleuderten, und wer sich ihnen nicht unterwerfe, den würden sie vernichten. Obgleich manche dies bloß für Geschwätz hielten und nichts auf die Gerüchte gaben, die landauf, landab bis hin in die entlegensten Regionen die Runde machten, fanden die Geschichten über die *Castilán*[1] bei der Mehrzahl der Indios ebensolchen Widerhall wie jene über sie bei den Spaniern. Und auch dem Inhalt nach unterschieden sich die Erzählungen nur wenig voneinander, denn da wie dort war es der Aberglaube, der das Bild des Fremden formte. Oder Herablassung und Dünkelhaftigkeit; und so, wie die Spanier die Indios als sprechende Tiere bezeichneten, nannten sie uns bleiche Affen, die widerlich stanken, weil sie das Wasser scheuten, und deren Sprache eher an das Zischen von Schlangen erinnerte als an menschliche Laute.

Da ohnehin klar sei, was ihnen blühen werde, hatte man die Nachricht, daß im Norden des Landes ein paar versprengte Weiße gelandet wären, in Zamá zunächst eher gleichgültig aufgenommen; doch als bekannt wurde, daß sie geflohen wären und sich bereits in der Nähe der Stadt befanden, sah man sich plötzlich gedrängt, eine Entscheidung zu treffen, wie man darauf reagieren sollte, und so rief man eilig eine Versammlung der höchsten Würdenträger ein. Der alte König zeigte sich darob sehr ungehalten und fragte, wozu man einen solchen Aufwand treibe, solange die Fremden nicht in Hundertschaften durch das Land zögen. Sie aber gerieten schon wegen zweier Frauen, einem Kind und vier schlecht

[1] Kastilier, also Bewohner Kastiliens im Inneren der Iberischen Halbinsel.

bewaffneten Männern außer sich, als ob eine ganze Armee im Anrücken wäre. Und nach seiner Meinung gefragt, sagte er, es wäre ihm ganz egal, was man mit uns anstelle, nur möge man sich bald entscheiden, denn es sei beschämend und dem *Volk der wahren Menschen* unwürdig, solch ein Gezeter zu machen um nichts und wieder nichts. Also zog man die Astronomen zu Rate, doch die Sterne hielten es mit dem König und ließen keine Neigung erkennen, Einfluß auf unser Schicksal zu nehmen. Endlich ergriff der junge Thronfolger das Wort, und er vertrat die Ansicht, daß man sich zunächst die Frage nach dem Nutzen stellen sollte, den man davon hätte, wenn man diese Fremden tötete oder sie einfach ziehen lasse – oder aber trachte, sich ihrer Dienste zu versichern und sich so Klarheit über die Absichten dieses Volkes zu verschaffen. Er wisse wohl, daß viele der Ansicht wären, man müsse sich vor allem Fremden schützen, zumal dies schon in der Vergangenheit geholfen hatte, manches Unglück abzuwenden, das über die benachbarten Reiche hereingebrochen sei, Kriege, Hungersnöte, die viele der einst blühenden Städte entvölkerten, und heute zeugten nur noch verfallene Tempel und Paläste von der Macht der Herrscher früherer Tage. Zamá wäre ein solches Schicksal erspart geblieben, und man hätte dem Ansturm der Völker aus dem Norden nur deshalb widerstanden, weil die Vorväter an den Werten festhielten, welchen die Maya einst ihre Größe verdankten. Indes, die Zeiten hätten sich geändert, die Voraussetzungen wären jetzt andere. Nun habe man es mit einem Volk zu tun, das in schwimmenden Häusern das Meer überquerte, und das, wenn auch nur die Hälfte dessen stimme, was erzählt werde, gewiß das mächtigste

Volk der Welt sei. Aber warum müsse man gleich das Schlimmste befürchten, statt davon auszugehen, daß die Völker manches voneinander lernen könnten und jedes auf seine Weise und in Frieden mit dem anderen leben würde. Vielleicht komme es ja nur darauf an, mehr voneinander zu wissen, um das gegenseitige Mißtrauen zu überwinden, das Anlaß für schon so manchen Krieg gewesen sei. Deshalb erachte er es als eine glückliche Fügung, die diese Fremden in ihr Land geführt habe, und er spreche sich dafür aus, sie in Zamá aufzunehmen und sie zu Mittlern zwischen den Völkern zu machen. Viele pflichteten ihm bei, doch vor allem die Priester sprachen sich dagegen aus, die Fremden in die Stadt hereinzulassen, da dies die Ahnen erzürnen könnte, die, wie der Prinz selbst dargelegt habe, in diesem Punkt stets anderer Meinung gewesen waren. Trotz der Mahnung des Königs gelangte die Versammlung zu keinem Beschluß, und so wandte man sich an einen Wahrsager, den sie *Chilam Balam*[1] nennen und der von allen als Heiliger verehrt wird. Man sagt, er habe die Ankunft der Spanier prophezeit, und danach befragt, woran man sie erkennen werde, habe er geantwortet, daß in ihren Händen Feuer aufflamme. Ich schenkte den Legenden, die sich um ihn rankten, keinen Glauben und hielt sie ebenso für pure Erfindung wie die Person, von der sie berichteten – bis ich dem Propheten eines Tages begegnete.

Man schickte also eine Abordnung zu Chilam Balam, um ihn um Rat zu bitten, und er ließ den Würdenträ-

---

[1] Jaguar-Priester; *Chilam* oder *Chilán* bedeutet ›Wahrsager‹, *Balam* ist sein Name.

gern von Zamá ausrichten, daß ein Urteil zu fällen man jenen überlassen möge, die es beträfe. Nun wußte man freilich nichts mit diesem Rätselwort anzufangen, und die Verwirrung in der Ratsversammlung war größer als vorher; aber schließlich kam man überein, die Fremden in der Stadt zu dulden, wenn sie freiwillig und von sich aus hier Obhut suchten; wenn nicht, würden sie diesen Hochmut mit dem Leben bezahlen. Solange aber sollte ihnen das Banner des Prinzen freies Geleit sichern.

Von Gemeinsinn und was davon noch übrig war

Man wies uns eine Unterkunft in der Nähe des Palastes zu. Die Leute in der Umgebung nahmen von uns nicht weiter Notiz; zwar brachte man uns regelmäßig zu essen, überließ uns aber ansonsten uns selbst. Wie in allem, vermutete Rivera auch darin eine Hinterlist, und er sagte, man wolle uns auf diese Weise in Sicherheit wiegen, um dann, wenn unsere Wachsamkeit nachgelassen hätte, über uns herzufallen. Es war aussichtslos, ihm in Erinnerung zu rufen, daß die Indios dazu schon oft genug Gelegenheit gehabt hätten und gewiß nicht auf derlei Finten angewiesen wären, wenn sie uns nach dem Leben trachteten. Dies brachte ihn indes nur auf den Gedanken, daß sie uns ja auch vergiften könnten, was ihn freilich nicht davon abhielt, sich zu beklagen, wenn die Portionen einmal kleiner ausfielen oder er die Speisen nicht so gewürzt fand, wie er dies wünschte. Zudem weigerte er sich zunächst, bei Dunkelheit seine Notdurft draußen zu verrichten, was zu einem heftigen Streit führte. Nun, seinetwegen, gab er schließlich nach, aber wenn wir ihn mit durchschnittener Kehle fänden, trügen wir dafür die Verantwortung.

»Einverstanden«, erwiderte Oviedo, worauf Rivera mit trotzig heroischem Ausdruck auf uns herabsah, als wäre er tatsächlich dem Tode geweiht. Bei allem Ärger, den er in uns hervorrief, fanden wir ihn in solchen Momenten auch wieder zum Lachen, und das war gut so, half es uns doch, mit unseren eigenen Ängsten, ob nun begründet oder nicht, fertigzuwerden. Trotzdem schreckten wir nachts mitunter auf, geweckt von alptraumschweren Angstschreien, und manchmal waren es auch die eigenen, die einen aus dem Schlaf rissen. Zu deutlich war noch die Erinnerung an den qualvollen Tod der Gefährten auf dem Tempelberg, an das Entsetzen in ihren Gesichtern und die Verzweiflung darüber, daß wir das mit ihnen hatten geschehen lassen, statt ihnen zu Hilfe zu kommen; und so oft ich mir auch sagte, daß wir nichts hatten tun können, allein der Umstand, am Leben geblieben zu sein, verursachte mir Gewissensbisse, als hätte ich mir etwas erschlichen, das einem anderen bestimmt gewesen wäre.

Tagsüber vertrieben wir uns die Zeit damit, so zu tun, als ob wir unser gewohntes Leben weiterführten, doch allmählich machten sich Resignation und Langeweile breit und schlugen in gegenseitige Gehässigkeit um. Der Lagerkoller war ausgebrochen, zumal sich vorerst niemand weiter als ein paar Schritte aus dem Haus wagte – von Guerrero einmal abgesehen, den es von Anfang an dorthin zog, wo sich die Indios aufhielten, und schon bald blieb er oft mehrere Tage weg, ohne daß wir etwas über seinen Verbleib wußten.

Was ich damals freilich noch nicht zu beurteilen vermochte und erst allmählich mit wachsendem Erstaunen begriff, war, daß er vom ersten Moment an den Gesetzen indianischen Denkens und Handelns folgte, als wären es die eigenen, als lägen diese auch seinem Wesen zugrunde. Wie immer man es dreht und wendet, es gibt keine andere Erklärung dafür, als daß er mit der Seele eines Indios geboren wurde, die, in vertrauter Umgebung sich ihrer Abstammung entsinnend, erst den Menschen formte, der er wirklich war. Denn wie ist es sonst zu erklären, daß sich Guerrero binnen weniger Wochen mit den Indios fließend in deren Sprache unterhielt, während ich und die übrigen Gefährten viel Mühe darauf verwenden mußten, uns auch nur über die einfachsten Dinge mit ihnen zu verständigen? Und mochte man dies auch nur als besondere Begabung ansehen, so wurde seine wahre Natur doch spätestens dann offenbar, als er bekannte, ihre Bräuche wären ihm ebenso vertraut wie unsereinem das Würfelspiel.

Oviedo war der erste, der aussprach, was jeder dachte: daß er ein Verräter sei, der bei erster Gelegenheit die Kameraden links liegen lassen und zu den Rothäuten überlaufen würde. Doch wenn er nach einigen Tagen wiederkam, brachte er jedesmal kleine Geschenke mit oder Dinge des täglichen Bedarfs, und wir mußten eingestehen, daß ohne ihn unser Leben um vieles beschwerlicher gewesen wäre. Und im Grunde blieb er stets ein untadeliger Gefährte, aber nach allem, was wir erlebt und durchgemacht hatten, war es der Umstand, daß er sich uns nicht inniger verbunden fühlte, der unseren Mißmut und wohl auch so etwas wie Eifersucht weckte. Denn statt freundschaftlichen Umgang zu pflegen oder auch nur Anschluß zu suchen, wie man es in dieser Situation hätte erwarten können, entzog er sich uns immer mehr. Diese Zurückweisung war für uns doppelt schmerzlich, da wir zum einen nun ohne Anführer dastanden, der er seit Valdivas Tod gewesen war und den wir jetzt vielleicht noch weniger entbehren konnten als zuvor; zum andern war es die Gefahr der Vereinzelung, der wir uns plötzlich gegenübersahen. Denn trotz aller Zerwürfnisse war uns allen klar, daß wir nur als Gruppe überleben konnten und daß einer allein bald verloren wäre, da der Mensch, dem nichts geblieben ist, von der Erinnerung zehrt, die ihm ins Gedächtnis ruft, wer er ist und somit: daß er ist. Die Erinnerung aber muß bestätigt und will bezeugt sein, sonst verblaßt sie; aus diesem Grund waren wir aufeinander angewiesen; wir brauchten uns, um einander zu versichern, daß es jenseits des Ozeans tatsächlich ein Spanien gab, und daß all das, was wir für unsere Vergangenheit hielten, nicht bloß Einbildung sei.

Zumindest darin unterschied sich Guerrero nicht von uns, doch eben diese Gemeinsamkeit war es, die uns entzweite. Denn aus dem gleichen Grund, aus dem wir uns zusammenschlossen, wandte er sich mehr und mehr den Indios zu. Und so wie wir an unserer Herkunft festhielten, um uns nicht allmählich im Fremden zu verlieren und alles aufzugeben, wovon man meinte, es mache den Menschen aus, der man war, fand er dort erst zu sich, indem er die Vergangenheit abstreifte und, nein, nicht eine andere, seine richtige Identität annahm. Und während wir in den Erinnerungen an das Land unserer Herkunft schwelgten, pflegte er das Gedächtnis der Ahnen, als wären es seine eigenen Vorfahren, deren Reihe der Sagen nach bis an den Anfang der Welt zurückreicht. Denn Herkunft ist für die Maya nicht eine Sache des Ortes, sondern der Abstammung, und was uns der Boden, wo unsere Wiege stand, ist ihnen die Geschichte des Volkes.

Von Haus und Hof und von allerlei mehr

Guerrero sprach mich eines Tage darauf an, ob ich ihn auf seinen Erkundungen denn nicht begleiten wolle, damit ich mir ein Bild von der Stadt und ihren Bewohnern machen könne, weil ja nicht auszuschließen sei, daß wir hier noch einige Zeit zubringen müßten, und je früher wir uns damit abfänden, um so besser wäre es für alle. Obwohl er zu mir gesprochen hatte, war es auch für die Ohren der anderen bestimmt. Eine Weile herrschte betroffenes Schweigen, da sich alles in uns gegen das sträubte, was doch nicht von der Hand zu weisen war. Morales fand als erster wieder die Fassung. Wenn ich ginge, komme er auch mit, sagte er, und so schlossen wir uns Guerrero an. Kaum aus dem Haus, wurden wir von einer Schar Kinder umringt, die an Guerrero hochsprangen, bis er sich eines auf die Schultern setzte und zwei andere auf den Armen trug. Und beinah ebenso mühelos fand er Kontakt zu den Erwachsenen, obwohl die Indios eher verhaltene Menschen sind und er sich zu diesem Zeitpunkt in ihrer Sprache noch nicht hinreichend verständigen konnte. Gewiß war es zum einen die Neugier, die sie offener machte, andererseits schienen sie auch Gefallen an ihm zu finden, weshalb wir kaum an einem Haus vorbei konnten, ohne ein paar Worte zu wechseln, wie man wohl sagen würde, hätte man sich nicht hauptsächlich der Zeichensprache bedient; dabei erwiesen sich die Indios als äußerst taktvoll und waren stets bemüht, Morales und mich an dieser Unterhaltung teilnehmen zu lassen, und schließlich bat uns ein älterer Mann, den Guerrero bereits kannte, zu sich herein. Einen Augenblick lang fühlte ich mich an ein Erlebnis in meiner Jugend erinnert, als ich eine Schenke betrat und zum ersten Mal eines Indios ansichtig wurde. Und jetzt war ich bei einem dieser Wilden zu Gast und fand alles sauber und kultiviert und nichts von Barbarei und Sittenlosigkeit, nichts davon, daß man rohes Fleisch verschlang oder gar fürchten mußte, zerrissen zu werden.

Die Töchter des Hausherrn brachten allerlei Früchte und verschiedene Getränke, die er uns zu kosten aufforderte, und jedesmal war er auf unsere Reaktion gespannt und auf das Gesicht, das wir machen würden. Als Trinkgefäß diente eine Tonschale, die er herumgehen ließ, was hierzulande als ein Ausdruck von Geselligkeit gilt. Zunächst gab er uns einen milchigen Saft zu kosten, den sie aus Mais gewinnen und dann, je nach Geschmack, mit Wasser verdünnen. Dieses Getränk wird am häufigsten genossen, denn reines Wasser trinken sie für gewöhnlich nicht. Besonders beliebt ist ein Sirup, den sie mit gemahlenem Kakaw versetzen und der warm oder kalt gereicht wird.

Die Frauen hatten unterdessen ein Festmahl zubereitet, das aus verschiedenen Maisgerichten, Fisch, geröstetem Hirschfleisch und jungen Schildkröten bestand, und dazu reichte man Honigwein, der sehr stark ist und schnell betrunken macht. Zu dem Mahl versammelten sich alle, die dem Hausstand angehörten, und zu meinem Erstaunen stellte ich fest, daß es, die Kleinkinder und Säuglinge mitgezählt, fast dreißig Personen waren. Da die meisten Indios bis ins hohe Alter bei bester Gesundheit sind, leben sie in Familienverbänden von drei, manchmal vier Generationen. Ein solcher Hausstand besteht daher immer aus mehreren Gebäuden, die so angeordnet sind, daß sie einen Innenhof bilden, den man von außen nicht einsehen kann. Außer den Wohnhäusern sind auch noch Lagerräume für Nahrungsvorräte und allerlei Gerätschaften vorhanden. Gekocht wird in einem nach mehreren Seiten hin offenen Raum, so daß der Rauch abziehen kann. Die meisten Häuser stehen auf einem erhöhten Steinfundament, damit das Regenwasser nicht hineinrinnt. Ist erst einmal ein Standort gewählt, beginnen die Indios damit, Bruchstein und Geröll aufzuschütten und dann mit Kalkmörtel zu überziehen, so daß es eine ebene Fläche ergibt. In dieses Fundament werden die Eckpfosten eingelassen, zwischen denen man die Palisadenwände aus geflochtenem Knüppelwerk errichtet, die wiederum mit Kalk bestrichen und an der Stirnseite mit den verschiedensten Motiven verziert werden. Die Dächer sind sehr steil, damit das Wasser schneller abrinnt und es nicht durchregnet, und sie werden mit Maisstroh oder Palmblättern gedeckt. Eine Zwischenwand teilt die Wohnhäuser der Länge nach in eine Vorder- und eine Rückseite, und damit man in den hinteren Teil gelangen kann, läßt man in der Mitte einen Eingang. Durch diesen kommt man in den Schlafraum, wo sie sich auf geflochtene Matten auf den Boden legen. Ein Hinterausgang führt zu dem Ort, wo sie die Notdurft verrichten.

Das Charakteristische an den Häusern ist, daß sich die vordere Dachschräge weit nach unten zieht, was dem Schutz vor Sonne und Regen dient, da die Frontseite der ganzen Länge nach offen ist. Hier werden Gäste empfangen und bewirtet, Geschäfte abgewikkelt oder Beratungen abgehalten, wobei das Familienoberhaupt auf einer steinernen Bank thront, die bei anderen Gelegenheiten etwa auch als Schreibpult dient.

Von diesem Platz aus verfolgte unser Gastgeber das Geschehen und achtete darauf, daß es uns an nichts fehlte. Als das Mahl beendet war, forderte er Guerrero auf, zu berichten, welches Geschick uns hierher geführt habe, und so erzählte er mittels Gesten und der Sprache des Körpers, was uns widerfahren war, machte mit wenigen Handgriffen aus einem Trinkgefäß und dem Blatt einer Palme ein Segelschiff, wobei eine Nußschale als Beiboot diente, setzte beides in ein Wasserbecken, das zum Waschen der Hände bereitstand, und ließ noch einmal den Sturm losbrechen, indem er das Becken hin und her stieß, bis das Wasser hoch aufspritzte und das Schiff schließlich sank. Nun beschrieb er, wie es uns gelang, uns zu retten, zeigte auf mich und ruderte mit den Armen wie ein Ertrinkender, packte sich dann selbst am Kragen und führte vor, wie man mich aus dem Meer gefischt hatte, dabei verdrehte er die Augen und ließ die Zunge heraushängen. Das sah so komisch aus, daß die Leute herzlich lachten, doch schon im nächsten Moment folgten sie seiner Erzählung wieder mit größter Spannung, und ich zweifelte nicht, daß ihn jeder, vom Kind bis zum Greis, auch verstand. Als er geendet hatte, wollte der Hausherr wissen, ob unsere beiden Völker in Freundschaft verbunden seien und in Frieden miteinander leben würden; daraufhin verfinsterte sich Guerreros Miene, und er schüttelte nur den Kopf. Auf dem Rückweg fragte ich ihn, ob er wirklich dieser Ansicht sei. Er sah mich eine Weile an und fragte, ob ich denn anderer Meinung wäre. Ich schwieg. Was hätte ich auch entgegnen sollen? Der Unfriede liege den Spaniern nun schon einmal im Blut, sagte er.

So schnell Befürchtungen auch ausgesprochen sind, die Wirklichkeit ist deshalb nicht darum verlegen, diese unverzüglich als gerechtfertigt zu erweisen, und so bewahrheitete sich manches eher, als wir es in den schlimmsten Vorstellungen für möglich gehalten hatten. In unsere Behausung zurückgekehrt, bot sich uns ein Anblick, der uns vor Schreck erstarren ließ. Wir fanden die Frauen völlig verstört vor. Sie saßen zusammengekauert in einer Ecke, jede ihre Beine umklammernd, während sich Oviedo und Rivera mit Belanglosigkeiten die Zeit vertrieben. Auf unsere Frage, was das zu bedeuten habe, zuckte Rivera mit den Schultern, und Oviedo schnitzte weiter an einem Stock herum, als habe er es nicht gehört. Und weil es so ungeheuerlich war, wußte ich erst nicht, was das zu bedeuten hatte; und als ich es schließlich begriff, wurde mir klar, daß es keine Rettung für uns gab. Dies war das unwiderrufliche Ende jeglicher Gemeinsamkeit, von nun an war niemand mehr des anderen Gefährte, und daran würden wir alle zugrunde gehen. Mit ihrem Verbrechen, soviel stand für mich fest, hatten Rivera und Oviedo das Todesurteil über sich selbst und uns alle gesprochen.

Frei und doch gefangen

Ich weiß bis heute nicht, ob es bloß Zufall war, oder ob die Indios wußten, was sich zugetragen hatte, jedenfalls blieben bald darauf die Frauen weg, die uns bisher das Essen gebracht hatten. Statt dessen stellte man uns einen Korb mit alten Maisfladen vor das Haus, an denen man sich fast die Zähne ausbiß. Rivera fluchte und rief, daß die verdammten Indios wohl im Sinn hätten, uns verhungern zu lassen. Wenigstens könne er sicher sein, daß sie uns nicht mästen und auffressen wollten, entgegnete ich. Dann trat eines Morgens ein Mann vor unser Haus, machte eine Geste, als ob er etwas zu Mund führe, und strich sich über den Bauch; daraufhin gab er uns zu verstehen, daß wir mit ihm kommen sollten.

»Na, endlich«, stöhnte Rivera und lief hinter ihm her, und wir alle ihm nach. Er führte uns vor die Stadt, wo die ausgedehnten Maisfelder begannen und in einem Verschlag unzählige Säcke gelagert wurden.

»Erntezeit«, entfuhr es mir, und ich erntete dafür meinerseits feindselige Blicke. Der Indio befahl uns, die Säcke aufzunehmen und ihm damit zu folgen, auch der Junge mußte mit anpacken. Guerrero meinte, immer noch besser, als tagaus, tagein nutzlos herumzusitzen, das sei auf die Dauer ungesund für Leib und Seele und bringe einen nur auf abwegige Gedanken; letzteres betonte er in einer Weise, daß Rivera und auch der sonst so hochmütige Oviedo verschämt zu Boden sahen, doch dieser Anflug von Reue hielt gerade nur so lange an, bis sie sich den ersten Sack aufluden, denn offenbar meinten sie, damit bereits Abbuße geleistet zu haben, und schon schimpften und fluchten sie wieder drauflos und gaben allem und jedem die Schuld an ihrem Geschick, nur nicht sich selbst.

Die Frauen hingegen wurden zur Feldarbeit angehalten, und obwohl sie diese nicht gewohnt waren und sich die Finger am dürren Maisstroh zerstachen, beklagten sie sich nicht und schienen gar nicht unglücklich darüber, endlich etwas zu tun zu haben, statt immer nur über die erlittene Schmach zu grübeln. Aber wie man es auch drehen und wenden wollte, Faktum blieb, daß man uns, die von sich aus und als freie Menschen die Stadt betreten hatten, nun als Sklaven hielt, und das Schlimmste daran war, daß es uns vorkam, als wären wir den Indios wie Tiere zugelaufen, die um des Futters willen, das man ihnen darreichte, sich allmählich hatten domestizieren lassen. Damit waren wir nun auch um unsere Würde, um unseren Stolz gebracht, und fühlten uns um das Leben betrogen, das wir unter anderen Umständen geführt hätten. Doch während uns die Arbeit aufzehrte, nahm Guerrero durch sie täglich an Kraft zu. Für ihn war das, was er tat, zum Nutzen des Volkes, bei dem er Aufnahme gefunden hatte; für uns bedeutete es eine nicht enden wollende Demütigung, die vor allem darin bestand, daß sie uns *Wilde* und *Sklaven von Natur* zufügten. Denn längst war nicht mehr von der gesitteten Lebensart der Maya die Rede, zumal wir diese um so weniger bei anderen wahrzunehmen vermögen, je verkommener unsere eigene ist.

Morales war seit Tagen krank und litt an hohem Fieber. Zeitweise stand es so schlecht um ihn, daß wir fürchteten, er werde diesen Tag nicht überstehen. Guerrero sorgte dafür, daß ein Schamane nach ihm sah, und dieser gab ihm eine Medizin zu trinken, worauf sich der Zustand des Jungen tatsächlich besserte. Doch dann dröhnten eines Nachts die Trommeln wieder, und wir meinten zu wissen, was das zu bedeuten habe. Der Junge verkroch sich zitternd in den hintersten Winkel des Raumes und krallte seine Hände so fest in die Dekke, daß sie blau anliefen. Dann geriet auch noch Rivera in Panik und schrie, daß sie uns nun holen und das Herz herausreißen würden; immer habe er gesagt, daß dem Frieden nicht zu trauen sei, aber wir hätten ja nicht auf ihn gehört. Statt dessen wären wir einem Verrückten hinterhergelaufen, der uns jetzt ans Messer liefere oder vielleicht gleich selbst ... Zuzutrauen wäre es ihm, pflichtete Oviedo bei, jeder andere wäre dort, wo er hingehöre, nämlich hier bei seinen Landsleuten, aber er sei ein Abtrünniger und eine Verräternatur. Ich bat die beiden inständig, nicht so vor dem Jungen zu reden, der schwer atmend und mit vor Schreck geweiteten Augen zum Eingang starrte, indes Rositta Giménez seine Beine in feuchte Tücher wickelte, um das Fieber zu senken. Oviedo erwiderte, der Junge sei alt genug, um zu wissen, was uns bevorstehe, und auch, wem wir es zu verdanken hätten. Da wurde es nun auch Doña Insunta zuviel, sie trat vor ihn hin, außer sich und bebend vor Zorn und zischte ihn an, wenn er jemals auch nur einen Funken Anstand besessen habe, dann solle er endlich das Maul halten. Um des Jungen willen sei sie bereit, ihm und seinem Kumpan zu vergeben, aber jetzt noch ein einziges Wort, und sie beide würden in der Hölle schmoren, dessen könne er sich gewiß sein. Das sei es nicht wert gewesen, murmelte er und gebot Rivera, mit seinem Gezeter aufzuhören, davon könne man ja wirklich noch verrückt werden.

Wie sich bald zeigte, scherten sich die Indios nicht im geringsten um uns, geschweige denn, daß sie uns ans Leben wollten. Schließlich wagten wir, Oviedo und ich, uns gemeinsam hinaus, um nachzusehen, was der Lärm zu bedeuten habe. Zuerst meinten wir, der Palast stünde in Brand, weil ein gewaltiger Feuerschein den Nachthimmel rot färbte, doch dann bemerkten wir, daß eine riesige Menschenmenge dorthin unterwegs war, ganze Familien mit Kindern, selbst für Alte und Schwache gab es kein Halten, alle drängten zum Tor, das auf den Platz am Fuße des Tempels führt. Also schlossen auch wir uns dem Zug an, doch in dem Getümmel wurden wir bald getrennt, und so suchte jeder, eingekeilt zwischen dampfenden Leibern, allein vorwärtszukommen. An Umkehr war ohnehin nicht zu denken, wollte man nicht Gefahr laufen, von den nachdrängenden Massen erdrückt zu werden. Auf dem Tempelplatz lichtete sich die Menge ein wenig, obwohl auch hier die Menschen bereits dicht gedrängt standen und noch immer Hunderte Indios herbeiströmten. Unzählige Feuerbecken und Kienspanfackeln erhellten das ganze Areal. Von einer erhöhten Plattform aus konnte ich alles gut überblicken, und ich fragte mich, was solche Aufregung verursacht haben könnte, daß alle Einwohner von Zamá zusammenströmten. Und während ich noch nach Anzeichen Ausschau hielt, die mir darüber Aufschluß geben könnten, entdeckte ich die Gestalt eines Mannes, der sich einen Weg durch die Menge bahnte und auf mich zukam. Ich erkannte ihn und erkannte ihn auch wieder nicht. Und als ich begriff, was der Grund für meine Verwirrung war, erschrak ich erst recht: Guerrero hatte sich nach Art der Indios das Gesicht tätowieren lassen.

Dritter Teil

Die Male des Ichs

Einer Neigung folgend, die noch aus meinen Novizenjahren herrührte, hatte ich bald, nachdem ich in Zamá ansässig geworden war, die Gewohnheit zu zeichnen wieder angenommen und damit begonnen, Dinge abzubilden, die mit Worten zu beschreiben viel zu umständlich und dabei immer noch zu ungenau gewesen wären, indes selbst ein mäßiges Bild dem Betrachter im Nu eröffnet, worum es dem Ausführenden zu tun ist. Und obgleich ich nicht unbedingt die allerglücklichste Hand besaß, so schulte diese Tätigkeit immerhin das Auge und schärfte den Blick für das Alltägliche und die scheinbar unbedeutenden Dinge des Lebens, und so entstanden eine Reihe von Zeichnungen, die geeignet wären, Bräuche und Riten anschaulicher wiederzugeben, als ich es hier vermag. Aber leider gingen diese verloren, und keineswegs aus einem Mangel an Sorgfalt, wie ich hinzufügen muß, sondern in einem jener Momente, in welchen man nichts weiter hofft, als mit dem nackten Leben davonzukommen – und an solchen ist meine Vita nicht eben arm.

All das nun aus dem Gedächtnis zeichnerisch nachzubilden, sehe ich mich nicht imstande; ihrer Unzulänglichkeiten zum Trotz ist die Sprache das geeignetere Mittel, die örtliche und zeitliche Entfernung zu überbrücken und im Geist erstehen zu lassen, was dem Blick, dem Zugriff entzogen bleibt. Dennoch ist es mir um manche Zeichnung leid, die mir damals besonders gelungen vorkam und die in der Erinnerung wohl noch einiges an Ausdruck hinzugewonnen hat. Eine davon war das Porträt eines Indios, dessen markante Züge ich getreulich, wie mir schien, aufs Papier zu bannen vermocht hatte. Ich zeigte sie ihm nicht ohne Stolz, doch er erkannte sich in dem Bildnis nicht. Ein wenig ärgerlich darüber, forderte ich ihn auf, sich selbst zu zeichnen, was er auch prompt tat. Doch als er mir das Blatt reichte, war darauf nichts weiter zu sehen als seine Gesichtstätowierung.

Der Untergang der Welt

In jener Nacht, als ich zum ersten Mal in Guerreros tätowiertes Gesicht sah, wurde mir klar, daß das den endgültigen, zumal für alle sichtbaren Bruch mit seiner Herkunft, mit Spanien und mit seinen Gefährten bedeutete, und vielleicht, wer konnte es wissen, hatte er sich auch bereits von Gott abgewandt.

Er kam auf mich zu und stellte sich wortlos neben mich. Ich tat, als beachte ich ihn nicht weiter, schielte aber ständig zu ihm hinüber, wie um mich abermals und immer aufs neue zu vergewissern, daß ich mich nicht getäuscht hatte, daß ich keinem Trugbild aufgesessen war. Die dunklen Linien gaben seinem Aussehen etwas derart Befremdliches, daß ich meinte, sein Wesen könne davon nicht unberührt geblieben sein, als habe sich auch in seinem Innern etwas vollzogen, das ihn zu einem völlig anderen Menschen machte, und tatsächlich fühlte ich einen Schmerz in mir aufsteigen, als sei jener Guerrero, den ich gekannt und geschätzt hatte, gestorben, getötet von diesem Wilden, der sich bloß Guerrero nannte – so er nicht schon einen indianischen Namen angenommen hatte. Und Riveras einstige Bemerkung, dies sei gar nicht er, sondern ein Indio, der in seiner Haut stecke, erschien mir plötzlich wie ein Ausspruch, der, als Scherzwort gemeint, nichts als die bittere Wahrheit verriet. Die gräßlichsten Bilder standen mir vor Augen, in welchen Guerrero als Götzendiener an der Opferung von Menschen teilnahm, ihnen bei lebendigem Leibe das Herz herausriß und ihr Blut trank. Und manchmal überkam mich die Vorstellung, daß, wie um die endgültige Abkehr von seinem früheren Leben zu vollziehen, tatsächlich wir es waren, die er opferte. Doch dann rief ich mir wieder seine Fürsorglichkeit in Erinnerung, durch die, unaufgefordert und mit Gespür dafür, was ein jeder benötigte, er unsere Lage um vieles erträglicher gemacht hatte und keinen Zweifel daran ließ, daß er immer noch Anteil am Geschick der früheren Gefährten nahm. Doch eben dieses Beiwort *frühere* vermochte keine noch so dringend benötigte Hilfe zu mildern, weil er mit dem Herzen auf Distanz blieb.

Ob ich wisse, was es mit diesem Tumult auf sich habe, fragte er, und ich war froh, daß er das Schweigen brach, da unser Verhältnis dadurch wieder an Sachlichkeit gewann und die aufwallenden Gefühle sich ein wenig legten. Ich verneinte.

»Der alte König ist tot, und nun warten sie, bis die

Inthronisation des Prinzen beendet ist, denn wenn die Lücke nicht geschlossen wird, bricht ihre Ordnung zusammen und damit die der Welt und des gesamten Universums«, sagte er. So begierig ich auch sonst derlei Auskünfte aufnahm, aus seinem Mund hörte es sich an, als spreche er nicht bloß über irgendwelche abergläubischen Vorstellungen, sondern über etwas, das ebenso unleugbar war wie der Tod des Königs und als habe man infolgedessen wirklich um den Fortbestand der Welt zu fürchten.

Die Maya glauben, alles stünde miteinander in Beziehung, nichts dürfe losgelöst vom Ganzen betrachtet werden, jedes wäre mit allem verknüpft und verwoben, und in diesem Geflecht sei nichts ohne Wirkung auf die Schöpfung insgesamt und auf jedes einzelne darin; doch nur in der Macht des Königs liege es, das Gleichgewicht zwischen Himmel und Erde und dem Totenreich zu wahren, er sei Mittler zwischen den Welten und damit Lebensquell des Volkes. Deshalb bedeuten Zeiten ohne einen König für sie Gefahr, und nie ist ihre Angst vor dem Untergang der Welt größer als in Phasen des Umbruchs oder in solchen einer strittigen Thronfolge.

Die meisten Einwohner von Zamá waren bereits unter seiner Regentschaft geboren worden und hatten nie einen anderen König gekannt; deshalb ging, nach den Jahrzehnten, die er geherrscht hatte, für viele nicht nur eine Epoche zu Ende, es war vielmehr, als ob mit ihm auch ein Teil von ihnen gestorben wäre. Und so erwarteten sie nun das Erscheinen des künftigen Königs wie eine Art Auferstehung, durch die sie selbst, ihr Volk und die Sonne wiedergeboren würden; und tatsächlich kam sie eben am Horizont zum Vorschein, als der junge König mit prächtiger Federkrone und Schlangenstab als den Insignien seiner Macht aus dem Palast hervortrat. Und sie stieg mit ihm und erhob sich über der Stadt der Morgendämmerung, als er, beschwert mit einem Götzenbildnis zum Zeichen der Last, die auf ihm ruhte, den Tempelberg erklomm. Das Volk brach in Jubel aus, und die Menschen wirkten, als wären sie eben von einer schweren Krankheit genesen. Für diesmal war der Weltuntergang abgewendet.

Die Verbannung Oviedos

Ein Tag der Freude für die Indios, ein Tag der Trauer für uns selbst. Nicht nur, daß sich Guerrero für alle offensichtlich nun nicht mehr zu uns zählte, es schien, als wäre damit etwas in Gang gekommen, das unsere kleine und immer kleiner werdende Gruppe auseinanderzureißen und uns, die wir ihr angehörten, zu versprengen drohte. Freilich, zu Zeiten, da ich die Dinge nüchtern und aus der Distanz der Überlegung betrachte, sage ich mir, es habe bloß an diesem mystischen Umfeld gelegen, in dem sich die Geschehnisse ereigneten, daß ich sie nun nicht recht auseinanderzuhalten vermag und sie gleichsam nach Art der Indios wiedergebe, als hänge alles irgendwie zusammen und nichts geschehe für sich und losgelöst vom andern. Doch auch wenn der Verstand jeden Zusammenhang zu leugnen geneigt ist, vermag ich den Vorfall, der zu Oviedos Verbannung führte, nicht anders denn als Folge dessen zu deuten, was sich zwischen Guerrero und mir, wortlos, stumm, nach außen hin ruhig und gefaßt, im Innern aber heftig tobend zutrug: ein Stellvertreterkampf zweier Weltbilder, zweier Kulturen, ein Kampf nicht um die Macht, sondern um der Wahrheit willen. Meine Finger krallten sich ins Stundenbuch, das ich samt meinen wenigen Habseligkeiten in einem Lederbeutel immer bei mir trug, als könnte ich von dorther die Kräfte beziehen, die ich benötigte, um in diesem Kampf zu bestehen. Ich betete, erflehte den Beistand Gottvaters, des Sohnes und des Heiligen Geistes, doch die Worte, die ich formte, blieben leer, sie gaben, sie sagten mir nichts. Als wäre mir ihre tiefere Bedeutung entfallen, als spräche ich in Begriffen, deren Sinn ich wohl früher gekannt haben mochte, doch selbst dessen war ich mir mit einem Mal nicht mehr sicher. Verzweifelt rang ich um die Inbrunst, die ich stets beim Gebet empfunden hatte und die mir immer Zuflucht gewesen war. Es schien, als wäre ich nicht nur von der christlichen Welt, sondern auch von ihrer Spiritualität, als wäre ich von Gott selbst abgeschnitten. Doch was hatte ich Guerrero dann noch entgegenzusetzen, und wozu, wenn nicht einmal ich selbst es wußte, wofür ich stand? Ich fühlte, wie meine Kräfte schwanden, wie meine Gegenwehr allmählich nachließ und etwas in mir den Widerstand aufgab; und ich fühlte, daß ich mit einem Mal nicht mehr unterschied zwischen den Indios und mir. Inmitten dieser riesigen Menschenmenge gehörte ich plötzlich dazu, ich war einer von ihnen.

Etwa zur gleichen Zeit muß sich der Vorfall ereignet haben, von dem mir Oviedo später selbst berichtete. Und hatte ich davor, zwar in Unkenntnis der genauen

Umstände, aber als Leidtragender seines oft jähzornigen Wesens, angenommen, er habe sich eben dadurch in Schwierigkeiten gebracht, so erlebte ich ihn in seiner eigenen Darstellung nicht als unerschrockenen Haudegen, sondern als zutiefst verunsicherten Menschen. Nachdem wir uns in der Menge verloren hatten, sei er, so erzählte er, bis vor den Palast gelangt und habe von dort aus eine Weile das Geschehen verfolgt. Doch plötzlich habe sein Herz zu rasen begonnen, Schweiß sei ihm auf die Stirn getreten, eine ihm unerklärliche Beklemmung sei in ihm aufgestiegen, ihm zu Kopf gestiegen, habe ihn kopflos werden lassen, habe sich ihm erst wie eine Klammer um den Brustkorb gelegt, daß er geglaubt habe zu ersticken, und sei dann das Rückgrat hinauf bis in den Nacken gekrochen. So müsse es sein, sagte er, wenn der Teufel oder einer der Dämonen in einen fahre, die sie hier anbeteten, zuerst kralle er, beiße er sich im Nacken fest, krieche dann dem Opfer unter die Haut und fahre ihm in alle Glieder, daß man meine, der Höllenbrand wüte in einem. Als ob, dachte ich, als ob es Teufel und Dämonen brauchte, um den Höllenbrand zu entfachen, und daß die Menschheit sich selbst ihr Höllenbrand sei; ich schwieg indes, wünschte ich doch nichts mehr, als mich darin widerlegt zu finden. Dies freilich ist mir bis zum heutigen Tag versagt geblieben; und so möge denn die Geschichte entscheiden, ob ich mich befreiten Herzens einen Irrenden nennen darf oder aber erfahren muß, daß ich recht behielt.

Derart also bereits im Inneren attackiert, sei ihm die ohnedies nicht eben vertrauenerweckende Umgebung erst recht bedrohlich vorgekommen, setzte Oviedo fort, das Gedränge, der Feuerschein, die Trommeln – die Erinnerungen, die in ihm wachgeworden seien, hätten wohl das übrige dazugetan; und dann habe er durchgedreht, habe seinen Dolch gezückt und die Umstehenden angeschrien, ihm nur ja nicht zu nahe zu kommen. Die Indios wären zurückgewichen und dann reglos dagestanden, doch statt ihn zu beruhigen, hätte ihn das noch nur verrückter gemacht. Er habe gemeint, sie sich vom Leib halten zu müssen, habe sich mit vorgehaltener Waffe unentwegt im Kreis gedreht, bis er, schwindlig geworden, das Gleichgewicht verlor und im Stolpern einem Indio eine Wunde am Bein zufügte. Eine harmlose Verletzung dem körperlichen Grade nach, doch des Ortes und des Anlasses wegen um so folgenschwerer als Verletzung der Sitten. Ehe er begriff, wie ihm geschah, habe man ihm den Dolch entwunden und ihn den Palastwachen übergeben, die ihn in dieses Verließ brachten, schloß Oviedo seinen Bericht und durchmaß mit drei Schritten die in einen Felsen gehauene Zelle, zu der ich endlich geführt worden war, nachdem ich mich einige Tage vergebens bei Dienern, Aufsehern und Wachmannschaften mit allerlei Gebärden nach dem Verbleib des Gefährten erkundigt hatte.

Am Morgen darauf stand eine Abteilung der Palastwache vor unserem Haus, und ihr Hauptmann gab uns, den beiden Frauen, dem Jungen, Rivera und mir zu verstehen, daß wir ihnen folgen sollten. Sie brachten uns in die Säulenhalle, wo man über Miguel de Oviedo zu Gericht saß. Dieses Gebäude hat seinen Namen von den unzähligen Quadern, die, in leuchtenden Farben bemalt, Fürsten auf Jaguarfellen und Krieger im Baumwollpanzer zeigen, die ihre fehlenden Gliedmaßen,

Arm- und Beinstümpfe wie eine ihnen zuteil gewordene Auszeichnung präsentieren.

Obwohl ich die Gefährten darauf vorbereitet hatte, erschraken sie, als sie Guerrero erblickten, der sich unter jenen befand, die über Oviedo zu Gericht saßen. Er war nach ihrer Art gekleidet und hatte sich nun auch die Ohren und die Nase durchstechen lassen und sich bunte Federn und grüne Steinringe hindurchgezogen. Guerrero übersetzte, was die Ratsversammlung beschlossen hatte und nun in Anwesenheit des jungen Königs als deren Urteil verkündete. Oviedos Verhalten, hieß es, stelle eine Bedrohung des Gemeinwesens dar, zumal in einem für alle ebenso bedeutenden wie heiklen Moment ein jeder für die Ordnung des Ganzen stehe und somit die Allgemeinheit in jedem einzelnen bedroht sei. Der Schutz des Volkes aber stehe immer an erster und oberster Stelle, und deshalb werde über ihn die schwerste Strafe verhängt, die es gebe: die Ausweisung aus der Stadt und der Ausschluß aus der menschlichen Gemeinschaft. Daraufhin packten ihn die Wachen und brannten ihm eine Art Kainsmal auf die Stirn zum Zeichen, daß er ein Ausgestoßener sei und daß auf jedem ein Fluch laste, der ihm Unterkunft gewähre oder sich in irgendeiner Weise hilfreich gegen ihn erweise. Dann brachte man ihn vor die Stadt, wir, Guerrero und einige Hofleute folgten. Man schritt schweigend dahin, bis wir die Felder hinter uns gelassen hatten und sich nur noch die weite Ebene vor uns erstreckte. Dann übergab der Indio Guerrero dem spanischen Edelmann Miguel de Oviedo den Dolch, der schon des öfteren zwischen ihnen hin- und hergewandert war. Oviedo hatte indes seine Souveränität wiedererlangt, sein Stolz ließ es nicht zu, wie ein Aussätziger davongejagt zu werden. Er lachte und höhnte, ob Guerrero und seine rothäutigen Freunde denn noch bei Trost seien, daß sie es für weniger schlimm erachteten, jemandem bei lebendigem Leib das Herz herauszureißen, als ihn aus einer Umgebung zu verbannen, die zu fliehen es ohnedies tausend Gründe gebe, und daß sie besser daran getan hätten, ihn umzubringen, denn wenn dies wirklich Festland sei, wie die Indios behaupteten, so werde er sich bis zur nächsten spanischen Siedlung durchschlagen, und wenn es sein müsse, dann eben bis El Darién. Dort werde er ein Heer zusammenstellen und hierher zurückkehren, um die Stadt dem Erdboden gleichzumachen. Und an uns gerichtet sagte er, spätestens in einem Jahr wäre er zurück, um uns aus dieser Knechtschaft zu befreien. Guerrero aber werde er verfolgen und aufspüren, wo immer dieser sich verkrieche und ihm, diesem abtrünnigen Bastard, diesem Schandmal für alle Spanier und die gesamte christliche Welt, die entstellte Haut bei lebendigem Leibe abziehen. Das war das letzte, das wir von Oviedo hörten.

Jahre später, als ich längst wieder unter Landsleuten weilte und mich im Gefolge des Hernan Cortés mit auf dem Feldzug befand, der uns bis nach Mexico führen sollte, kamen wir in ein Dorf, in welchem uns die Indios wohlgesinnt waren und mit uns Handel trieben. Da entdeckte ich inmitten der Unzahl feilgebotener Waren ein Stück altes stark verrostetes Eisen, und ich hätte schwören können, dies sei der Dolch des Miguel de Oviedo. Zwar konnte mir der Händler keine Auskunft über dessen Herkunft erteilen, doch verlangte er dafür einen ums Vielfache überzogenen Preis. Ich bezahlte ihn dennoch und legte sogar noch ein paar Glaskugeln drauf, die, für uns ohnedies völlig wertlos, dem *kakaw* den Rang als Zahlungsmittel der Indios schon beinah abgelaufen haben. Unansehnlich, stumpf und auch sonst zu nichts mehr zu gebrauchen, zähle ich den Dolch zu den Schätzen, die ich mir in meinem Leben erwarb und die ich darum wie solche aufbewahre: ein altes, abgegriffenes Stundenbuch, eine rostzerfressene Klinge und ein goldenes Kruzifix an einem fast durchgescheuerten Lederband.

Die Macht des geschriebenen Wortes

Es ist die Kleingläubigkeit, durch die wir uns am Leben versündigen, und heißen wir einen Schöpfer im Himmel deren Ursprung, so versündigen wir uns erst recht auch an ihm. Deshalb mißachten wir nur allzu leicht den Fingerzeig, den uns die Vorsehung erteilt und uns den nächsten Schritt, womöglich hin zu einem neuen Anfang, weist.

Oviedo marschierte davon, und ich sah ihm nach und empfand nichts als Trauer und Mitleid für diesen dem Blickfeld langsam entschwindenden Menschen, und ich blieb noch, als er längst nicht mehr auszumachen war und sich die Indios und auch die Gefährten allmählich entfernten. Die ganze Nacht und den folgenden Tag stand ich dort, und obwohl bereits der Ohnmacht nahe, weigerte ich mich, den besorgten Gefährten zu folgen, die zurückgekehrt waren, um mich von meinem nutzlosen Unterfangen abzubringen; er sei fort, da helfe alles nichts. Auch einige Indios hatten sich eingefunden, um dem Schauspiel beizuwohnen oder wohl eher, um zu sehen, wie lange ich durchhalten würde. Doch ich rührte mich, wenn auch schwankend, nicht von der Stelle, wie hingepflanzt als lebendes Mahnmal zu Oviedos Angedenken. Als könnte die Erinnerung die Einsamkeit dort draußen im Busch und jene, die ich selbst empfand, lindern helfen. Es war der Schmerz des Verlorenseins, der mich ihm, den ich selten geschätzt, dafür um so öfter verachtet und bei mir einen selbstgefälligen Fant genannt hatte, näher sein ließ als irgendeinem Menschen sonst auf der Welt.

Als ich mich schließlich kaum mehr auf den Beinen halten konnte, schlug ich das Stundenbuch auf, um ein Gebet für Oviedo zu sprechen, bevor mich auch die letzten Kräfte verlassen und mir die Sinne schwinden würden. Doch die Buchstaben verschwammen vor meinen Augen, und allmählich setzte ein Stimmengewirr ein, von dem ich zunächst annahm, es sei das im Geiste widerhallende Echo der Worte, die ich vor mir hatte und die mir durcheinandergerieten, bis ich des immer aufgeregteren Tonfalls wegen endlich gewahr wurde, daß es die Menschen um mich her verursachten. Mit letzter Anstrengung hob ich den Kopf und sah in die Gesichter unzähliger Indios, die abwechselnd mich und das Buch in meinen Händen anstarrten. Ich dachte, daß ihnen Bücher fremd wären, und wollte ihnen vorführen, daß es ein harmloses Ding sei, indem ich es ihnen aufgeschlagen zukehrte und darin blätterte. Die Wirkung, die ich damit erzielte, ließ mich verblüfft einen Blick auf die Seite werfen, die ich eben aufgeschlagen hatte, denn kaum daß sie der beschriebenen Blätter ansichtig geworden waren, stoben sie in Panik auseinander, fielen über die Füße ihres Nachbarn oder gar über ihre eigenen, krochen auf allen vieren weiter, bis sie wieder auf die Beine kamen, und rannten davon, so schnell sie diese trugen. Weder im Kugelhagel Dutzender Kanonen noch unter den Hufen einer ganzen Reiterschar habe ich einen Maya je wieder so panisch erlebt wie damals angesichts eines einzigen Buches. Benommen wankte ich in Richtung Zamá, ohne recht unterscheiden zu können, was sich wirklich und was sich nur in meiner Einbildung zugetragen hatte. Die Gefährten gingen hinter mir her, einerseits um mich besorgt, andererseits eingeschüchtert, weil sie keine Erklärung dafür fanden, was da vorgefallen war; und so hielten sie sich abseits und wagten nicht, mir zu Hilfe zu kommen, wenn mir die Füße den Dienst versagten und ich an einen Baum oder an einen Felsen gelehnt ein wenig ausruhen mußte, bevor ich meinen taumelnden Marsch fortsetzte, beinah blind für meine Umgebung, von der ich kaum mehr wahrnahm als das nächste Stück Weges, das ich zu gehen hatte. Daß ich heute von den Ereignissen berichten kann, verdanke ich also den Gefährten, die mir hinterher über alles ausführlich Mitteilung machten. Ich hingegen scherte mich um sie ebensowenig wie um die Menschenansammlung, die sich vor der Stadt gebildet hatte und auf die ich geradewegs zusteuerte. Die Leute, hieß es, wären vor mir zurückgewichen, die Menge habe sich vor mir geteilt, und den ganzen Weg entlang seien die Bewohner vor ihren Hütten Spalier gestanden und hätten scheu den Blick gesenkt, wenn ich vorüberkam. Ich aber torkelte weiter, ohne Notiz davon zu nehmen, bis ich plötzlich aus irgendeinem unerfindlichen Grund anhielt, den Kopf hob und mich verwundert umsah. Dann sackte ich zusammen und verlor das Bewußtsein.

Ich schlief zwei Tage und zwei Nächte, und als ich erwachte, fand ich mich in einem fremden Haus wieder, in einem jener gemauerten Gebäude, die von den angesehensten Bürgern Zamás bewohnt werden. Ich war allein in einem mit den herrlichsten Blumen geschmückten Raum, die einen wohltuenden Duft verströmten, und unweit meiner Schlafstelle stand ein herrliches Mahl bereit, und alles frisch und dampfend, als habe man mit meinem baldigen Erwachen gerechnet. Und wie von diesem Anblick daran erinnert, verspürte ich plötzlich solchen Heißhunger, daß ich mich gleich über die Speisen hermachte und in mich hineinschlang, soviel ich in der Eile hinunterbrachte, als fürchtete ich, all das hier wäre womöglich doch nicht für mich bestimmt und man würde mir die vollen Schüsseln wieder entreißen, und ich hätte das Nachsehen. Eine unbegründete Sorge, wie sich zeigte, denn eben trugen zwei Frauen weitere Köstlichkeiten auf. Da ich nackt war, versuchte ich rasch, meine Blöße zu bedecken, was sie indes nur mit einer wegwerfenden Handbewegung quittierten, als wollten sie sagen, ich möge mir die Mühe sparen. Erst jetzt fiel mir auf, daß man mich gewaschen und mit einem wohlriechenden Öl gesalbt hatte. Ich hüllte mich in ein Linnen und nahm vor dem niederen Eßtisch Platz. Da ich nicht wußte, womit ich beginnen sollte, steckte ich den Finger in eine der Schüsseln und schleckte ihn ab.

»*Kakaw*«, rief ich aus und ließ mir den Brei schmekken, der mit dem Pulver der gestoßenen Mandeln bestreut war. Dann deutete ich der Reihe nach auf die übrigen Gerichte und sprach die Worte nach, die mir die Frauen mehrere Male vorsagen mußten. Wenn sie mit meiner Aussprache endlich zufrieden waren, kostete ich zu meiner Belohnung davon und strich mir über den Bauch, und sie nickten mir aufmunternd zu, als hätte ich erlesenen Geschmack bewiesen. Besondere Anerkennung zollten sie mir, als ich ein wohlschmekkendes Fleisch lobte, und da sie jedesmal verneinten, ganz gleich welches Tier ich durch Laute oder Gesten vormachte, kam mir schließlich der Verdacht ... Ich weigerte mich, den Gedanken zu Ende zu denken, schob den Teller beiseite und bedeutete, daß ich satt sei.

Als ich wieder allein war, zog ich mich an und trat in den Vorraum, wo mich bereits der Hausherr erwartete. Er verneigte sich und forderte mich auf, ihm gegenüber Platz zu nehmen. Dann sah er mich erwartungsvoll an, rührte sich aber nicht weiter, als ob ihm die Höflichkeit gebiete, mich den Anfang machen zu lassen; ich freilich wußte nicht, *was* ich zu beginnen hätte, und so saßen wir eine Weile da und nickten einander von Zeit zu Zeit aus Verlegenheit zu. Endlich brach mein Gastgeber das Schweigen und redete leise auf mich ein, was freilich nichts zur Klärung der Situation beitrug, ihr aber immerhin ein wenig die Peinlichkeit nahm. Schließlich zerrte er ein Buch unter der steinernen Bank hervor, legte es vor sich hin und wies aufmunternd auf mich, es ihm gleichzutun.

Ich kehrte in unser Haus zurück, wo mich die Gefährten, die mich schon für tot gehalten hatten, unter Freudentränen in die Arme schlossen. Sie berichteten, daß mich die Indios fortgeschafft hatten, nachdem ich zusammengebrochen war, und daß sie nicht mehr zu hoffen gewagt hätten, mich wohlauf zu finden. Ich erzählte von den seltsamen Begebenheiten und daß alles irgendwie mit dem Stundenbuch zusammenhinge, welches in all den Monaten, die wir nun schon in Zamá weilten, offenbar nie ein Indio zu Gesicht bekommen hatte, obwohl ich doch fast täglich darin las, stets darum bemüht, alle Fast- und Feiertage zu halten und auch die Gefährten an ihre christlichen Pflichten zu gemahnen. Das Verwunderliche an der ganzen Sache sei, daß ihnen das Schrifttum indes keineswegs fremd und der Umgang mit Büchern durchaus vertraut wäre, wovon ich mich selbst hätte überzeugen können. Was ich damals nicht wußte, war, daß die Maya sich deshalb die wahren Menschen nennen, weil sie als einziges der ihnen bekannten Völker eine Schrift besitzen. Schrift aber ist für sie gleichzusetzen mit der Fähigkeit, Geschichte festzuhalten, und wer über die Vergangenheit verfügt, der habe, so ihre Vorstellung, auch Macht über die Gegenwart und die Zukunft. Sie erstellen astronomische Kalender, um die Ordnung des Universums wiederzugeben und durch Vorausberechnungen die Planeten gewissermaßen in ihren Bahnen zu halten und damit den Lauf der Welt zu bestimmen – und jetzt mußte man erkennen, daß auch Fremde die Macht besaßen, schreibend in diesen einzugreifen.

Auch die nächsten Tage zeigte man sich voller Achtung und erwies mir höchste Ehren, und so überredete ich die anderen, mich auf einem Streifzug durch die Stadt zu begleiten und sich selbst davon zu überzeugen, daß sich nun wohl alles für uns zum Besseren wenden würde. Mochten sie es zunächst nicht recht glauben, spätestens als wir den Markt erreichten, blieb ihnen der Mund offen stehen angesichts der Tatsache, wie zuvorkommend man sich uns gegenüber mit einem Mal verhielt. Die Händler wollten nicht eher Ruhe geben, als bis wir ein Geschenk von ihnen annahmen, und es schien ihnen die größte Ehre, uns alles zu überlassen, woran unser Blick auch nur für einen Moment haften geblieben war. Rivera spielte natürlich den großen Herrn und stolzierte mit strengem Blick umher, prüfte die Waren, als ob er dafür zu bezahlen hätte, wies erst manches abschätzig zurück, um es dann gnadenhalber entgegenzunehmen, wenn ihn ein Händler verzweifelt darum beschwor. Und da er nicht gewillt war, die Sachen selbst zu tragen, erklärte er einen jungen Indio kurzerhand zu seinem Diener und lud ihm auf, soviel dieser nur irgend schleppen konnte, was er auch ohne weiteres geschehen ließ, während Rivera selbst gewiß schon unter einem Viertel der Last, dafür aber unter lautem Gezeter zusammengebrochen wäre.

Am meisten genossen es Doña Insunta und Rositta Giménez, um die sich rund drei Dutzend Indias scharten und sie drängten, ihre alten zerrissenen Kleider abzulegen und statt dessen die von ihnen hergestellten Gewänder anzuziehen; und so führte man sie in ein nahe gelegenes Haus, wo geraume Weile aufgeregte Geschäftigkeit herrschte, als gelte es, zwei Bräute für die Hochzeit einzukleiden; und als sie endlich heraustraten, staunten wir über ihr verändertes Aussehen. Sie trugen lange gemusterte Röcke, darüber weiße Blusen, und ihre Füße steckten in ledernen Sandalen, die mit einer Fersenkappe versehen waren. Der schlanken, großgewachsenen Donã Insunta standen die schlichten Gewänder ganz besonders, und die Indiofrauen strichen ihr bewundernd über die langen braunen Locken. Jetzt begann man erst, die beiden mit Armreifen, Ketten und allerlei Schmuck zu behängen, der so schön gearbeitet war, daß man darüber nur staunen konnte. Und für all das erbaten die Händler nicht mehr, als einen Blick auf das Buch werfen zu dürfen; doch immer, wenn ich es aufschlagen wollte, hielten sie mich eilig davon ab, als ob sie ein Schauer der Ehrfurcht erfaßte, als ob den Seiten deren Inhalt entströmen und womöglich verheerenden Schaden anrichten könnte. Dann stand plötzlich Guerrero vor uns und forderte mich auf mitzukommen, und als die anderen folgen wollten, meinte er, nein, nur ich allein. Er führte mich in den Tempelbezirk, und wir stiegen die Treppe hinauf, die zum Palast führte – es war das erste Mal, daß ich den Palast betrat. Auf der anderen Seite des Portals stiegen wir die Treppe wieder hinunter und gelangten in einen Säulengang, der rund um den Innenhof führte. Die Wände waren mit Schriftzeichen und allerlei Ornamenten verziert. Wir betraten eine Vorhalle, von wo wir abermals über eine Treppe in einen Saal gelangten, in dem unzählige Bücher zu mannshohen Stößen aufgestapelt waren. Drei Indios saßen mit gekreuzten Beinen an den niedrigen Schreibpulten, ganz in die kunstvolle Ausführung der Schriftzeichen vertieft, die unter den Händen eines Meisters zu Bildnissen wurden, und deren Schönheit, wie mir später ein Gelehrter versicherte, ebenso wichtig sei wie deren Bedeutung. Man wies mir einen Platz in der Mitte des Saales zu, und nun erschienen etliche Priester, die, auf ihre Krummstäbe gestützt, mich zu umkreisen begannen, Weihrauchgefäße schwenkten und Gebete murmelten, gleichsam einen Schutzwall bildend gegen die Magie des geschriebenen Wortes, über die sie ganz allein zu herrschen gemeint hatten. Und nun also stand zu befürchten, daß jemand über das Wissen verfügte, nach dem ihr verschlüsseltes Weltbild zu enträtseln und ihre Ordnung zu erschüttern wäre.

Man forderte mich auf, ihnen das Buch zu zeigen. Einer nach dem andern nahm es zur Hand, betastete es, sprach ein paar beschwörende Worte und reichte es dem nächsten weiter, und der drehte es wieder nach allen Seiten und Richtungen. Meine Angst, sie könnten es in die Flammen werfen, wie dies die Spanier mit den Büchern fremder Völker taten, war unbegründet, da ihrer Vorstellung nach dadurch dessen Geist freigesetzt würde, der, nun nicht mehr auf Papier gebannt, Unheil anzurichten vermag. Deshalb beerdigen sie alte Bücher, was freilich keinen Unterschied gemacht hätte, denn für mich wäre es verloren, so oder so. Endlich wagten sie, das Buch aufzuschlagen, und das erste, worüber sie sich wunderten, war die Art, wie wir unsere Bücher binden, denn sie selbst heften ein Blatt jeweils an das nächste, wodurch eine lange, zu einem dicken Stoß gefaltete Schlange entsteht, die sie zumeist in Einbänden aus edlen Hölzern aufbewahren. Auch unser Papier ist ihnen unbekannt, da sie ihres aus einem plattgewalzten Bast herstellen, den sie mit Kautschuk tränken und dann mit einer Kalkmilch überziehen, und darauf schreiben sie mit einem Haarpinsel oder mit der Schwanzfeder eines seltenen Vogels. Ihre Tinten und Farben gewinnen sie aus Pflanzensäften, oder sie verwenden ein Gemisch aus Öl und einer rötlichen Erde, die hier überall zu finden ist.

Als man das Stundenbuch endlich seiner materiellen Natur nach zur Genüge begutachtet hatte, übergab man es den Schreibern, damit sie die Schrift ihrer Form nach bewerteten, doch ihre Mienen verrieten Mißfallen über die mangelnde künstlerische Ausführung; sie malten sogar einzelne Wörter ab, die ihr ästhetisches Empfinden besonders zu stören schienen, und so kam man überein, daß ein Buch, bei dessen Herstellung man so geringe Sorgfalt hatte walten lassen, nicht von sonderlich bedeutendem Inhalt sein könne. Und nun erst reichte man es Guerrero, damit er ihnen zu guter Letzt auch noch darüber genauer Auskunft gebe, doch er bekannte, daß er des Lesens nicht mächtig sei. In diesem Augenblick wußte ich, daß nicht er, sondern ich gesiegt hatte, daß ich, im Namen der Christenheit, ihn, den Abtrünnigen, den Verräter an Gott und Vaterland, bezwungen hatte und nun im Ansehen höher stand als er – ein Sieg, den ich freilich mehr der Kultiviertheit dieses Volkes als eigenen Verdiensten zu verdanken hatte, und das war wohl auch der Grund dafür, warum dieser Sieg kein endgültiger sein sollte.

Wie ich in die Dienste des Königs trat und Haremswächter wurde

Man hatte mir das Stundenbuch zurückgegeben, indes mit einer Geste, die bedeuten mochte, daß man zwar von dessen Harmlosigkeit überzeugt sei, trotzdem möge ich behutsamen Gebrauch davon machen. Man wies mich an, den Palast nicht zu verlassen, da mich der König auf Anraten Guerreros für eine besondere Aufgabe ausersehen habe; der aber verweigerte mir die Auskunft darüber, welcher Art diese Aufgabe sei. Ich bezog also Quartier in einem Nebengebäude und versuchte mir vorzustellen, worum es sich wohl handelte; und so kam ich zu dem Schluß, daß man mich gewiß bitten würde, sie mit der christlichen Religion vertraut zu machen. Und schon sah ich mich im Geiste von Indios umringt, die der Frohbotschaft lauschten und dem Götzentum abschworen, und mit einem Mal glaubte ich zu begreifen, daß mein bisheriges, scheinbar verworrenes Leben nach einem wunderlichen Plan verlaufen wäre und daß ich nun an dem Punkt angelangt sei, den mir von der Vorsehung zugedachten Platz einzunehmen. Ich sank auf die Knie und dankte Gott, daß er mich für diese große Aufgabe auserwählt habe. Aber ach, das Schicksal zu deuten ist eins, der Lauf der Dinge das andere, und so sollte ich eine gar seltsame Überraschung erleben.

In derselben Nacht, ich hatte mich gerade auf mein Lager begeben, hörte ich plötzlich die Tritte bloßer Füße auf dem Steinboden, hörte, daß jemand geradewegs auf meine Bettstatt zusteuerte, und eh ich mich's versah auch schon neben mir lag. Zunächst hielt ich es für ein Mißverständnis und machte mich durch mehrmaliges Räuspern bemerkbar, doch meine Anwesenheit schien diese Person keineswegs zu überraschen, und so meinte ich, daß es wohl üblich wäre, sich den Schlafplatz zu teilen. Doch nun begann die Frau – denn um eine solche handelte es sich, wie ich nachdrücklich zu spüren bekam – mir in einer Weise zu Leibe zu rükken, die zu beschreiben mir die Worte fehlen. Und so ging das eine Weile, bis sie, ihres vergeblichen Bemühens endlich müde, auf mir einschlief. Die nächsten beiden Nächte wiederholte sich dieser Vorfall mit wechselndem Personal und zunehmender Heftigkeit, denn kam in der zweiten eine gleich völlig unbekleidet unter meine Decke gekrochen, so waren in der darauf folgenden Nacht ihrer gleich drei. Und gelang es mir in dem einen Fall noch, sie zu überlisten, in die Decke einzuwickeln und mit meinen Gürtel zusammenzuschnüren, so daß sie sich aus eigener Kraft nicht daraus befreien konnte, so wußte ich mich gegen die ungestümen Annäherungen einer Übermacht nur noch durch Flucht zu entziehen. Die restliche Nacht verbrachte ich in einem Versteck, das mir indes nicht so sicher schien, als daß ich dort geruhsamen Schlaf hätte finden können. Deshalb versuchte ich wach zu bleiben, und wenn ich trotzdem einnickte, schreckte ich jedesmal entsetzt auf, als ob man mir nach dem Leben trachtete. Erst bei Tagesanbruch kehrte ich in meine Unterkunft zurück, in der Meinung, diese nun wohl wieder leer vorzufinden, doch dort wartete Guerrero und machte sich einen Spaß daraus, mir einen Schreck einzujagen. Dann teilte er mir mit, daß der *ahau* – das ist das Mayawort für Herr und die dem König gebührende Anrede – mich heute zu sehen wünsche. Ich fragte, wie ich mich ihm gegenüber zu verhalten hätte und ob es eine Art Hofzerimoniell gäbe, und Guerrero erwiderte, ich möge ruhig tun, als ob ich am spanischen Hof wäre. Und so trat ich denn auch mit gesenktem Kopf vor den König, scherte einen Kratzfuß in den Boden und fuchtelte mit den Armen, als würde ich einen Hut schwenken. Seine Majestät Butz Yaxum[1], was soviel wie Rauch-Vogel bedeutet, zeigte sich von meiner Darbietung beeindruckt, und es hieß später, er habe erwogen, dieses Zeremoniell auch an seinem Hofe einzuführen, doch hätte dies bei vielen zu einer Störung des Gleichgewichtssinns geführt, und deshalb sei man wieder davon abgekommen. Und so blieb es einzig mir vorbehalten, ihn auf diese Weise zu grüßen, und ich tat es, wann immer er mich rufen ließ, was keineswegs selten war – indes nicht, wie ich gehofft hatte, um von mir in der christlichen Lehre unterwiesen zu werden, der Grund hierfür war weitaus profaner. Er ließ mir ausrichten, ich hätte die Probe bestanden, und hiermit ernenne er mich zum Aufseher über seinen Harem. Man kann sich denken, daß die unvermutete Ehre, die mir da zuteil wurde, mich wie ein Schlag in die Magengrube traf, obwohl, im Gegensatz zu Ländern, wo zu solchen Zwecken nur Verschnittene herangezogen werden, dies bei den Maya eine höchst ehrenvolle Aufgabe ist, zumal sie große Achtung für jene hegen, die sich des Fleisches enthalten. Doch ob ehrenvoll oder nicht, es war der Wunsch des Königs, und dem hatte ich mich zu fügen. Ich dankte für die mir erwiesene Gnade, worauf er die Audienz für beendet erklärte und man mich der Obhut des Oberaufsehers übergab, der mir schon alles Nötige beibringen und dafür sorgen würde, daß die Damen sich in meiner Gegenwart nicht langweilten. Dies ist ihm freilich nicht gelungen, was nicht heißt, daß er mir ein schlechter Lehrer gewesen wäre;

---

[1] [*bu:z jætschum*] Der Forschung ist ein König dieses Namens nicht bekannt.

allein, er war mit seiner Aufgabe ebenso überfordert wie ich mit der meinen. Trotzdem verdanke ich ihm vieles von dem, was ich heute über die Maya weiß, denn von ihm mit aufschlußreichen Informationen versorgt, begann ich allmählich Zusammenhänge zu sehen, wo ich sie bis dahin nie vermutet hätte. Dabei war unser Verhältnis, wie es zwischen Schüler und Lehrer vermutlich zu sein hat, und schon von daher keineswegs ungetrübt, doch nach und nach gewöhnten wir uns aneinander; und wenngleich er sich mir gegenüber immer ein wenig mißmutig gab, so geschah dies wohl eher aus Gewohnheit denn aus Abneigung. Denn ich erwies mich als gelehriger Schüler und wußte mich in der für meine Ohren zunächst so fremd klingenden Sprache bald besser auszudrücken als Guerrero, der sie im Gebrauch, jedoch nicht nach ihren Regeln erlernt hatte.

Bei unseren ersten Begegnungen herrschte allerdings nur darin Übereinstimmung, daß man einander zur Last fiele und es schon deshalb möglichst rasch hinter sich bringen wollte, weshalb ich in kurzer Zeit erstaunliche Fortschritte machte. Darüber zeigte sich König Butz Yaxum so erfreut, daß er eine Fortführung des Unterrichts anordnete.

Nach zwei Monaten hielt man mich schließlich für soweit, um der Fürstin und ihren Damen vorgestellt zu werden, die es gar nicht erwarten konnten, den Fremden, von dem sie schon soviel gehört hatten, endlich persönlich kennenzulernen. Und wenn ich eben von *der* Fürstin sprach, so ist das zuvor Gesagte dahingehend zu erläutern, als der Ausdruck »Harem« nur in *gewissem* Sinne zutreffend ist, da es ihr allein vorbehalten war, neben dem König auf dem Thron Platz zu nehmen oder mit ihm bestimmte Zeremonien zu vollziehen, und auch nur ihre Nachkommen hatten Anspruch auf die Thronfolge. Andererseits galten einige Hofdamen ganz offiziell als Nebenfrauen oder als Mätressen des Königs, obwohl an und für sich die Einehe bei den Maya die Regel ist; und so verhält es sich bei ihnen wie überall auf der Welt: Die Regeln gelten für jedermann, und das sind nun einmal nicht alle.

Die Frauen waren in einem eigenen Trakt des Palastes untergebracht, wo sie zurückgezogen und von der Umwelt abgeschieden lebten, so daß selbst der Hofadel sie nur zu festlichen Anlässen zu Gesicht bekam. Dementsprechend ausgeprägt war ihr Bedürfnis nach Zerstreuung, denn in der Tat führten sie ein wenig abwechslungsreiches, um nicht zu sagen: furchtbar langweiliges Dasein. Deshalb war auch meine Aufgabe im Grunde nicht die eines Tugendwächters, sondern sie bestand vielmehr darin, für ein bißchen Aufmunterung zu sorgen. Dafür freilich ist kaum einer weniger geeignet als ich, und so wurde ich für die Damen zu einer herben Enttäuschung. Schließlich begnügten sie sich damit, mich wie ein exotisches Inventar zu behandeln, dessen man sich allmählich immer seltener erinnert und das man nur noch dann hervorholt, wenn hoher Besuch angesagt ist, in dessen Verlauf man es als menschliches Kuriosum vorführt, ähnlich den Zwergwüchsigen, die man sich aus dem gleichen Grunde am spanischen Hof hält. Ansonsten entbehrten die Damen meine Dienste gern, und ich dankte es ihnen, indem ich mich nach Möglichkeit abkömmlich zu machen suchte. Der einzige, dem ich niemals überdrüssig wurde und der sich stets freundlich gegen mich verhielt, war der König selbst, der mit großer Wißbegier nach diesem und jenem fragte und sich nicht satt hören konnte an den Erzählungen über die Länder jenseits des Ozeans, und ich konnte es ihm nachfühlen, war es mir doch ehedem genauso ergangen.

So führte ich also ein recht komfortables Leben. Von lästigen Pflichten nur mäßig in Anspruch genommen und trotzdem mit allen Würden ausgestattet, die einem Bediensteten bei Hofe gebührten, streifte ich in Zamá umher, allein oder in Begleitung meines Lehrers, lernte die Bräuche der Indios kennen und nahm an ihren Zeremonien teil, ich setzte mich mit ihren Mythen und ihrer Schöpfungsgeschichte auseinander und entdeckte darin manches, das der christlichen Lehre nicht unähnlich war – und ich erlag dem Irrglauben, diese Menschen deshalb auch schon zu verstehen.

Von Schöpfungsmythen und der Erschaffung des Menschen

Die Maya glauben, daß die Welt schon mehrmals erschaffen und dann wieder zerstört worden sei, wobei sie, den Vorstellungen des Altertums durchaus vergleichbar, jeder dieser Welten eines der vier Grundelemente Erde, Feuer, Wasser, Luft[1] zuordnen; und diese Schöpfungen entsprechen wiederum den Versuchen

[1] Diese Darstellung ist nur zum Teil richtig und dürfte auf einer allzu freien Interpretation Aguilars beruhen; zutreffend ist, daß wir nach Auffassung der Maya im vierten Äon leben.

der Götter, ein Wesen zu erschaffen, das ihren Rang zu erkennen und sie anzubeten und zu nähren imstande wäre. Die schriftlichen Darstellungen, die es davon gibt, sind verblüffend im Wortlaut und im Ausdruck, und aus einem Buch[1] pflegen sie einander ebenso häufig vorzulesen wie wir aus der Heiligen Schrift. In unsere Sprache übersetzt heißt es dort etwa: »Und es füllte sich die Leere, und die Wasser wichen zurück, damit die Erde aufsteige und sich festige. Und die Götter sprachen: Es werde Licht, auf daß der Himmel und die Erde sich erhellen; doch wird nicht Ruhm noch Größe sein, als bis der Mensch erschaffen ist.«

Zunächst machten sie Wesen, welchen die Sprache fehlte, und da sie nicht redeten, wurden sie von den Göttern dazu verdammt, getötet und gefressen zu werden – das sind die Tiere. Sodann formten sie einen Menschen aus Lehm, doch der vermochte sich nicht zu rühren und war ganz ohne Bewegung, und so zerschlugen sie ihn wieder, wie man ein altes Gefäß zerschlägt. Als nächstes machten sie sich daran, ein Wesen aus Holz zu erschaffen. Dieses glich dem Menschen, und es sprach wie der Mensch, aber es besaß weder Verstand noch eine Seele, es lief auf allen vieren und vergaß die Götter, und man sagt, seine Nachkommen wären die Affen. Schließlich schufen sie den Menschen aus gelbem und weißem Maisbrei und gaben ihm eine Gattin. Von diesen beiden, wird berichtet, stammten alle Völker der Erde ab. Als Dank bringen die Maya einen Teil ihrer Ernte als Opfer dar, denn so wie der

[1] Popol Vuh

Mensch nicht ohne Hilfe der Götter existieren kann, so sind auch die Götter ihrerseits auf die Opfergaben der Menschen angewiesen. Zu besonderen Festen werden sie deshalb auch zum Mahle geladen, und man bewirtet sie mit aus Maisteig geformten Herzen, die man mit dem Blut von frisch geschlachteten Tieren beträufelt. Aber auch das Menschenopfer, die Opferung des Wesens aus Mais, ist für sie deshalb nichts weiter, als den Göttern zurückzuerstatten, was von den Göttern stammt.

Das Regenwunder

Die Indios glauben so fest an den Nutzen ihrer Opfer, daß sie selbst dann nicht vom Gegenteil zu überzeugen sind, wenn die erhoffte Wirkung ausbleibt. Dies, so erwidern sie, wäre dann darauf zurückzuführen, daß der angerufene Gott nicht gestört werden wolle oder gerade anderes zu tun habe, daß er schlechter Laune oder ihm das Opfer nicht genehm sei – und was der Erklärungen mehr sind, die sie vorzubringen pflegen. Mit einem Wort, die Götter ihres Pantheons sind zumeist von recht menschlichem Charakter, so daß es einen wundert, wie man solch unvollkommene Wesen für Götter halten kann. Daher dachte ich, daß ein Volk, dessen Hervorbringungen von geistiger Begabung zeugen, empfänglich sein müßte für einen höheren Begriff von Gott, und daß sie in einem allgewaltigen Himmelsvater jenes Wesen erkennen würden, das es als einziges wert ist, angebetet zu werden. Allein, wann immer ich davon zu reden anhob, entgegneten sie mir, mein

Gott mache nichts als Worte, ihre Götter aber sorgten für Licht und Wasser und dafür, daß die Gestirne ihre Bahnen ziehen am Firmament und daß ein jedes so gefügt ist, wie wir es vorfänden. Es fiele ihnen nicht ein, einen Gott anzubeten, der zu nichts nütze sei, sagten sie, und daß die Christen wohl recht seltsame Menschen wären, wenn sie es dennoch tun. Man wird ermessen können, welchen Kummer es mir bereitete, Gott mit solchen Schmähungen bedacht zu wissen, und daß ich sie nicht anders zu sühnen vermochte als ihn um der Werke willen zu preisen, die sie ihren Götzen zuschrieben. Doch der Herr erwies mir die Gnade seines Beistands und wirkte durch mich ein Wunder, um den Indios die Augen und ihre Herzen für den rechten Glauben zu öffnen.

Die Frühjahrsniederschläge hatten eingesetzt, und die Aussaat hatte begonnen nach einem seit Generationen überlieferten Ritual, bei dem die Bauern mit ihren Grabstöcken über die Felder ziehen und Löcher in den Boden bohren, in die sie jeweils vier Maiskörner legen. Dazwischen säen sie Bohnen, deren Triebe sich dann an den Stielen der Nachbarpflanzen emporranken, und Kürbisse, die die intensive Sonneneinstrahlung nicht vertragen und denen der Mais somit auch den erforderlichen Schatten spendet. Zu guter Letzt legen die Bauern kleine tönerne Figuren in die Erde, sogenannte Maismädchen, und jeder schwört, daß solche Opfergaben die Erträge enorm steigern würden.

Das angenehme Klima begünstigte das Wachstum, und es zeigten sich bereits die ersten Schößlinge, als sich eines frühen Nachmittags der Himmel plötzlich verdunkelte. Am Horizont zogen riesige, schwarze Gewitterwolken auf, und der einsetzende Sturm zerrte an den Pflänzchen, als ob er sie aus der Erde reißen wollte. Nur wer selbst ein Unwetter in diesen Gegenden erlebt hat und Zeuge der Vernichtung wurde, die ein solches anzurichten vermag, wird das Entsetzen begreifen, das die Indios erfaßte. Eilig rief man die Priester herbei, damit sie durch Beschwörungen die Elemente besänftigten, doch der ganze Zauber erwies sich als wirkungslos. Schon machten sich verzweifelte Bauern bereit, sich über ein paar Pflänzchen zu kauern und mit ihren bloßen Körpern ein schützendes Dach über diesen zu bilden, um wenigstens den geringsten Teil der Saat zu retten, als sich mein Lehrer, der zuvor kaum ein freundliches Wort für mich übrig gehabt hatte, händeringend an mich wandte. Er beschwor mich, wenn mein Gott tatsächlich allmächtig sei, so möge ich ihn jetzt um Hilfe anrufen, um das drohende Unheil abzuwenden. Also sank ich auf die Knie und flehte, flehte um ein Zeichen, in dem alle das Wirken des wahren und einzigen Gottes erkennen sollten – und das Wunder geschah. Denn während das Unwetter mit Sturm und Hagel über uns hinwegzog und der Regen die Gegend ringsum überschwemmte, blieben die Felder weitgehend verschont, und kaum eines der Pflänzchen kam zu Schaden. Als dies die Indios sahen, taten sie es mir gleich und knieten nieder. Ich streckte die Arme gen Himmel und dankte Gott, daß er mich erhört hatte.

Die Kapelle von Zamá

Die Nachricht von dem Wunder hatte sich in Windeseile herumgesprochen. Wo immer ich hinkam, wurde ich mit großer Herzlichkeit empfangen, und hatte man mir bisher bloß des Buches wegen Achtung erwiesen, so tat man es nun um meiner selbst willen. Der Nachteil indes war, daß sich nun auch die Hofdamen wieder ihres Gesellschafters erinnerten, zumal unentwegt hochrangige Besucher eintrafen und den Mann zu sehen wünschten, von dem allerorts die Rede war. In den Erzählungen hörte sich die Episode freilich ungleich abenteuerlicher an; so sei ich etwa, trotz des strömenden Regens, völlig trocken geblieben, dafür habe mich der Blitz getroffen, doch nicht einmal der hätte mir etwas anhaben können, hieß es. Ich versichere, daß ich ebenso naß geworden war wie alle anderen auch, und erspare mir jede weitere Entgegnung. Indes ist man, wie ich an anderer Stelle bereits bemerkte, gegen Gerüchte machtlos, und da ich aufgrund derselben nun schon einmal ein berühmter Mann geworden war und ich mich dadurch in den Stand gesetzt sah, in Hinkunft manch Gutes zu bewirken, ließ ich es mir gefallen, für die Ammenmärchen bestaunt zu werden, in welchen ich mich selbst nicht wiedererkannte. Nur König Butz Yaxum ließ sich von alldem nicht beirren, wie es überhaupt seine Angewohnheit war, in vielem eine gemäßigtere, ja maßvollere Position einzunehmen als die Mehrzahl seiner Untertanen; und so ließ er erst einige Zeit verstreichen, ehe er mich wieder zu sich bat. Um so erstaunter war ich, als ich den gesamten Hofstaat versammelt vorfand und der König mir vor aller Augen eine Kette aus Jaguarzähnen zum Geschenk machte, wie sie sonst nur die Angehörigen des Herrscherhauses tragen. Er sagte, ich hätte seinem Volk einen unschätzbaren Dienst erwiesen und es vor einer Hungersnot bewahrt, die wohl unzählige Opfer gefordert hätte, und daß ich einen Wunsch äußern möge, den er mir zum Zeichen des Dankes erfüllen könne. Ich erwiderte, daß dieser Dank nicht mir gebühre, sondern allein Gott; wenn es mir aber dennoch erlaubt wäre, einen Wunsch zu äußern, so wollte ich untertänigst bitten, zu dessen Ehren eine Kapelle errichten zu lassen. Dagegen gab es nun freilich große Widerstände seitens der Priesterschaft, die es nicht duldete, daß in unmittelbarer Nähe ihres Heiligtums der fremden Gottheit ein Tempel errichtet werde; und so gelangten wir zu meiner und aller Zufriedenheit zu dem Entschluß, die Kapelle vor der Stadt und an eben der Stelle zu errichten, wo sich das Wunder ereignet hatte, damit die Bewohner von Zamá immer daran erinnert würden.

Die Errichtung der Kapelle leitete Manuel Rivera, der, bevor er zur See gegangen war, sich manche Kenntnisse in diesen Dingen erworben hatte und tatsächlich einiges Geschick in diesem Fach bewies, weshalb er bei den Indios im Ruf eines Baumeisters stand und sie fortan häufig seine Dienste in Anspruch nahmen. Zudem stellte uns der König erfahrene Handwerker zur Verfügung, so daß die Arbeit zügig voranschritt und alles aufs trefflichste gelang. Doña Insunta und Rositta Giménez unterwiesen einige Indias darin, Tücher und Gewänder aus feinsten Geweben mit christlichen Symbolen zu besticken, und Morales versuchte nach besten Kräften, überall dort zur Hand zu gehen, wo gerade

Not am Mann war. Und so hatte jeder seine Aufgabe zu verrichten und zugleich ein gemeinsames, einigendes Ziel vor Augen, das allmählich auch den Einwohnern von Zamá zur Herzensangelegenheit zu werden schien; denn immer wieder kamen Menschen vorbei, um uns ihre Mithilfe anzubieten, oder sie nahmen nicht unbeträchtliche Umwege in Kauf, nur um den Fortgang der Arbeiten zu verfolgen. Das stimmte mich hoffnungsfroh und ließ nur das Beste für die Zukunft erwarten, da sich eine engere Bindung unter den Beteiligten und allen, die daran Anteil nahmen, einstellte, und fast hätte man meinen können, die Kluft zwischen unseren Völkern sei nun endgültig überwunden und der Friede unverbrüchlich. Nie mehr habe ich mich dem Paradiese so nahe gefühlt wie damals.

Guerrero bekamen wir in dieser Zeit nicht zu Gesicht, und so, wie die Dinge jetzt standen, meinten wir, ihn durchaus entbehren zu können, und nun begannen wir uns unsererseits von ihm abzugrenzen und ihn aus der Gemeinschaft auszuschließen, der er längst schon nicht mehr angehörte. Und auch in der Verbannung Oviedos sahen wir plötzlich weniger den Verlust eines Gefährten als vielmehr einen notwendigen Einschnitt, da mit ihm an der Seite niemals diese Eintracht zwischen uns und den Indios erzielt worden wäre, für die er stets nur Verachtung übrig gehabt hatte. Und im nachhinein betrachtet, schien es, als ob hinter der scheinbaren Willkür des Geschicks die Vorsehung mit klarem Kalkül und in einer vorherbestimmten Absicht walte.

Am Giebel des mit Maisstroh gedeckten Daches ließ ich ein schlichtes Holzkreuz anbringen, und nun fehlte nur noch das Kruzifix, das ich bei einem Schnitzer nach einer Abbildung im Stundenbuch in Auftrag gegeben hatte; und als es endlich fertig war, konnte ich mich nicht genug über die Kunstfertigkeit dieses Mannes verwundern, der den Heiland so detailgetreu nachgebildet hatte, wie dies wohl kaum einer in Spanien zuwege gebracht hätte. Das Kruzifix erhielt seinen Platz über dem stets mit wohlriechenden Blumen und den prächtigsten Tüchern geschmückten Altar. Nun bedurfte es nur noch eines Priesters.

Der Gott des Weltenbaums

Ich hatte lange mit mir gerungen, hatte Tage mit Beten zugebracht, ohne Nahrung zu mir zu nehmen, und war zu dem Schluß gelangt, daß die Entscheidung ganz allein bei mir lag und daß ich auf meine innere Stimme vertrauen sollte, statt auf ein Zeichen zu hoffen, das mir schon den rechten Weg weisen würde. Und so suchte ich eines Nachts abermals die Kapelle auf, nachdem ich, erschöpft und durch das Fasten geschwächt, diese bei Abendanbruch erst verlassen und der Zweifel wegen, die mich plagten, dennoch keinen Schlaf gefunden hatte. Ich entzündete die Kienspanfackeln, die in Ermangelung von Kerzen den Altar erleuchteten, kniete nieder und bat Gott um Vergebung für den Fall, daß ich, entgegen der lauteren Absicht, im Begriffe sei, mich gegen ihn zu versündigen.

Im übrigen dachte ich nie daran, mir jene Aufgaben anzumaßen, die an höhere Weihen gebunden sind, aber gerade deshalb galt es genau festzulegen, was zu tun mir erlaubt sein sollte und was als tabu zu gelten habe. So hegte ich etwa keine Bedenken, Taufen vorzunehmen, da man uns im Kloster gelehrt hatte, daß dies jedem Christenmenschen erlaubt wäre, wenn kein Geistlicher zur Stelle sei. Das Betrüblichste indes war, daß das Sakrament des heiligen Abendmahls entfallen mußte, obwohl sich doch darin erst das Geheimnis des Glaubens offenbart. Also suchte ich nach einem Ausweg und fand ihn im Stundenbuch: Das Wort sei Fleisch geworden, hieß es da; doch was, dachte ich bei mir, wenn das Wort Wort bliebe, und so verfiel ich auf den Gedanken, daß man die Wandlung[1] dann eben symbolhaft vollziehen müsse, um den Indios wenigstens die Bedeutung dessen begreiflich zu machen.

Am folgenden Morgen weihte ich die Gefährten ein, und sie zeigten sich mit allem einverstanden, und so ernannte ich Rivera zum Küster und Morales zum Ministranten, deren Aufgabe darin bestand, Brot zu brechen und unter den Anwesenden zu verteilen, während ich aus dem Evangelium die Erzählung vom letzten Abendmahl vorlesen und in die Sprache der Maya übersetzen würde. Doña Insunta und Rositta Giménez sollten Gebete vorsprechen und damit vor allem die Indiofrauen zur Teilnahme anregen, und alle gemeinsam würden wir Lieder zur Ehre Gottes und des Erlösers anstimmen, um der Meßfeier, als die wir sie allen Ernstes bezeichneten, einen festlichen Charakter zu geben.

In der Osterwoche des Jahrs 1513 wurden letzte Ar-

---

[1] Durch diese wird nach christlicher Vorstellung Wein zum Blut Christi und Brot zu dessen Leib.

beiten an der Kapelle vorgenommen, die Wände geweißt und Rauchschalen angefertigt, in welchen die Indios ein Baumharz[1] verbrennen, das dem Geruch nach dem Weihrauch nicht unähnlich ist und das mir deshalb auch zu unseren Zwecken geeignet schien; Blumenschmuck wurde herbeigeschafft und für ausreichende Beleuchtung gesorgt, und so war alles für das Fest der Auferstehung Christi bereitet, das meinen Berechnungen nach und dem Kalender zufolge, den ich mit Hilfe des Stundenbuches führte, auf den 27. März fiel, der auch mein Geburtstag ist. Und als ich endlich alles zurechtgemacht und wohlgeordnet fand, war mir's, als wäre mir ein neues, reicheres Leben beschieden.

Da wir keine Glocke hatten, ließen wir nach Art der Indios ein Muschelhorn ertönen, dessen tiefer, durchdringender Klang weithin zu hören war, und harrten gespannt, ob jemand dem Signal folgen würde; und dann sahen wir sie aus dem Nebel auftauchen, der frühmorgens über dem Land liegt. Von überall strömten sie herbei, und ständig wurden es mehr, so daß in der Kapelle nur ein Bruchteil all derer Platz fand, die den Gott zu sehen wünschten, der ihnen in der Not beigestanden hatte. Auf solchen Andrang nicht vorbereitet, überforderte mich nun alles ein wenig, und ich hatte Mühe, ihnen den Sinn des Festes begreiflich zu machen, das die Christen an diesem Tag begingen. Dazu kam, daß die Indios die weltabgewandte, in sich gekehrte Andacht für Scheinheiligkeit und Unaufrichtig-

---

[1] Copal; bei den Maya *pom* oder *Gehirn des Himmels* genannt.

keit erachten, da auch einen Gott zu verehren für sie nicht die Sache des einzelnen ist, sondern erst in und durch die Gemeinschaft Wahrhaftigkeit gewinnt. Und statt den Erzählungen über Leben und Wirken Christi zu folgen, die ich mir in ihrer Sprache zurechtgelegt hatte, waren sie damit beschäftigt, sich gegenseitig in den Lobpreisungen dieses wundertätigen Gottes zu überbieten – und das möglichst laut, damit er es nicht überhöre. Und so stand ich ratlos inmitten einer Menschenmenge, die sich nicht davon abhalten ließ, ihre Opfergaben darzubringen, Mais, Früchte, Blumen, allerlei Hausgerät und kleine Tonfiguren, indes sich ein jeder seinen eigenen Reim auf dieses und jenes zu machen suchte. Oder, was noch schlimmer war, sie deuteten es allesamt auf ihre Weise, das Kreuz etwa als Weltenbaum, der nach Auffassung der Maya die Achse bildet, welche das Diesseits mit der Ober- und der Unterwelt verbindet und entlang der die Götter und die Seelen der Verstorbenen von einer in die nächste Sphäre gelangen.

Schließlich verschaffte ich mir dadurch Gehör, daß ich zum Muschelhorn griff und ordentlich Luft holte, ehe ich hineinblies. Die Wirkung war enorm, zumal der Ton von den Wänden widerhallte. Die Leute fuhren vor Schreck zusammen, und in die entstandene Stille hinein begann ich nun also meine Erzählung vom Leiden und Sterben Christi und von seiner Auferstehung. Davon zeigten sich die Indios jedoch weit weniger beeindruckt. Daß Gottvater seinen Sohn für das Heil der Welt hingab, erachteten sie als dessen Schuldigkeit, der es keiner Erwähnung bedurfte; und daß der Erlöser für die Vergebung unserer Sünden gestorben sei, erschien ihnen eher als Privileg denn als Verdienst, schließlich strebe jeder danach, eines solchen Opfers würdig zu sein, doch nur den wenigsten wäre dies gegönnt. Dafür wollten sie wissen, ob die Christen seinem Beispiel folgten und ihrem Glauben Ausdruck verliehen, indem sie sich auch für ihn, gleichsam in Fortführung seines Erlösungswerkes, ans Kreuz schlagen ließen, statt einfach nur darauf zu hoffen, daß er wiederkäme, um sich womöglich abermals für sie zu opfern. Und ganz und gar unbegreiflich war ihnen, daß man Brot in den Leib Christi verwandle, um diesen hernach zu verzehren, während dem Gott aber, der dies auftrug, Menschenfresserei ein Greuel sei. Mit einem Wort, die heiligsten Dinge kamen in abscheulichsten Zusammenhängen zur Sprache, so daß man es für Blasphemie hätte halten müssen, wollte man nicht in Betracht ziehen, daß sie es nun einmal nicht besser wußten. Auch war nicht ganz von der Hand zu weisen, daß sich, bei oberflächlicher Betrachtung, in ihren Mythen Anklänge an die christliche Überlieferung fanden, welche leicht für Verwirrung sorgten. Damals meinte ich, mir diesen Umstand zunutze machen zu können, und sah meine Aufgabe im Grunde lediglich darin, ihre religiösen Vorstellungen umzudeuten und mit christlichen Inhalten zu füllen. Indes ist Christus für sie stets der Gott des Weltenbaums geblieben, und all die Jahre in Zamá reichten nicht aus, sie davon abzubringen.

Anfangs stellte sich die Situation noch völlig anders dar. Die Kapelle hatte bald ebensolchen Zulauf wie die berühmtesten Tempel der Umgebung, und die Priester verfolgten längst mit Argwohn, was sich dort auf einer kleinen Anhöhe inmitten der Felder vor Zamá zutrug, fürchteten sie doch den Verlust ihrer Macht über das Volk, das ihnen hörig und in allen Lebensbereichen ihrem Einfluß unterworfen war. Was also lag näher, als mich noch eingehender als bisher und im Hinblick auf den Zweck, den ich verfolgte, mit ihren Sitten zu befassen, denn ich sah wohl, daß meine Bemühungen um so nachhaltiger wären, je besser ich es verstünde, mich in ihre Lage zu versetzen und die Welt aus ihrer Warte zu betrachten. Eine immer wiederkehrende Szene schien mir da besonders aufschlußreich, und wenn ich heute die Zeit meiner Gefangenschaft (und eine solche blieb es, trotz der Freiheiten, die ich genoß), wenn ich also meine Eindrücke dieser Jahre in einem einzigen Bild zusammenfassen sollte, dann wäre es gewiß dieses: Da die Maya nicht wie wir im Dezimalsystem, sondern in Zwanzigerschritten zählen, gingen sie, wann und wo auch immer gehandelt, gefeilscht, gerechnet wurde, in die Hocke und benutzten dazu Hände und Füße, also Finger und Zehen, wobei sie letztere mit einem geradezu virtuosen Grad an Beweglichkeit zu gebrauchen wußten. Im übrigen ist ihr Zahlwort für zwanzig gleichbedeutend mit Mensch, und so fühlte ich mich des öfteren an die Redewendung erinnert, etwas habe Hand und Fuß.

Doch dem, so erzählte man, sei nicht immer so gewesen, denn ihrer Überlieferung nach hatte der Mensch zunächst aus zwei spiegelbildlichen Hälften bestanden, so daß er nur Hände besaß und Arme, auf denen er lief. Zu jener Zeit war der Mensch Mann und Frau in einer Person, der Mann dem Himmel, die Frau der Erde zugekehrt, und blickte der eine in diese Richtung, so sah der andere in die entgegengesetzte, und deshalb war der Mensch immer der Gefahren gewahr, die hinter ihm hätten lauern können. Eines Tages beklagte sich die Frau darüber, daß sie nie den Blick zur Sonne und den Sternen erheben und nie die Götter des Himmels anbeten könne, und so bat sie den Mann, für einen Tag und eine Nacht mit ihr den Platz zu tauschen. Er aber weigerte sich, und so gerieten sie in Streit. Von da an waren Mann und Frau uneins. Sie vermehrten sich nicht mehr, und die Felder lagen brach. Als dies die Götter sahen, beschlossen sie, Mann und Frau zu trennen, und sie sandten einen Blitz vom Himmel, der sie der Länge nach auseinanderriß. Die Frau, heißt es, habe davon eine immer wieder aufplatzende Wunde davongetragen, und so erklärt man sich die Monatsblutung. Und auch die Gewohnheit, mit Händen und Füßen zu zählen, rührt ihrer Meinung nach von der Zeit her, da Mann und Frau eins gewesen seien und der Mensch noch zwanzig Finger hatte.

Das ist wohl das Erstaunlichste an diesem Volk: daß selbst die Dinge des Alltags Hintersinn und eine tiefere Bedeutung besitzen und sogar noch die gewöhnlichsten Verrichtungen etwas von der Weltsicht dieser Menschen und ihrer Haltung der Schöpfung gegenüber erahnen lassen; und so findet sich die Zwanzig in ihren Maßeinheiten ebenso wieder wie in den verschiedenen Systemen der Zeitrechnung, die sie benutzen. Ihr Sonnenjahr etwa hat achtzehn Monate zu je zwanzig Tagen und einen Kurzmonat, den sie Ruhe oder Schlaf nennen, mit fünf Tagen, und tatsächlich ruht dann auch die Arbeit, weil sie glauben, daß einem in dieser Zeit leicht ein Unglück zustößt. Die Tage eines Monats werden nach ihrer Nummer bezeichnet, wobei die Zählung immer mit Tag 0 beginnt, und der Tagesziffer wird der jeweilige Monatsname angehängt. Ein zweiter Kalender, den sie *Heilige Runde* nennen und der vor allem der Festlegung bestimmter Zeremonien dient, wird nach der Umlaufzeit berechnet, die der Mars für die Umrundung der Erde[1] benötigt. Dieser Kalender zählt zweihundertsechzig Tage und ist in dreizehn Abschnitte zu wiederum jeweils zwanzig Tagen unterteilt. Und damit nicht genug, denn die Jahreszählung erfolgt gleichfalls in Einheiten zu zwanzig und dem Zwanzigfachen davon, und so rechnen sie zurück bis an den Anfang der Welt.

Mein Lehrer wandte unendliche Mühen darauf, mir den Zusammenhang zwischen den verschiedenen Zeitrechnungen und den Umlaufbahnen der Planeten begreiflich zu machen, doch ist mir die Sinnhaftigkeit dessen stets ein Rätsel geblieben; und obgleich ich die Faszination für die Astronomie nicht teilte, war ich davon beeindruckt, daß sie allein aufgrund von Planetenbeobachtungen auf das Alter der Welt schlossen und zu dem gleichen Ergebnis gelangten, das man anhand der im Alten Testament angegebenen Daten und Zeiträume errechnet hat.

---

[1] 780 Tage oder drei »Heilige Runden«.

Die Episode mit dem Helm

Zu dieser Zeit lag Yucatán noch fernab der Routen, die die Spanier befuhren; noch war der Blick der meisten Eroberer gen Süden gerichtet, wo man aus unerfindlichen Gründen die größten Goldvorkommen vermutete, und erst mit Cortés setzte vollends der Zug auch in die nördlicher gelegenen Gebiete ein. In den Gesprächen, die man in Zamá führte, waren die *Castilán* jedoch längst präsent, und das keineswegs unseretwegen, denn wiewohl wir immer Fremde blieben, für echte Spanier wollte man uns indes auch nicht halten – was hatten wir schon mit den Männern in Eisen gemein, von denen man sich die schauerlichsten Geschichten erzählte; das!, hieß es, das wären Spanier!, aber unsereins ... Und zumindest darin waren sich alle einig, obgleich die Geschichten, die in der Stadt die Runde machten, die Bewohner für gewöhnlich in drei einander befehdende Lager spalteten. Während die einen alles für bare Münze nahmen, hielten die anderen das Ganze für Humbug und nannten jene abergläubische Schwachköpfe. Die dritte Partei war indes unschlüssig, was denn nun wirklich dran sei, außer, daß schon irgend etwas dran sein werde. Und dann tauchte eines Tages dieser Helm in Zamá auf, ein Reiterhelm, der wohl über viele Stationen und durch unzählige Hände in die eines Mannes geraten war, der der ersten Gruppe angehörte und der nun vorgab, den Beweis für die Richtigkeit seiner Behauptungen zu besitzen. Jetzt könne sich ein jeder selbst davon überzeugen, ob all diese Geschichten glatte Lügen wären und er der Schwachkopf, als den man ihn beschimpfte. Denn wenn dieser Helm aus Eisen sei, wie wohl niemand bestreiten werde, dann bestehe auch kein Grund mehr, daran zu zweifeln, daß alles übrige ebenso wahr wäre. Die Kontrahenten gaben sich gleichgültig und vertraten die Ansicht, daß das noch gar nichts beweise, aber den meisten war doch ein wenig die Verunsicherung anzumerken. Und nun mischte sich auch noch Rivera ein und behauptete in einem Kauderwelsch aus Lauten, Gebärden und einigen Brocken in der ihm noch immer kaum geläufigen, fremden Sprache, daß so ein Helm Zauberkräfte besitze und daß demjenigen, der die Beschwörungsformel wisse, ein großer Hirsch[1] unter dem Hosenboden wachse, und wenn man ihn zu bändigen verstünde, fege man auf diesem dahin so schnell wie der Wind. Daraufhin breitete er die Hände über dem Helm aus, schloß die Augen und murmelte wirres Zeug daher, das sich wohl wie ein Zauberspruch anhören sollte, und die Umstehenden, egal welchem Lager sie angehört hatten, wichen ängstlich ein paar Schritte zurück. Er aber genoß sein Spiel und hatte Freude daran, den Indios einen Schrecken einzujagen; und kaum hatte er den Helm aufgesetzt, schon ruckte und sprang er umher, als ob etwas unter ihm aus dem Boden schieße. Zwar nahm er den Helm unverrichteter Dinge wieder ab und erklärte, daß der wohl schon zu alt, zu verbeult und rostig sei, doch der Wirkung, die diese Vorführung auf die Zuschauer hatte, tat dies keinen Abbruch, und sie hätte kaum heftiger sein können, wäre er plötzlich

[1] Erst die Spanier brachten Pferde in die Neue Welt, weshalb es in den indianischen Sprachen kein Wort für sie gab.

wirklich auf einem schnaubenden Roß gesessen. Da trat Guerrero aus der Menge und schlug Rivera den Helm aus der Hand, dann stemmte er einen riesigen Stein in die Höhe, den er danach schleuderte, so daß der Helm nur noch einer verbeulten Barbierschüssel glich, und sagte, der Zauber, von dem dieser gesprochen habe, sei nichts weiter als ein Spuk, und so wie er damit verfuhr, sei die rechte Art, ihn auszutreiben.

Der Thronfolger sind Zwillinge

Die Nachricht hatte sich wie ein Lauffeuer verbreitet: Die Fürstin sei guter Hoffnung, und die Priester hätten ihr die Geburt eines männlichen Erben und rechtmäßigen Thronfolgers geweissagt. Von da an drehten sich die Gespräche nur noch darum; der Helm, die Spanier, die Konflikte, die man untereinander ausgetragen hatte, waren vergessen, und allerorts hörte man nur noch davon reden, welches Glück der Fortbestand der Dynastie für Zamá bedeute. Für mich selbst hatten die anderen Umstände, in denen sich offenbar nicht nur die Fürstin, sondern mit ihr auch die ganze Stadt befand, indes die unangenehme Folge, daß ich fortan bei Hofe unabkömmlich zu sein schien und pausenlos von ihr und ihren Hofdamen in Beschlag genommen wurde. Zwar wußten sie mit mir nach wie vor nichts anzufangen, doch spielte das in dem Fall keine Rolle, da meine Aufgabe lediglich darin bestand, Zeuge dessen zu sein, welch herausragenden Stellenwert man dem bevorstehenden Ereignis beimaß, als erhielte es seine eigentliche Bedeutung erst durch die Aufmerksamkeit, die man darauf richtete. Und so war ich die nächsten Monate mit der Zeugenschaft ausgelastet, zu welcher man mich berufen hatte, und fand mich ständig von rührend besorgten Frauen und einer aufgeregten Kinderschar umringt, die, wohl um auf den rechten Geschmack zu kommen, nunmehr das Leben bei Hofe bestimmte. Dies war um so auffälliger, als es bisher für tabu gegolten hatte, im Palast von Kindern zu sprechen. Die Fürstin hatte ihr erstes während der Schwangerschaft verloren und dann keines mehr bekommen. Um ihr nicht noch größeren Kummer zu bereiten, hatte man alles aus ihrer Umgebung entfernt, das auch nur den leisesten Anklang von Kindlichkeit in sich barg, und es vermieden, in ihrer Gegenwart Worte zu gebrauchen, die in irgendeiner Weise darauf Bezug nahmen. Und erst recht hielt man vor ihr geheim, wenn eine der Nebenfrauen des Königs guter Hoffnung war, worauf diese dann für einige Zeit vom Hofe verschwand. Teils ahnte sie wohl, was der Grund dafür war, teils machte sie dieses Versteckspiel mißtrauisch, hinter dem sie ein Komplott vermutete, das gegen sie im Gange sei, und sie nannte den Palast eine Schlangengrube, weil sie nur von Nattern und Vipern umgeben wäre. Doch mit einem Mal legte sich ihr Jähzorn, sie wurde ruhig und sanft und schien sich ausgesöhnt zu haben mit sich und der Welt. Dann bestand sie eines Tages darauf, die vor ihr sorgsam verborgen gehaltenen Kinder ihres Gatten zu sehen, und als man deren Existenz in Abrede stellte, erwiderte sie, man möge ihr nichts vormachen, das hätte sie selbst lang genug getan. Also versammelte man die Nachkommen des Königs, und als sie der Fürstin vorgestellt wurden, war sie von deren Zahl doch ein wenig überrascht; Buben und Mädchen unterschiedlichen Alters, manche scheu an ihre Mütter gelehnt, oder jene preßten sie an sich aus Angst vor der Rache der Fürstin. Sie aber sprach, die Götter hätten ihre Gebete erhört und ihren Schoß gesegnet, und so werde sie bald selbst ein Kind zur Welt bringen. Um so mehr bereue sie jetzt, Ursache dafür gewesen zu sein, daß Mütter getrennt von ihren Kindern und Kinder getrennt von ihren Müttern hatten leben müssen; doch damit wäre es nun vorbei, schloß sie und gab Befehl, hier im Palast für die Unterbringung der Söhne und Töchter des Königs zu sorgen, die ihrem eigenen Kinde Brüder und Schwestern sein sollten. Das also war der Tag, an dem bekannt wurde, daß sie guter Hoffnung sei, und von da an änderte sich vieles in Zamá. Die sonst um ihrer Launen willen gefürchtete Herrin zeigte sich nun jedermann gegenüber freundlich und in einer Weise aufmerksam, als ob sie einen zum ersten Mal wirklich wahrnehme und nun bemüht wäre, Versäumtes nachzuholen. Und es ereignete sich, was bisher undenkbar gewesen war: Sie verließ den Palast und zeigte sich auf öffentlichen Plätzen, zwar stets umringt von einer großen Dienerschar, und die Menschen warfen sich vor ihr nieder und wagten nicht, zu ihr aufzublicken, doch sowie sie ein Kind sah, ließ sie es zu sich kommen und beschenkte es mit Spielsachen, die man bei solchen Gelegenheiten in Unmengen mitzuführen pflegte. Dabei wurde zwischen Buben und Mädchen unterschieden; die einen erhielten Miniaturwerkzeuge, die anderen nachgemachtes Haushaltsgerät, womit man den Heranwachsenden bereits in jüngsten Jahren ihre künftige Aufgabe zuwies. Dies geschah jedoch erst ab dem Alter, in dem die Kinder von ihren Müttern nicht mehr auf dem Rücken, sondern seitlich auf der Hüfte getragen wurden, und dem ging eine eigene Zeremonie voraus, in der nicht nur der Natur, sondern auch dem geistigen Verständnis der Maya nach die geschlechtliche Zuordnung erfolgte. Zudem herrscht bei ihnen die Sitte, den Kopf eines Neugeborenen zwischen zwei Brettern einzuklemmen, bis Stirn und Hinterkopf nach einigen Tagen flach sind und der Schädel die für sie charakteristische künstliche Form hat.

Im Palast waren die Priesterastronomen unterdessen damit beschäftigt, den Stand der Planeten zu deuten und den kosmischen Konstellationen nach auf den Zeitpunkt der Geburt zu schließen, allerdings herrschte Uneinigkeit in der Auslegung manch zweideutiger Phänomene, bis das eingetretene Ereignis selbst darüber Aufschluß gab: Die Fürstin brachte Zwillinge zur Welt, zwei Knaben, was nicht nur zur doppelten Freude Anlaß gab, sondern einen Mythos neu aufleben ließ, wonach die Maya von einem Zwillingsbrüderpaar abstammen; und nun hieß es, die Urahnen wären wiedergeboren als die Söhne Butz Yaxums.

Ich bekam sie noch in der Stunde ihrer Geburt zum ersten Mal zu Gesicht. Man hatte mich rufen lassen, um die Fürstin zu einem Schwitzhaus zu geleiten, das die Frauen nach dem Gebären aufsuchen, und fand sie bereits im Thronsaal neben dem König sitzend, und gemeinsam nahmen sie die Huldigungen entgegen, die der Adel ihnen und den neugeborenen Thronfolgern erwies. Ich trat in gewohnter Manier mit tiefer Verbeugung vor das königliche Paar und sagte, dies sei ein großer und glücklicher Tag für Zamá, worauf die Fürstin erwiderte, dies sei ein großer Tag für die Welt. Nun, die Welt nahm davon nicht Notiz, und für Zamá sollte es einer der letzten glücklichen Tage sein.

Wie ich erklärte, daß die Erde rund sei, und man mich deshalb für schwachsinnig hielt

Die nächsten Wochen war man bei Hofe damit beschäftigt, einen um den anderen Würdenträger benachbarter Städte und der umliegenden Reiche zu empfangen, die sich aus Anlaß der Geburt der Thronfolger mit kostbaren Geschenken einfanden. Dabei stellte sich heraus, daß allerorts große Unsicherheit herrschte aufgrund der Bedrohung durch die Spanier, und so nutzte man die Gelegenheit, sich der gegenseitigen Bündnistreue zu versichern oder neue Allianzen zu schließen. Dies geschah, wie in aller Welt üblich, mit feierlichen Schwüren und schriftlichen Verträgen, die, entgegen meinen sonstigen Erfahrungen, zumeist auch eingehalten wurden; denn ein Indio ist durch sein Wort gebunden, und so kommt es vor, daß man Gefangene völlig unbewacht läßt allein auf das Versprechen hin, nicht zu fliehen, und tatsächlich gehen sie lieber in den Tod, als wortbrüchig zu werden. Deshalb zeigte man sich auch höchst befremdet, als ich freimütig bekannte, daß Lügen und Intrigen an den europäischen Höfen zu den gängigen Methoden des Machterhalts zählten und daß jedes Mittel gut und recht sei, wenn man damit den gewünschten Erfolg erziele. Nun stellte man mir natürlich die Frage, wozu man dann überhaupt Vereinbarungen treffe, wenn ohnehin klar sei, daß sich niemand daran halten werde, worauf ich erwiderte, daß es oft entscheidend wäre, zu welchem Zeitpunkt man Verträge breche, und daß mancher Staatsmann sich vor allem dadurch auszeichne, die eigene Überlegenheit oder die Schwäche des anderen richtig einzuschätzen und den geeigneten Moment zu erkennen, um Abmachungen aufzukündigen und dadurch einen Vorteil zu erringen. Auf diese Weise hätten wir Spanier ein Weltreich geschaffen, das rund um den Erdball bekannt und gefürchtet sei. Was ich nun damit wieder meine, wollte man wissen, und ich verstand erst nicht, worauf sich die Frage bezog; nun, dieser *Ball aus Erde* – so lautete nämlich die Übersetzung, die ich in ihrer Sprache gebraucht hatte. Und damit stand ich also vor dem Problem, ihnen zu erklären, daß die Erde rund sei. Ich ahnte, daß es ein aussichtsloses Unterfangen wäre. Bis heute sind die wenigsten Spanier darüber im Bilde, die Inquisition klagt nach wie vor Menschen der Häresie an, die öffentlich diese Meinung vertreten, warum also hätten mir die Indios glauben sollen? Doch nun konnte ich nicht mehr zurück, und so verkündete ich der verblüfften Hörerschaft, daß die Welt eine Kugel sei und sich um die Sonne drehe, und ich erklärte mich bereit, hierfür den Beweis anzutreten. Zwar spottete man über den Aberglauben, dem unsereins aufsaß, aber wie ich es zu beweisen gedachte, darauf war man denn doch neugierig, und so erstieg ich den Tempelberg, gefolgt vom König, seinem Hofstab und sämtlichen Gesandten, die sich zu der Zeit in Zamá aufhielten. Oben angelangt, spannte ich eine Schnur, entlang der man den

Horizont beobachten möge, und man werde merken, sagte ich, daß das Meer keine ebene Fläche sei, sondern von einem vermeintlichen Scheitelpunkt aus nach beiden Richtungen hin abfiele. Und nun trat zwar jeder heran, um das Phänomen zu beobachten, doch schüttelten sie nur ungläubig den Kopf darüber, wie man daraus schließen könne, die Erde sei eine Kugel; jedes Kind wisse, daß der Panzer der Schildkröte, die im Meer schlummere, dieses gewölbt erscheinen lasse. Dem war nun freilich nichts zu erwidern; und plötzlich erschien es mir als der reinste Hochmut, wenn ich, ein einzelner, behauptete, es besser zu wissen als alle anderen. Und lebten wir nicht in ihrer Welt, warum also sollten hier nicht andere Gesetze gelten? Was ist die Menschenwelt schon, wenn nicht das Übereinkommen, wie wir sie zu begreifen haben? Wen wundert's also, daß sie sich so, wie ich sie von meiner Umgebung nachgebildet und gedeutet fand, auch allmählich in mein Denken einschlich; und was ich dereinst als unumstößliche Erkenntnis aus der meinen mitgebracht hatte, verlor fernab von ihr und fernab von jenen, mit denen ich sie teilte, an Geltung und büßte an Wirklichkeit ein, um einer anderen Wirklichkeit, um einer »neuen Welt« zu weichen. Warum also sollte es nicht der Panzer einer Schildkröte sein, der das Meer gekrümmt erscheinen ließ, ist doch diese Erklärung in der Welt der Maya ebenso wahr wie in der unseren die, daß die Erde rund sei.

Ein Abschied für immer

Zu den Allianzen, die man untereinander einging, gehörte es auch, diese durch Verheiratungen zu besiegeln und sich dadurch der fortdauernden Verbundenheit zu versichern, weshalb die Verhandlungen mitunter in Hochzeitsfeierlichkeiten übergingen, die dann einige Tage andauerten. Der Neffe des mächtigsten Verbündeten des Königs und, wiewohl noch sehr jung, so doch selbst bereits einer der einflußreichsten Männer seines Landes, nahm seinen Aufenthalt in Zamá zum Anlaß, sich nach den Fremden zu erkundigen, die hier Aufnahme gefunden hätten, und so wurde ich herbeigerufen, wie dies bei Besuchen hoher auswärtiger Gäste gang und gäbe war. Er aber, durch mein Erscheinen keineswegs zufriedengestellt, wollte wissen, ob es denn wahr sei, was man sich von der Schönheit der Spanierin erzähle, und ob ihr Haar wirklich anders wäre als das der übrigen Frauen. Ja, das treffe zu, erwiderte man, was freilich die Schönheit betreffe, könne man geteilter Meinung sein, zumal die runde, unverformte Stirn nun ja nicht jedermanns Geschmack sei; aber er möge selbst urteilen, man werde sie auf der Stelle holen lassen. Indes schien ihm das nicht schnell genug zu gehen, und für einen Augenblick hätte man meinen können, er werde sich kurzerhand den Boten anschließen, die man damit beauftragte, doch dann besann er sich wohl seines Ranges und daß ein solches Verhalten eines Staatsmannes nicht würdig sei, und so nahm er, kaum glaubhaft Unbefangenheit vortäuschend, wieder seinen Platz ein, von dem er bereits aufgesprungen war. In der Folge wurde ihm die Zeit dann aber doch zusehends und für alle offensichtlich lang. An dem Gespräch, das sich entsponnen hatte, nahm er nur wider Willen teil und starrte unentwegt in die Richtung, aus der sie kommen mußte. Auf Fragen gab er nur zerstreut Antwort und ohne wirklich hingehört zu haben, wovon eigentlich die Rede war; und so machte man sich den Spaß, ihn erst recht unentwegt anzusprechen und sich etwa danach zu erkundigen, wie es denn um das Abkommen mit dem Bienenvolk stünde, worauf er erwiderte, daß man noch Verhandlungen zu führen hätte. Und wenn die Zuhörer dann nicht mehr an sich halten konnten und sich bogen vor Lachen, lachte er verlegen mit, ohne recht zu ahnen, daß er selbst Anlaß für solche Heiterkeit gab. Endlich traf Doña Insunta ein, doch nicht zurechtgemacht, wie man dies für eine Ladung bei Hofe und nach ihrem geradezu beleidigend langen Ausbleiben hätte annehmen können, sondern in ihrem zerissenen Kleid, dem Kleid einer Spanierin, die Haare zurückgekämmt und zu einem Knoten gebunden, den Kopf erhoben und trotzdem niemanden eines Blickes würdigend. Wie sie mir später gestand, habe sie, als sie auf ihre Nachfrage hin zur Antwort erhielt, hoher Besuch hätte Interesse für sie gezeigt, noch mit einer schlimmeren Art von Schacher gerechnet, weshalb sie zunächst erleichtert, aber zugleich verblüfft gewesen sei, als ein ihr völlig fremder Mann plötzlich vor ihr stand und sie fragte, ob sie mit ihm kommen und seine Frau werden wolle; denn er hatte sich durch ihr provokantes Auftreten keineswegs einschüchtern lassen, und ganz gleich, was sie unternommen hätte, um ihrem Wesen und ihrer Erscheinung nach reizlos zu wirken, bei ihm hätte es wohl ebenso nur den gegenteiligen Effekt erzielt. Doch damit hatte Doña Insunta nicht gerechnet und fand nicht gleich die passenden Worte, worauf er sich, ohne erst ihre Reaktion abzuwarten, vor dem König niederwarf und ihn bat, ihm die Spanierin zur Frau zu geben, der König von Chetumal und er selbst wären ihm dafür zu großem Dank und zu unverbrüchlicher Treue verpflichtet. Butz Yaxum erwiderte, man habe ihm berichtet, daß es in Spanien üblich wäre, nachdem die Hochzeit seitens des Mannes und der Eltern bereits beschlossen wurde, auch die Braut um ihr Einverständnis zu fragen. Er wolle diese Sitte achten und frage sie daher, wie sie dazu stehe. Sie sagte, der Antrag ehre sie, doch komme alles sehr überraschend; sie werde König Butz Yaxum und den hohen Gast aus Chetumal in drei Tagen ihre Antwort wissen lassen, bis dahin erbitte sie Bedenkzeit. Man gewährte sie ihr. Für alle Beteiligten sollten es drei schwere Tage und drei schlaflose Nächte werden: für den Verliebten, der gewiß meinte, ohne sie nicht leben zu können; für Butz Yaxum, für den es einen Verlust an Reputation bedeutet hätte, wenn sie den Antrag zurückwies; und natürlich für Doña Insunta selbst, die wußte, welche Verantwortung auf ihr lastete und um dieser willen gefordert wäre, über ihren eigenen Schatten zu springen. Und sie tat es und gab nach Ablauf der drei Tage dem Werben des Indios nach.

Morales, Rivera und ich standen wortlos daneben und verfolgten, wie die Frauen ihre wenigen Habseligkeiten zusammenpackten und sich reisefertig machten. Und trotzdem konnten wir es nicht fassen, daß wir nun getrennt würden und fortan nicht mehr gemeinsam hier in unserem, in unser aller Haus leben sollten, und daß wir uns vielleicht, daß wir uns wahrscheinlich nie mehr sehen würden. Und dann kam der Moment des Abschieds. Uns allen standen die Tränen in den Augen, und noch immer wagte niemand, das Schweigen zu brechen, als könnten wir so das Unausweichliche noch ein wenig hinauszögern oder als erwarteten wir, daß aus irgendeinem Grund … … Aber das Wunder blieb aus; die Träger kamen, um das Gepäck der Frauen aufzunehmen, und nun konnte nicht länger gewartet werden. Rositta Giménez fiel Morales schluchzend um den Hals, der wandte sich schroff von ihr ab, seinen Schmerz hinter Trotz verbergend. Doña Insunta ergriff meine Hände und sagte, ich möge für sie beten. Dann trat sie vor Rivera hin und nahm mit einem verhaltenen »Lebt wohl!« von ihm Abschied. Er aber blickte verlegen zu Boden und nickte nur zur Erwiderung ihres Grußes.

Guerrero bekamen wir nicht zu Gesicht. Er befand sich gerade außerhalb der Stadt und erfuhr erst nach seiner Rückkehr, daß Doña Insunta und Rositta Giménez fortgezogen waren. Wie ich höre, ist er später selbst nach Chetumal gegangen, um dem Neffen des damaligen Königs, der inzwischen selbst den Thron bestiegen hatte, seine Dienste anzubieten. Die beiden Frauen aber sah er dennoch nicht wieder.

Guerreros Aufstieg zum Krieger

Die Episode mit dem Eisenhelm hatte ihn mit einem Schlag, mit einem Wurf gewissermaßen, zum Volkshelden gemacht; mögen die Spanier nur kommen, hieß es, man werde sie zerschmettern wie Guerrero den Helm.

Doch man war nicht zum ersten Mal auf ihn aufmerksam geworden, denn in den Ringkämpfen, die man zur körperlichen Ertüchtigung der männlichen Bevölkerung abhielt, hatte er sich durch Kraft, Schnelligkeit und vor allem durch seinen fintenreichen Kampfstil ausgezeichnet, wofür die Indios besondere Bewunderung hegten. Deshalb hatte man nun beschlossen, ihn in den Stand der Krieger aufzunehmen, was zuvor nicht einmal Angehörigen befreundeter Völker gewährt worden war. Und obwohl es dagegen Einwände seitens einiger Hauptleute gab, die keinen Fremden in ihren Reihen dulden wollten, und schon gar nicht einen Spanier, der ja doch wieder zu seinen Landsleuten überlaufen werde, wenn sie erst einmal gelandet wären, setzten sich doch jene durch, die seine Ernennung zum Krieger befürworteten. Dahinter steckte gewiß auch das Kalkül, sich Guerreros Kenntnisse zunutze zu machen und Strategien für den Kampf gegen die Spanier zu entwikkeln, und Guerrero würde sie nicht enttäuschen. Aber zuerst, wandte die Gegenpartei ein, müsse er die Aufnahmeprüfung bestehen, und da werde sich ja zeigen, ob er würdig sei, ein Maya-Krieger genannt zu werden.

Guerrero selbst hat mir über deren Hergang später eingehend berichtet. Eine Einheit von etwa hundert Mann zog sich dazu einige Tage in den Busch zurück, um zunächst zu fasten und sich einer geistigen Reinigung zu unterziehen. In den Nächten wurde zu den Trommeln getanzt, bis sie in Ekstase gerieten, worauf sich jeder am eigenen Leib Wunden zufügte und sein Blut als Opfer darbrachte. Bei Tag hatte Guerrero verschiedene Aufgaben zu bewältigen. Die erste bestand darin, ein riesiges Steinmal abzutragen und an anderer

Stelle wiederzuerrichten, und so schleppte er Stein für Stein durch den Busch, bis seine Hände bluteten und die Haut am ganzen Leib zerschunden war, doch vor Anbruch der Dämmerung und somit innerhalb der ihm gesetzten Frist hatte er das Werk beendet. Als nächstes mußte er seine Treffsicherheit mit Bogen und Speer und sein Geschick im Umgang mit den übrigen Waffen unter Beweis stellen. Dazu gehörte auch der Gebrauch der Hilfsmittel, die einen vor Verletzungen schützen sollten. So mußte er etwa vor etlichen Kriegern Aufstellung nehmen, die mit Pfeilen und Wurfspießen nach ihm schossen, während er nur mit einem Rundschild und einem gebogenen Stab ausgestattet war, der dazu diente, die Geschosse abzulenken. Mancher trug dabei schon schwere Verwundungen davon, und einige sollen auf diese Weise sogar zu Tode gekommen sein, denn es sind nicht etwa stumpfe oder weniger gefährliche Waffen, die hier Verwendung finden, sondern die gleichen, die auch im Kampf eingesetzt werden. Guerrero indes blieb trotz heftigen Beschusses nahezu unverletzt, was sogar seine Gegner in Erstaunen versetzte, obgleich sie ihn gewiß lieber tot gesehen hätten und es wohl auch durchaus darauf hatten ankommen lassen. Doch das zerstreute ihre Vorbehalte nicht etwa, sondern schien sie erst recht darin zu bestätigen, denn hätte man ihn erst zum Feind, müßte man sich vorwerfen, ihn auch selbst im Kampf ausgebildet zu haben, und so fürchteten jene, die ihm wohlgesinnt waren, daß die letzte Aufgabe für ihn ein Wettlauf um Leben und Tod werden könnte. Diese bestand darin, einen etwa eine halbe Tagesreise entfernt gelegenen Tempelberg aufzusuchen und noch vor Sonnenuntergang vom

Priester, der ihn dort erwartete, die drei Federn in Empfang zu nehmen, die er zum Zeichen seiner Standeszugehörigkeit fortan tragen dürfe, während seine Gegner die Verfolgung aufnehmen und trachten würden, ihn mit allen Mitteln daran zu hindern. Sollte es ihm dennoch gelingen, auch diese letzte Prüfung zu bestehen, werde man ihn in ihre Reihen aufnehmen, hieß es, wenn nicht ... wenn nicht, sei er ohnehin tot, sagte Guerrero, deshalb brauche er sich darüber nicht den Kopf zu zerbrechen.

Als die Sonne am höchsten stand, schickte man ihn los, und kaum daß der Schatten einen Fingerbreit weitergerückt war, nahm ein Trupp von etwa zwanzig Mann die Verfolgung auf. Sie gaben sich siegesgewiß, doch hatten sie nicht mit Guerreros Fähigkeit gerechnet, selbst die besten Fährtensucher in die Irre zu führen. Unter ähnlichen Umständen hatte er das ja schon einmal bewiesen, und auch jetzt kamen die Verfolger zur Einsicht, daß es ein Fehler gewesen sei, ihn zu unterschätzen. Deshalb ging man dazu über, die Verfolgung in mehreren Gruppen fortzusetzen und ihn einzukreisen. Darauf hatte Guerrero freilich nur gewartet, denn je weiter man ins Landesinnere vordrang, um so dichter wurde der Wald, und das begünstigte seine Taktik, eine Gruppe auf die Fährte einer anderen zu locken, so daß sich seine Verfolger mit ihrer gegenseitigen Verfolgung aufhielten, was es ihm ermöglichte, einen beträchtlichen Vorsprung herauszuholen. Schließlich waren ihm nur noch der Anführer, von Beginn an sein erbittertster Gegner, und zwei seiner Getreuen auf den Fersen, und auch sie trennten sich, um Guerrero in die Zange zu nehmen, nachdem, wie sie meinten, er ihnen bereits in die Falle gegangen sei und sie nur noch dafür zu sorgen hätten, daß er nicht wieder entkam. Guerrero hatte sich jedoch einiges von Rivera abgeschaut und von ihm gelernt, Schlingen auszulegen, wie sie dieser bei der Jagd auf Fasane und andere Wildtiere benutzte, und auf diese Weise gelang es ihm, zwei seiner Gegner zu überwältigen. Damit waren nur noch er und der Anführer übrig, und es kam am Fuße des Tempels zu einem Ringkampf, der mit solcher Härte geführt wurde, daß man hätte meinen können, das Schicksal von Zamá hinge von dessen Ausgang ab. Doch Guerrero blieb wenig Zeit, da es bereits dämmerte und die ihm gesetzte Frist bald verstrichen sein würde. Obendrein erwies sich der Indio als mindestens ebenbürtiger Gegner, und fast hatte es schon den Anschein, als sollte es ihm gelingen, Guerrero daran zu hindern, rechtzeitig am Ziel zu sein; doch im entscheidenden Moment, als der Indio ihn bereits für bezwungen wähnte und das Messer zückte, um es ihm zwischen die Rippen zu stoßen und ihn an Ort und Stelle zu opfern, wie es das Recht des Siegers war, bäumte sich Guerrero noch einmal auf und versetzte ihm einen Schlag, daß dieser ohnmächtig liegenblieb. Und nun rannte er die Stufen des Tempelbergs hinauf, und buchstäblich mit dem letzten Sonnenstrahl nahm er aus den Händen des Priesters die grünen Federn des Quetzalvogels in Empfang, die er, ins Haar eingeflochten, von nun an immer tragen würde.

Den Abschluß der Aufnahmezeremonie bildete eine Feier, in der Guerrero zum Zeichen der erlangten Kriegerwürde das Fell eines Jaguars und ein an beiden Seiten mit Obsidianspitzen besetztes Holzschwert erhielt, das zu ihren gefürchtetsten Waffen zählt. Auf den Feldzügen späterer Jahre sollte ich noch oft das Hohngelächter der Spanier vernehmen, die sich in Erwartung eines leichten Sieges darüber ausließen, daß die Wilden sich erdreisteten, mit Holzschwertern gegen sie anzutreten; und wie viele habe ich aus dem Kampf mit schweren Wunden zurückkehren sehen, die von eben diesen Schwertern stammten.

Nachricht aus Chetumal

Obwohl wir nunmehr etliche Tagesreisen voneinander getrennt lebten, gelang es, den Kontakt zwischen den Frauen und uns, die wir in Zamá zurückgeblieben waren, aufrechtzuerhalten, und zwar ermöglichte dies der rege Handel, der zwischen den Kaufleuten der beiden Städte getrieben wurde, die mit ihren Booten die ganze Ostküste Yucatáns befuhren. Und gegen das Entgelt von ein paar Kakaomandeln fungierten sie auch als Kurier und überbrachten persönlich Schriftstücke und andere Sendungen, die man ihnen anvertraute, freilich in der Erwartung, vom Empfänger noch einmal entlohnt zu werden. Auf diese Weise gingen Briefe hin und her, in denen man einander über das jeweilige Befinden auf dem laufenden hielt, Erfahrungen austauschte oder auch gegenseitig Trost zusprach.

Doña Insunta beschrieb Chetumal als eine weit größere und bedeutendere Ansiedlung als Zamá. »Die Stadt liegt an einer sich weit ins Landesinnere erstreckenden Bucht. Die Gegend ist weniger karg, denn im Gegensatz zum Norden gibt es hier große, wasserreiche

Flüsse. Chetumal wurde an einem solchen errichtet, so daß die Stadt fast von allen Seiten her von Wasser umgeben und somit für Angreifer schwer einzunehmen ist. Hier fürchtet man nur die schwimmenden Häuser der Spanier, wie die Indios unsere Schiffe nennen, und die feuerspeienden Rohre, die man auf diesen mitführt. Der Empfang, den man uns bereitete, fiel wohl auch deshalb nicht sonderlich herzlich aus, da die Bewohner der Stadt und der umliegenden Gegend meinen, daß nun die Spanier kommen würden, um uns zu befreien, und es heißt, man habe sich den Köder in die Falle gesetzt, in der man am Ende selbst gefangen wäre. Auch der König zeigte sich nicht eben erfreut über die Wahl seines Neffen, und wir hatten schon gehofft, daß er es ihm verbieten werde, sich eine Weiße ins Haus zu nehmen, und daß man es uns erlauben würde zurückzukehren, so daß wir wieder mit Euch, mein lieber Gerónimo, und dem von uns so sehr vermißten Antonio vereint wären. Laßt den Jungen herzlich grüßen und sagt ihm, wie sehr er uns beiden fehlt. Wenn Ihr wüßtet, wie groß unsere Sehnsucht nach Euch ist, Ihr würdet mit dem Briefschreiben gar nicht mehr aufhören, um uns ein wenig über den Verlust hinwegzutrösten; doch um eines muß ich Euch bitten: Von dem anderen Gesellen sollt Ihr mir nicht mehr sprechen, Ihr kennt den Grund und werdet's mir drum nicht verübeln.

Nun, die Hoffnung, daß die Trennung von Euch bald zu Ende sein könnte, war nur von kurzer Dauer. Zwar schalt der König seinen Neffen aus, weil er sich keine Frau aus dem eigenen Volk erwählt habe, und offen gestanden, kam ich nicht umhin, ihm darin zuzustimmen, doch jener beharrte darauf, sich mit mir zu verbinden, und so stellte der König zur Bedingung, daß er sich eine zweite Frau nehmen müsse, was also bedeutet, daß ich künftig mit einer Rivalin unter dem gleichen Dach wohnen werde.« Und in einem anderen Brief hieß es: »Sie ist ein eifersüchtiges und herrschsüchtiges Weib, und mit ihren Launen tyrannisiert sie ihre ganze Umgebung. Es ist wahrhaft ein Glück, daß mein Mann (auf dem Papier, das ich mir Blatt für Blatt von seinem Schreiber erbetteln muß, ist mir dieses Wort beinah ebenso fremd wie im Leben), daß er *mir* die Leitung des Haushalts und die Gewalt über Hof und Gesinde übertragen hat und mir in allem ihr gegenüber den Vorzug gibt. Nicht auszudenken, wenn es umgekehrt wäre und sie hier das Sagen hätte! Auch so macht sie uns mit ihren Intrigen schon genug zu schaffen, durch die sie allenthalben Zwietracht sät und die Menschen gegeneinander aufbringt. Nur um des lieben Friedens willen nehme ich vieles in Kauf, das ich sonst nie und nimmer dulden würde, etwa daß sie sich in meiner Gegenwart zum Mann legt und, egal ob bei Tag oder Nacht, ihn mit ihren Reizen zu entzücken sucht. Denn zu allem Überfluß ist sie eine schamlose Person, die sich vor aller Augen wie eine läufige Hündin gebärdet, und dies nur um der Hoffnung willen, auch in mir jene Eifersucht zu wecken, die sie wohl mir gegenüber empfindet. Doch das einzige, was ein solcher Anblick in mir verletzt, ist das Gefühl des Anstands.«

Andererseits plagte es ihr Gewissen, daß dieses Bündnis kein legitimes, keine vor Gott geschlossene Ehe war. »Der Mann, dem ich angehöre – was für ein vermessenes Wort für die Lage, in der ich mich befinde, denn in Wahrheit gehöre ich ihm und gehöre ihm somit nur insofern an, wie dies auch auf seinen übrigen Besitz zutrifft – nein, er ist kein Scheusal, kein Wilder, keine Bestie in Menschengestalt, er ist kultiviert und auf *ihre* Art geistreich, er ist höflich und zuvorkommend, und mancher unserer Landsleute sollte sich an seinen Manieren ein Bespiel nehmen; er ist gepflegt und weiß den Frauen zu gefallen, er ist einfühlsam und alles in allem ein Mann, an dessen Seite zu stehen man sich unter anderen Umständen gewiß glücklich schätzen könnte. Aber die Umstände sind nun einmal die, die sie sind, und ich bin nichts weiter als eine Mätresse, die Gespielin eines einflußreichen Mannes, und muß überdies noch dafür dankbar sein, daß es nicht anders gekommen ist, zumal ich mir, soweit es die Lage zuließ, stets noch einen Rest an Würde bewahrte. Mein Stolz ist ungebrochen, und doch wünschte ich manchmal, er wäre es nicht, denn um so erniedrigender ist es zu erfahren, daß wir Frauen uns in alles dreinzufinden und immer nur hinzunehmen haben, was die Männer über uns verfügen, ganz gleich auf welche Art sie dieses Recht meinen erworben zu haben. Und freilich, wie immer man es auch betrachtet, es ist eine sündhafte Verbindung, und drum kann und will ich ihn nicht Gatte nennen. Wäret Ihr doch wirklich Priester und hättet diesen Bund gesegnet, um wieviel wohler wäre mir; dann fände meine Seele Ruhe, und ich müßte nicht bei mir das Kindlein einen Bastard nennen, das ich unterm Herzen trage, denn ja, nun ist's heraußen, mein lieber Gerónimo, die Sünde ist nie ohne Folgen, und auch in dem Fall blieb sie es nicht, obgleich ich überzeugt war, die Reinheit des Geistes vermöge den Körper davor zu bewahren. Mag sein, mein Geist war nicht so rein, wie ich ihn hielt; indes nun bin ich guter Hoffnung, wie man zu sagen pflegt, und sollte doch eigentlich betrübt darüber sein. Ich bin es nicht, habe, im Gegenteil, noch nie ein solches Glück empfunden wie jetzt, da sich mein Leib zu wölben beginnt und ich das werdende Leben in mir keimen spüre. Zugleich bin ich in tiefer Sorge, weiß mir vor Kummer manchmal nicht mehr zu helfen und wäre wohl längst schon verzweifelt, hätte ich nicht Rositta an meiner Seite, die mich wieder aufrichtet und mir Mut zuspricht, und die mir hier, mehr denn je, zu einer lieben, unentbehrlichen Freundin geworden ist. Gewiß, wir sind aufeinander angewiesen, doch indem wir uns dafür nicht voreinander zu schämen brauchen, sind wir um so freier und herzlicher im Umgang miteinander. Und so teilen wir die Freuden und großen Sorgen, die allesamt dem Kinde gelten, denn sagt selbst: Was soll aus einem Menschen werden, der, von einer Fremden geboren, immer mit diesem Zwiespalt wird leben und sich fragen müssen, wohin er denn nun gehört, ohne jemals wirklich eine Antwort darauf zu finden oder vielmehr eine solche, die nicht darauf hinausläuft, eine seiner Naturen zu verleugnen? All das bereitet mir schon jetzt schlaflose Nächte; wie soll das erst werden, wenn das Kind einmal geboren ist? Aber Ihr sollt nicht glauben, daß ich bereue, das Kind empfangen zu haben, es ist mein Kind, es ist ein Teil von mir, und um nichts in der Welt möchte ich es missen – und sollte mir die ewige Verdammnis dafür bestimmt sein, daß es in Sünde gezeugt wurde. Ihr könnt es Euch ersparen, mich in Eurem nächsten Brief deswegen zurechtzuweisen und mir in

Erinnerung zu rufen, daß das Streben nach dem Seelenheil über allem stehen müsse. Auch mir ist es um das Seelenheil zu tun, doch nicht nur um mein eigenes, sondern auch um das meines Kindes, das in einer Umgebung heranwachsen wird, in der man dem Götzenkult huldigt und heidnische Riten vollzieht. Deshalb verspreche ich Euch, aus ihm einen guten Christen und aufrechten Menschen zu machen, und stets sollt Ihr mir dabei Vorbild sein. In Eurem Geiste will ich es erziehen und in Euren Worten die Heilsbotschaft lehren, und Euer Leben soll ihm durch meine Erzählung Leitbild für das eigene werden.«

Dazu ist es nie gekommen. Das Kind kam tot zur Welt, und Doña Insunta starb bald darauf am Fieber. Rositta Giménez wurde fortan dem gemeinen Hausgesinde zugezählt und mußte, nun ohne den Schutz ihrer Herrin und stellvertretend für sie, die Rache von Doña Insuntas Rivalin über sich ergehen lassen. Das trieb sie schließlich in den Selbstmord, wobei sie in einer Art zu Werke ging, die, wie man berichtete, die Schuldige ihr Leben lang nicht vergessen würde; denn als diese schlief, schlich sie sich in ihr Schlafgemach und steckte es in Brand. Während Rositta Giménez in den Flammen den Tod fand, gelang es der India, sich im letzten Moment in Sicherheit zu bringen, doch sie trug schwere Brandwunden davon, und seither, so hieß es, sei sie entstellt.

Jedesmal, wenn ein Brief aus Chetumal eintraf, mußte ich ihn Morales und Rivera wieder und wieder vorlesen, wobei ich die nicht eben schmeichelhaften Passagen letzteren betreffend zumeist ein wenig milderte, da ich merkte, daß er es sich in seiner stummen, selbstanklagenden Art sehr zu Herzen nahm, doch darüber zu sprechen brachte er nicht über sich, und ein Schuldeinbekenntnis erwartete man vergebens von ihm. Und so blieb die geradezu kindliche Neugier an Doña Insuntas Berichten, die ihn mit dem um soviel jüngeren Morales verband, der einzige Ausdruck seiner Reue, da es manchmal geradezu den Anschein hatte, er warte nur darauf, daß sie über ihn herziehen und ihm Vorwürfe machen würde, als sei es die ihm auferlegte Buße; und tat sie es nicht, fühlte er sich hinterher schuldiger als zuvor. Die Wahrheit ist, daß Doña Insunta ihn oft nicht einmal im Grußwort erwähnte, und es half auch nichts, wenn ich es für sie tat, denn dann verlangte er den Brief zu sehen, und da er seinen Namen schreiben konnte, suchte er diesen zumeist vergebens auf dem Papier. Riveras Methode, sein schlechtes Gewissen zum Verstummen zu bringen, bestand vor allem darin, sich bis zur Besinnungslosigkeit zu betrinken und auf dem Weg dahin sich in weinerlichen Selbstanklagen zu ergehen, allerdings nur den Indios gegenüber, die er zum Mittrinken nötigte und die nicht verstanden, was er sagte.

Als die Briefe aus Chetumal plötzlich ausblieben, erfand ich allerlei Erklärungen, die die beiden ebenso beruhigen sollten wie mich selbst. Einmal schob ich es auf die große Hitze, deretwegen die Kaufleute im Sommer die mühsame Anreise scheuten, dann wieder behauptete ich, die Regenfälle wären schuld, und daß die Boote, die sie benutzten, bei rauher See leicht kenterten und auf diese Weise wohl der eine oder andere Brief verlorengegangen wäre. Doch allmählich schenkten sie dem immer weniger Glauben und begannen, ihre eigenen Vermutungen anzustellen, in denen häufig davon die Rede war, daß den Frauen etwas zugestoßen sein müsse. Freilich hegte auch ich insgeheim diese Befürchtung, andererseits waren meine Erklärungen keineswegs so abwegig, daß sie nicht ebensogut hätten zutreffen können, und als mir eines Tages die Ankunft eines Kuriers gemeldet wurde, meinte ich, nun endlich die erlösende Nachricht zu erhalten und in Doña Insuntas Handschrift auf den ersten Blick den Beweis dafür zu finden, daß sie und ihre Zofe wohlauf wären; doch in dem Mann, dem ich kurz darauf gegenübertrat, erkannte ich den, den ich vor einiger Zeit selbst gebeten hatte, der Spanierin, wie sie genannt wurde, ein Schreiben zu überbringen, und eben dieses händigte er mir nun wortlos aus, in stummer Bereitschaft, mir Rede und Antwort zu stehen, falls ich es wünschte. Als ich mich ein wenig gefaßt hatte, bat ich ihn zu erzählen, was vorgefallen war, und er berichtete, was er in Erfahrung hatte bringen können und wovon hier bereits die Rede war. Der Neffe des Königs sei über den Verlust seiner Frau untröstlich und habe den berühmtesten Künstler des Landes beauftragt, ein Bildnis von ihr anzufertigen, schloß er, als ob mir die Verewigung Doña Insuntas ein Trost sein sollte. Ich konnte mich lange nicht dazu überwinden, Rivera und Morales die traurige Nachricht mitzuteilen, und versuchte ihnen einzureden, daß kein Grund zur Sorge bestünde, sie aber wollten von solchen Beschwichtigungen nichts hören und wurden manchmal richtig wütend, wenn ich ihren finsteren Vermutungen allzu entschieden widersprach, als wäre es ihnen lieber, diese bestätigt zu finden, als weiterhin in Ungewißheit zu leben. Doch als sie schließlich die Wahrheit erfuhren, denn irgendwann mußte es ja heraus, wurde mir klar, daß sie nie darüber hinwegkommen würden, wenngleich sie es nach außen hin gefaßt aufnahmen. Besonders der Junge gab sich teilnahmslos und immer mit etwas anderem beschäftigt, wenn ich ihn fragte, ob er denn nicht für die Seelen der beiden Verstorbenen beten wolle. Er entgegnete, sie hätten es nicht nötig, daß man für sie betet, denn sie seien gute Menschen gewesen und wären bestimmt in den Himmel gekommen. Rivera, der es mit angehört hatte, spie zur Bekräftigung aus und sagte, dies sei die verdammte Wahrheit und daß eher der Papst in der Hölle schmoren werde als eine der beiden Frauen.

Doch mit ihrem Tod war auch in uns etwas erstorben, das uns bisher Halt verliehen hatte, denn solange sie jede Unbill ertrugen, gebot uns dies der männliche Stolz erst recht, und nicht etwa nur, um Stärke zu beweisen, sondern vor allem um der Hoffnung willen, die sie für uns verkörperten, und also ebenso ihretwegen wie aus Eigennutz. Aber von nun an standen wir nur noch für uns selbst, und das schien uns, in Anbetracht unserer Lage, so gut wie gar nichts. Wir genügten uns nicht! Aber weshalb nur? Was war es, das uns abging und das wir nirgendwo und schon gar nicht in uns zu finden vermochten? Die Hoffnung? Nein, die hätte sich wohl mit einiger Mühe im Fuchsbau unseres Gemüts schon noch aufspüren lassen. Ein anderer Verlust indes blieb unersetzbar, nämlich der der Liebe, die sogar noch in Doña Insuntas Haß auf Rivera, im Verzeihen, in ihrem Mitleid für die geknechtete Kreatur spürbar war.

Morales zog sich immer mehr in sich zurück und ließ niemanden an sich heran. Rivera neigte noch häufiger als bisher dazu, in Unmaßen allerlei berauschende Mittel zu sich zu nehmen, die die Indios nur zu zeremoniellen Zwecken verwenden. Dies hatte zur Folge, daß er tagelang keine Nahrung bei sich behalten konnte und sich vor Schmerzen wand, wenn die berauschende Wirkung der Gifte nachließ. Trotzdem konnte er nicht damit aufhören und setzte dadurch seinem Körper auf erschreckende Weise zu. Und ich suchte Trost im Gebet, doch nicht einmal der Glaube vermag, wozu wir die Bereitschaft nicht auch selbst aufbringen. Und so trieben wir willenlos dahin, ein jeder unverstanden, ein jeder für sich und mit sich allein und trotzdem nicht fähig, aus sich heraus und auf die anderen zuzugehen.

Aber da ich mich nun einmal auf dem rechten, zumal gottgefälligen Weg wähnte, versuchte ich die beiden dafür zu gewinnen, an einem Neubeginn der christlichen Missionierung mitzuwirken und die Kapelle von Zamá, die von den Indios kaum mehr aufgesucht wurde und zumeist leer stand, wenn man sie nicht gerade zur Geflügelhaltung nutzte, wieder zu einem Mittelpunkt religiöser Feiern zu machen. Rivera reagierte darauf ungewöhnlich heftig. Er schrie, ich möge mir das endlich aus dem Kopf schlagen; er sei es müde, heilige Messe zu spielen, und ob ich etwa vergessen hätte, daß ich gar kein Priester sei.

Man fand ihn eines Morgens an eine Hütte gelehnt. Die Leute meinten, er sei auf dem Weg nach Hause wohl wieder einmal eingeschlafen, betrunken oder aus anderen Gründen seiner selbst nicht mehr Herr; doch als man ihn anstieß, um ihn zu wecken, kippte er zur Seite und rührte sich nicht mehr. Wir begruben ihn unweit der Kapelle und setzten ein schlichtes Holzkreuz auf sein Grab.

Aufruhr des Himmels

Im Spätherbst des Jahres 1513 kreuzten sich am Morgenhimmel die Bahnen der Planeten Mars, Venus und Saturn. Die Menschen verbrachten die Nacht im Freien, um das seltene Schauspiel zu beobachten, und als es dann vor aller Augen eintrat, wie es die Sternenpriester vorausgesagt hatten, ging ein Seufzen des Erschreckens durch die Menge. Diese Konstellation verheiße nichts Gutes, sagten sie, denn von den Kräften der anderen Planeten verstärkt, werde der Mars großes Unheil anrichten. Drei Kalenderjahre der heiligen Runde stünde die Welt nun unter seiner Herrschaft, solange benötige er für seinen Weg um die Erde, und solange werde er Verderben über sie bringen. In diese Zeit fiel der Tod der beiden Frauen, Rivera starb bald nach ihnen, und unzählige sollten noch folgen. Ein Fluch schien auf der Stadt zu lasten, und wie die ägyptischen Plagen zog ein Übel um das andere über sie hin und hinterließ allerorts Spuren des Todes und der Verwüstung und bei den Menschen Narben an Körper und Seele. Niemand blieb verschont, ein jeder hatte den Verlust von ihm nahestehenden Menschen zu beklagen. In Zamá herrschten Trauer und Mutlosigkeit, als habe sich das Volk wehrlos dem Untergang ergeben. Man hätte meinen können, die nächste Heimsuchung werde es auslöschen, von der Erde hinwegfegen, und nur die Bauten und Gerätschaften blieben zurück und würden davon künden, daß dies einstmals eine blühende Stadt war und daß das Volk, das sie errichtet hatte, strebsam und geübt in mancherlei Fertigkeiten gewesen sein mochte. Und wenn Fremde sie dereinst entdeckten, würden sie alles so vorfinden, als hätten sich die Menschen plötzlich in Luft aufgelöst, denn die Dinge des täglichen Gebrauchs wären alle noch an ihrem Platz, die Töpfe über den erloschenen Feuerstellen, die halb verrotteten Sitzmatten in den nur noch von Ungeziefer bewohnten Häusern, Werkzeuge neben einem roh behauenen Stein, als habe der Bildhauer nur eine Pause eingelegt und werde jeden Moment zurückkommen. Man sage nicht, dies entspringe einer allzu regen Phantasie, denn ich habe solche Städte gesehen.

Zamá sollte ein ähnliches Schicksal erspart bleiben, denn am Tag, da sich die dritte heilige Runde vollendete, erschien hell und strahlend die Venus als Abendstern am Horizont und setzte vorerst den Zeiten des Elends ein Ende. Doch bis dahin würden noch viele ihr Leben lassen, und einer von ihnen war [ ][1]

---

[1] Im Originalmanuskript befindet sich an dieser Stelle ein Brandfleck, so daß der Name nicht entzifferbar ist. Da der Leser ihn ohnedies erfahren wird, sei er hier auch nicht verraten.

Vierter Teil

Das Jahr der Frösche

Der Winter war ungewöhnlich streng. Es regnete ohne Unterlaß, und als die Niederschläge endlich nachließen, kam ein eisiger Nordwind auf, daß es einen fror bis auf die Knochen. Die Menschen zogen sich in ihre Häuser zurück, viele waren krank und husteten, und beinah jedem troff unentwegt die Nase. Die Alten litten besonders unter dem Frost, saßen den ganzen Tag beim Feuer und konnten sich dennoch nicht erwärmen. Und am schlimmsten traf es die, die in kleinen, ärmlichen Hütten hausten, wo der Wind durch die Ritzen pfiff und einen die Kälte in jedem Winkel umfing. Immer wieder fand man Menschen tot auf, zusammengekauert in ihre Decken gehüllt. Dann erkrankte Antonio Morales abermals, und wieder fürchtete ich bereits um sein Leben, doch er sagte, ich möge keine Angst um ihn haben, denn wenn er auch noch ginge, wäre ich allein, und er versprach, mich nicht im Stich zu lassen.

Im Frühjahr setzten neuerlich starke Regenfälle ein, doch der schon aufgeweichte Boden konnte das Wasser nicht mehr aufnehmen, und so watete man mancherorts knietief im Schlamm. Einige Häuser, welchen es das Erdreich unter dem steinernen Fundament fortgespült hatte, standen ganz krumm und verzogen da, bis ein Pfeiler brach und sie in sich zusammenfielen. Und die Erde färbte das Wasser rot, so daß mich das Wort Mose *Da wurden die Wasser des Nil zu Blut*[1] bis in den Schlaf verfolgte.

Mit der Sonne kamen die Insekten, die in den zahllosen Tümpeln ihre Brutstätten hatten, und als das Wasser ein wenig zurückgegangen war, krochen Kröten und Frösche zu Abertausenden aus dem Schlamm; aus jedem Erdloch, aus jeder Spalte kamen sie hervor, bis der Boden bedeckt war, soweit das Auge reichte, und man keinen Schritt tun konnte, ohne auf sie zu steigen. Selbst in den Häusern mußte man aufpassen, wohin man trat. Jeder war nur noch damit beschäftigt, sie vor die Tür zu kehren und Barrieren zu errichten, um sie möglichst draußen zu halten, aber das war aussichtslos, und so konnte es passieren, daß man von einem Frosch, der einem ins Gesicht sprang, aus dem Schlaf gerissen wurde, oder man wachte am Morgen auf und merkte, daß man einen unter sich begraben und zerquetscht hatte. Nicht einmal die Vorratskammern waren vor ihnen sicher, weshalb man eilig daran ging, Hütten auf hohen Pfeilern zu errichten, so daß man nur mit Leitern hinaufgelangen konnte, doch nicht einmal das half. Man sagte, daß der grollende Unterweltgott, der sie geschickt habe, ihnen zeitweilig Flügel verlieh, um die Menschen für ein Vergehen oder Versäumnis zu bestrafen, durch das man sich ihm gegenüber schuldig gemacht habe. Die Priester rätselten, was den Zorn des

---

[1] Exodus 7,20

Gottes geweckt haben mochte, und schon war allerorts davon die Rede, daß er deshalb zürne, weil ihm so lange schon kein Menschenopfer mehr dargebracht worden sei. Doch dazu hätte man erst in den Krieg ziehen und Gefangene machen müssen, und daran war unter diesen Umständen nicht zu denken.

Dann kam der Sommer, die Tümpel trockneten aus und mit ihnen die Frösche, deren Kadaver nun in der Sonne schmorten und einen entsetzlichen Gestank verbreiteten. Und still war es mit einem Mal, nachdem man sich an das ohrenbetäubende Quaken schon allmählich gewöhnt hatte. Man ging daran, die toten Frösche einzusammeln und zu vergraben, und um den erzürnten Gott versöhnlich zu stimmen, wurden für sie Totenzeremonien abgehalten, als ob man der Plage, die man loszuwerden gesucht hatte, nun gar noch nachtrauere. Und zu Ehren des Gottes nannte man es das Jahr der Frösche und ließ einen Gedenkstein errichten, der für alle Zeiten daran erinnern sollte.

Wie Morales Novize wurde und was ihm weiter widerfuhr

Man hatte verfügt, daß Morales am Unterricht teilnehmen sollte, den man zur geistigen und körperlichen Ertüchtigung der heranwachsenden Männer abhielt, und da die Ausbildung zudem darauf abzielte, den Gemeinschaftssinn zu stärken, versammelte man die Gleichaltrigen in eigens dafür bereitstehenden Gebäuden, wo sie von Lehrern und Erziehern unterrichtet und beaufsichtigt wurden, wo sie schliefen und gemeinsam die Mahlzeiten einnahmen, und nur an bestimmten Tagen war es ihnen gestattet, ihre Familien zu besuchen. Die Methoden, die man dabei anwandte, unterschieden sich wenig von denen, die ich im Kloster kennengelernt hatte, und so normal dies damals für mich selbst gewesen war, so sehr fühlte ich jetzt mit ihm und war voll des Mitleids, das ich für mich nicht empfunden hatte. Man gab den Novizen, den Neulingen also, wie sie tatsächlich auch in der Sprache der Maya genannt werden, ein einfaches rauhes Gewand, hielt sie zu einem maßvollen Leben an und erklärte, daß der Weg dorthin über Entbehrung und Strenge zu sich selbst führe. Nur wer daran gewöhnt sei, den Versuchungen zu widerstehen, sei auch in der Lage, sein Schicksal zu meistern; alle anderen wären Sklaven ihrer Wünsche und Begierden und machten sich dadurch zu Sklaven derer, die ihre Wünsche zu erfüllen versprächen. Man lehrte sie, ihren Zorn zu beherrschen, indem man sie bisweilen ungerechterweise bestrafte, denn nur, wer kühlen Kopf bewahre, sei imstande, ihn auch einzusetzen, hieß es. Man erklärte ihnen das Pantheon des Götterhimmels und zu welcher Gelegenheit welche Gottheit angerufen werde. Deshalb gemahnte ich Morales immer an seine Pflichten als Christ und erinnerte ihn daran, daß wir alle in der Schuld des einen und wahren Gottes stünden; die Götzen aber, die die Indios anbeteten, wären Ausgeburten der Hölle, und ich beschwor ihn, das nie zu vergessen.

Zudem unterwies man die Novizen im Gebrauch der Waffen und in gewissen Techniken, diese möglichst wirkungsvoll einzusetzen, aber durch die immer wiederkehrenden Krankheiten infolge der langen Entbehrungen geschwächt, vermochte Morales nicht, mit seinen Altersgenossen mitzuhalten. Und auch die erlebten Greuel hatten seinem jugendlichen Gemüt wohl schlimmer zugesetzt als allen anderen; deshalb schreckte er vor den Waffenübungen zurück und mußte dafür auch noch den Spott der Kameraden hinnehmen. Doch so sehr ihn dies auch verletzte, kaum je ließ er eine Klage darüber hören, vielmehr mußte ich mir aufgrund seiner Erzählweise, wann er stockte und wo er offenbar etwas verschwieg, erst einen Reim darauf machen, wie es um ihn stand, und erst allmählich begriff ich, daß ihn die Kränkungen, die er erfuhr, umbringen würden. Um seinetwillen vergaß ich meinen Stolz und wandte mich an Guerrero. Er hatte es inzwischen zu einigem Ansehen gebracht, weil er sich auf kleineren Kriegszügen gegen herumstreunende Banden ausgezeichnet und just jenem Hauptmann das Leben gerettet hatte, der zuvor sein erbittertster Feind gewesen war. Da er damit in Guerreros Schuld stand, dieser ihm aber jede Demütigung ersparte, sondern sich als Lohn nichts weiter erbat, als künftig unter seinem Kommando kämpfen zu dürfen, hatte er Guerrero zu seinem Stellvertreter ernannt, und seither verband die beiden eine innige Freundschaft. Guerrero war somit nicht ohne Einfluß; deshalb wollte ich ihn bitten, dafür zu sorgen, daß man Antonio Morales davon entbinde, im Haus der jungen Männer verbleiben zu müssen.

Ich suchte ihn in der Säulenhalle auf, wo die Krieger ihre Kampfübungen abhielten, und warf mich vor ihm auf die Knie, um ihm meine Bitte vorzutragen. Doch noch ehe ich zu Wort gekommen war, bat er mich aufzustehen und half mir auf die Beine; was immer ich zu sagen hätte, er leide es nicht, daß ich mich vor ihm erniedrige. Ich berichtete also, wie es um Morales stand und sagte, daß es wohl das beste wäre, wenn man es ihm künftig erspare, mit den gleichaltrigen Indios zusammenzuleben.

»Haben Euch die Jahre, die Ihr hier verbrachtet, denn so wenig über unser Volk gelehrt?« fragte er. Ich sah auf, und sein Blick verriet, daß ich mich nicht verhört hatte. Es war das erste Mal, daß er mir gegenüber die Maya *sein* Volk nannte, und obwohl ich es wußte, obwohl längst nicht mehr daran zu zweifeln gewesen war, erschien es mir jetzt, da er es aussprach, trotz allem unbegreiflich.

Guerrero sagte, daß, Antonios Alter entsprechend, ihm der Platz zugewiesen worden sei, den er gemäß den Grundsätzen der Gemeinschaft einzunehmen habe, und diese Regeln würden immer und für jeden gelten, selbst der König dürfe sich darüber nicht hinwegsetzen. Gleichwohl liege ihm das Schicksal des Jungen am Herzen, und er werde nicht zulassen, daß man ihn verhöhne. Am nächsten Tag machten sich er und Morales zu einem langen Fußmarsch auf. Es sei an der Zeit, daß er seine Angst dorthin zurücktrage, woher sie stamme, erklärte Guerrero.

Sie verließen Zamá zu Neumond und kehrten erst wieder zurück, als der Mond bereits im Abnehmen war. Weder Guerrero noch Morales selbst war zu entlocken, was sich in dieser Zeit zugetragen hatte, nur soviel brachte ich in Erfahrung: Sie seien, hieß es, den ganzen Weg unserer Flucht zurückgegangen, bis zu jenem Tempelberg, auf dem Kapitän Valdivia und die vier anderen Gefährten einst den Tod gefunden hatten;

dort, so erzählte man, hätten sie unter großer Gefahr ein Jadeamulett aus dem Schrein jenes Gottes entwendet, dem der Tempel geweiht war. Der Umstand, daß er sich in Feindesland gewagt hatte, ließ die Spötter verstummen, und mancher seiner früheren Widersacher beneidete ihn um die Trophäe, die Morales seither immer bei sich trug.

Wie es zur Zerstörung der Kapelle kam

Die erste heilige Runde im Zeichen des Mars ging zu Ende, und die Menschen versicherten einander, daß man das Schlimmste nun wohl hinter sich habe. Zwar seien des strengen Winters wegen einige Tote zu beklagen – auch mein Lehrer in den Sitten und in der Sprache der Maya war einem fiebrigen Husten zum Opfer gefallen –, doch alles in allem, so die einhellige Meinung, hätte man die Zeit gut überstanden; freilich wären die Frösche eine lästige Plage gewesen, aber im Grunde hätten sie keinen großen Schaden angerichtet, hieß es. Bald darauf hörte man, daß das Wasser in den meisten Brunnen ungenießbar geworden war. Menschen, die trotzdem davon tranken, wanden sich in Krämpfen und erbrachen, und selbst der Mais, den man darin quellen ließ, führte zu Übelkeit und Durchfall. Da niemand Rat wußte, wandte man sich an mich und sagte, der Gott der Christen habe schon einmal geholfen und daß ich zu ihm beten möge, damit er die Not des Volkes lindere. Ich erwiderte, die Stimme eines einzigen sei in diesem Falle wohl zu schwach, um bei ihm Gehör zu finden, gelte es doch für ein Volk Beistand zu erflehen, das sich von ihm abgewandt und die Kapelle habe verkommen lassen, ein Volk, das ihm keine Ehrerbietung erwies und ihm andere Götter vorzog. Mochten die Maya nun auch von diesen Hilfe erflehen, statt den Gott der Christen als Nothelfer zu mißbrauchen, dazu würde ich mich nie und nimmer hergeben, eher ließe ich mir das Herz aus dem Leibe reißen, als es durch solchen Frevel zu vergiften. Erst wenn sie Reue zeigten und erkennen ließen, daß es ihnen ernst damit sei, sollten sie wieder zu mir kommen.

Die nächsten Tage taten sie sehr geheimnisvoll und tuschelten hinter meinem Rücken. Dann führten sie mich in einer feierlichen Prozession vor die Stadt hinaus, wo sich bereits unzählige Menschen vor der Kapelle versammelt hatten. Was indes auch auffiel, war, daß sich beinah ebenso viele Menschen dem Zug nicht anschlossen und sich damit auf die Seite der Tempelpriester und ihrer einflußreichen Gefolgsleute stellten, die seit der Errichtung der Kapelle vor der Rache der Götter gewarnt hatten und nun ihre Prophezeiung bestätigt sahen. Und da die Maya nicht nur die Rache der Götter, sondern auch die mächtige Priesterschaft fürchteten, wagten sie es vor den Augen der Spione, die sich unter die Leute gemischt hatten, nicht, sich dem Heiligtum des Christengottes weiter als bis auf einen Steinwurf zu nähern, und so betraten nur Antonio Morales und ich die Kapelle. Die Wände waren frisch getüncht, der Boden war nun sogar mit polierten Steinplatten ausgelegt, und rund um den Altar hatte man neue Rauchbecken aufgestellt; trotzdem erinnerte der scharfe, von den Ausscheidungen stammende Geruch daran, daß der Raum vor kurzem noch als Hühnerstall gedient hatte. Und als wir zum Kreuz über dem Altar aufsahen, schwebte eine Feder herab und verfing sich in meinem Bart. Wir lächelten einander zu im Wissen, daß wir an das gleiche dachten: an den Tag, als wir nach Zamá kamen und fast vor Schreck gestorben wären, weil uns plötzlich ein paar Hühner um die Ohren flatterten. Dann hatte sich Rivera eine Feder aus dem Bart gezupft, und wir sieben hatten einander zugelächelt wie wir beide jetzt. Nur noch wir beide! war der nächste Gedanke, meiner und auch der des Jungen, ich sah es ihm am Gesichtsausdruck an, der den gleichen Kummer verriet, wie ich ihn in dem Moment empfand. Ich umarmte ihn und sagte, unser Schicksal liege in Gottes Hand. Daraufhin stieß er mich heftig von sich und rief, daß ich endlich damit aufhören möge, ihn wie ein Kind zu behandeln. Ich erschrak darüber und redete ihm ins Gewissen, daß es mir um nichts sonst zu tun sei, als daß er an seinem Glauben festhalten müsse. Gott hätte uns längst vergessen, erwiderte er, und daß ich mir nichts vormachen solle, er wüßte so gut wie ich, daß das, was ich vorbrachte, nur leeres Geschwätz sei, und je mehr ich andere davon zu überzeugen suche, desto kläglicher wäre es, mit anzusehen, in welchem Maße ich mich selbst belüge. Ich mahnte ihn zur Besonnenheit und fragte, wie er nur darauf komme, solche Vorwürfe gegen mich zu erheben. Er aber wurde zornig und sagte, ich sei ein Heuchler, oder ob ich mir etwa wirklich einbilde, ich hätte ein Wunder vollbracht; und daß sich Riveras Bemerkung, ich treibe ein Spiel mit allem, wovon ich behaupte, es wäre mir heilig, mit der Zeit immer mehr bewahrheite, aber ich sei zu verblendet und wohl auch zu sehr von mir eingenommen, um mir so etwas von einem Jungen wie ihm sagen zu lassen. Drum solle ich fortan sehen, wie ich alleine zurechtkomme, an das Versprechen, mich nicht im Stich zu lassen, fühle er sich nicht mehr gebunden. Dann wandte er sich ab und lief hinaus. Ich rief ihm nach, seine Verbitterung wäre nur auf Guerreros Einfluß zurückzuführen und daß er sich davor hüten möge, in ihm einen Freund zu sehen. Als er darauf nicht reagierte, befahl ich ihm, zurückzukommen, schrie, daß ich anstelle seines Vaters über ihn zu wachen hätte und daß er mir deshalb Gehorsam schuldig sei. Doch Morales würdigte mich keines Blickes und schlug den Weg nach Zamá ein.

Erst jetzt wurde ich gewahr, wie viele Augenpaare auf mich gerichtet waren und daß mein Wutausbruch Befremden bei den Indios hervorgerufen hatte. Ich fand nicht gleich die Selbstbeherrschung wieder, segnete die Menge mit fahriger Geste und brachte nur recht und schlecht Worte des Dankes hervor, daß sie sich eingefunden hätten, um mit mir zum Gott der Christen zu beten. Doch den meisten war deutlich ihr Mißmut anzusehen, einige wurden bereits ungeduldig, und ich spürte, daß dies die letzte Chance war, ihr Vertrauen zu gewinnen, und daß sich eine solche Gelegenheit nie wieder bieten würde. Deshalb versprach ich, daß ich mit Gottes Hilfe der Not des Volkes ein Ende setzen werde. Noch im selben Augenblick begriff ich, daß dies Wahnsinn sei und die reinste Blasphemie, und begriff es andererseits auch wieder nicht, denn für Reue war es jetzt zu spät und für Buße keine Zeit, denn die Worte waren gefallen, das Versprechen war gegeben, und nun mußte es eingelöst werden. Ich kniete vor dem

Altar nieder und betete ohne Unterlaß, Stunden, Tage, in denen ich kaum etwas zu mir nahm und gegen den Schlaf ankämpfte, indem ich barfuß auf Dornzweigen umherlief. Doch was sind schon Schmerzen, die man sich zufügt, was sind sie anderes als das Eingeständnis, nicht tief genug zu empfinden; und je schlimmer ich mich peinigte, desto weniger fühlte ich in mir. Hatte ich bisher vermocht, beim Gebet eine Stimme in meinem Herzen zum Tönen zu bringen, deren Klang mich erfüllte und die mir darum die Gewißheit gab, daß ich erhört wurde, so blieb es nun in meinem Inneren stumm. Ich vernahm nichts von dem, was ich sagte; sogar als mir die eigenen Worte in den Ohren gellten, rührten sie mich nicht an, sondern ließen mich kalt.

Ich sandte Boten aus, um die Lage in der Stadt zu erkunden und mir darüber Bericht zu erstatten, wie die Stimmung in der Bevölkerung wäre. Die Leute murrten bereits, hieß es, denn das Wasser der meisten Brunnen sei immer noch ungenießbar, und die Priester, so munkelte man, würden das Ihrige dazu beitragen. Denn wenn es mir nicht gelänge, Wort zu halten, hätten sie das Volk geeint hinter sich, und dann wäre mein Leben keinen Pfifferling mehr wert. Darum scherte ich mich freilich wenig. Was hätte es für einen Sinn, weiterzuleben als einer, der Gott versucht hatte? Wie aus einer Umnachtung kam ich allmählich wieder zu mir. Was war bloß in mich gefahren, das mich hatte glauben lassen, ich wäre imstande, Gott ein Zugeständnis abzunötigen und von ihm die Einlösung eines Versprechens zu erzwingen, das ich leichtfertig gegeben hatte? Morales hatte recht: Was ich sagte, war bloß Geschwätz; statt zu glauben, wollte ich in Bußübungen ertrotzen, was man nur durch Hingabe erlangt: die Gnade der Hoffnung. Nun, die Hoffnung schwand, und die Schmerzen stellten sich ohne mein Zutun ein. Es waren Schmerzen des Zweifels und der Selbstvorwürfe. Nach drei Tagen erschienen die Priester gefolgt von einer Handvoll Krieger, die mich aus der Kapelle zerrten und diese in Brand steckten. Die Menge, die vergeblich auf ein Wunder gehofft hatte, brach nun in Jubel aus, als das Dach in Flammen aufging. Zuvor hatte man ein geschlachtetes Huhn über den Altar gehängt. Ein größeres Opfer habe sich der Gott des Weltenbaums für die Wohltaten nicht verdient, die er der Stadt erwies, höhnte man. Das Kruzifix aber sollte an einem geheimen Ort vergraben werden, da sie fürchteten, magische Kräfte freizusetzen, wenn es mitverbrannt würde. Dann zwangen mich die Priester, zuzusehen, wie man die Grundmauern niederriß, während mich einer dort, wo das Herz ist, mit dem Steinmesser ritzte. Warum er nicht ordentlich zustoße, rief ich, und ob er etwa zu feige dazu wäre. Er aber entgegnete, das Vergnügen, mich zu töten, sei nicht halb so groß, wie mich am Leben zu lassen und leiden zu sehen, und daß mich die Narbe über dem Herzen stets an die Schmach erinnern werde, die man meinem Gott angetan habe. Dann wandte er sich an die Menge und sagte, da nun das Heiligtum des Christengottes zerstört sei, sollte das Volk wieder der Götter der Ahnen gedenken und ihnen Sühneopfer darbringen, um sie zu besänftigen. Einige Tage später war das Wasser sämtlicher Brunnen wieder genießbar. Die Priester sprachen von einem Wunder, und die Menschen zogen in Scharen zum Tempelberg, um sich vor ihren Götzen zu Boden zu werfen und für ihre Errettung zu danken. Niemand ahnte, daß das Schlimmste erst bevorstand.

Ich aber bin in jenen Tagen zum Frevler an Gott geworden, und so wie eine Sünde oft die nächsten nach sich zieht, ergreift diese eine von uns manchmal völlig Besitz.

Die Wasserkarawane

Das Ende der heiligen Runde beging man mit festlichen Zeremonien, die sich über mehrere Tage hinzogen, und feierte Mitte August 1514 den Beginn des neuen Jahres, für das, nach den Worten der Propheten, die Zeichen alles in allem nicht ungünstig standen. Vor jedem Haus wurden Speisen aufgetragen und an die Menge verteilt, und jeder, der etwas auf sich hielt, war bemüht, die Nachbarn an Freigebigkeit zu übertreffen; mancher erwies sich indes als gar zu verschwenderisch und fand nach Ablauf der Festtage die Vorratskammern leer vor. Doch darum scherte man sich in diesen Tagen wenig, zumal man den Verheißungen Glauben schenkte und darauf vertraute, daß das, was man reinen Herzens gab, einem in gleichem Maß vergolten würde. Jeden Morgen kamen die Einwohner von Zamá zum Tempel, um den Göttern zu opfern, indem man Maiskörner auf glühendheiße Steinplatten streute, worauf diese nach einer Weile krachend aufplatzten und als weiße Flocken nach allen Richtungen wegsprangen. Auf diese Weise ließ man die Götter am Festmahl teilhaben, wovon man sich eine reiche Ernte versprach. Denn das Kennzeichnende ihrer Religion ist, daß sie auf der Vorstellung beruht, die Götter wären ebenso von den Menschen abhängig wie diese von ihnen, und daß sie, vom Volk genährt, wiederum für das Wohlergehen des Volkes sorgten. So verlockend es ist, dadurch Einfluß auf das Schicksal zu nehmen, so quälend ist das Gefühl der Ohnmacht, wenn man erkennen muß, daß man es nicht vermag.

Der Herbst war trocken und der Winter mild, und im Gegensatz zum vorangegangenen Frühjahr, das ungewöhnlich starke Regenfälle gebracht hatte, blieben sie im darauffolgenden völlig aus. Man wartete mit der Aussaat und mußte dann erst recht damit beginnen, ohne daß nennenswerte Niederschläge gefallen waren. Die Priester ließen Tag und Nacht Trommeln schlagen, denn der Regen werde dem vermeintlichen Donner folgen, so wie man auch Vögel durch das Nachahmen von Vogelstimmen anlockt, hieß es. Dazu tanzten junge Frauen und Männer, bis sie vor Erschöpfung umfielen und weggetragen werden mußten. Schließlich rief man alle verfügbaren Kräfte zusammen, um bei der Bewässerung der Felder zu helfen, und als sich herumsprach, wie wenig sie damit ausrichteten, reihte sich einer nach dem anderen, jeglichen Alters und Standes, Frauen ebenso wie Männer, in die Wasserkarawane ein, allesamt mit Gefäßen beladen, die sie, bis zum Rand gefüllt, gerade noch zu tragen vermochten. Dennoch war es ein aussichtsloses Unterfangen, da das Wasser erst aus den Brunnen heraufgeschafft und oft über weite Strecken auf die Felder getragen werden mußte; und kaum hatte man seinen Krug ausgeleert, schon war das Erdreich wieder so trocken wie vorher. Der Boden bekam Risse und sprang auf, viele der gerade erst knöchelhohen Pflanzen verdorrten und lagen entwurzelt da, als hätten die Äcker sie ausgespien; und nun fegte auch noch ein heißer Wind über das Land, der statt Regen nichts als Wolken von Sand und Staub brachte, so daß man kaum die Hand vor Augen sah und nur noch mit einem Tuch vor Mund und Nase ins Freie treten konnte. Statt der Frühjahrsgewitter ging ein körniger Regen nieder und prasselte unablässig gegen die Hauswände, wo sich allmählich kleine Dünen bildeten. Der Sand kroch durch alle Ritzen, ständig hatte man ihn zwischen den Zähnen, und bei jedem Schritt knirschte es unter den Fußsohlen. Draußen wirbelte er umher und legte sich fingerdick über das Land, wie um das bißchen Leben, das sich da und dort noch manchmal regte, zu ersticken. Als die Menschen erkennen mußten, daß sie dagegen nicht ankamen, verließ sie der Mut; sie hörten auf, nach den Feldern zu sehen, und rührten sich nicht mehr aus ihren Häusern, solange die Vorräte reichten. Doch allmählich wurden die Lebensmittel knapp, und der Hunger trieb die Menschen wieder ins Freie. Der Sturm hatte sich inzwischen gelegt, und erst jetzt konnte man das ganze Ausmaß der Verwüstung erkennen. Die Bauern standen fassungslos vor dem, was einmal ihre Felder gewesen waren, nur da und dort hatten sich ein paar jämmerliche Pflänzchen halten können, die nun die Hungernden herausrissen, um nach Maiskörnern zu graben, die nicht aufgegangen waren. Menschen mit eingefallenen Wangen stocherten in der Erde nach Wurzeln und Knollen, andere versuchten sich im Fischfang und in der Jagd, doch die meisten kehrten mit leeren Händen zurück. Und so wanderten nun auch immer häufiger

Mäuse, Schnecken und Würmer in die Kochtöpfe jener, die in der Zeit, da noch kein Mangel herrschte, mit ihren Vorräten allzu sorglos umgegangen waren. Und wer etwas zu essen hatte, der versteckte es jetzt vor den anderen aus Angst, teilen zu müssen oder gar bestohlen zu werden. Allein König Butz Yaxum war unermüdlich in Sorge um das Volk und öffnete trotz der Proteste der Adligen die Vorratskammern des Palastes. Als ihm jedoch die ersten Fälle von Plünderungen zu Ohren kamen und man eine strenge Bestrafung der Übeltäter und eine Verstärkung der Wachen forderte, entgegnete er: Und wer solle die Wachmannschaften bewachen? Nein, mit Strenge, setzte er fort, wäre da nichts auszurichten, ein Volk, das im Begriff sei, sich zu vergessen, müsse man vielmehr daran erinnern, wer es war; denn wenn irgend etwas stärker sei als Hunger, dann der Stolz.

Er rief die Einwohner von Zamá zusammen und ließ, unter dem Schutz seiner Soldaten, etliche Säcke Mais von den an ihn entrichteten Abgaben der letzten Ernte herbeischaffen. Er selbst und sie alle hätten sich in der Vergangenheit zu sehr auf die Gunst der Götter verlassen, statt in das eigene Schicksal mit einzugreifen, bekannte er. Doch nun bleibe ihnen keine andere Wahl, denn es gelte über die Zukunft des Volkes zu entscheiden, darüber, ob es eine Zukunft haben oder untergehen werde. Wenn er mit seiner Rede am Ende sei, wolle er den Soldaten Befehl geben, sich zurückzuziehen, und dann liege es ganz allein an ihnen, ob sie sich prügeln und ein paar Maiskörnern wegen gegenseitig erschlagen wollten. Und auch wenn es einige von ihnen überlebten, als Volk wären sie damit gestorben; oder aber jeder begnüge sich mit gerade so viel, wie er benötige, um trotz des bereits fortgeschrittenen Jahres noch einmal mit der Aussaat beginnen zu können. Und damit gab er den Soldaten ein Zeichen, und sie zogen sich in den Palast zurück. Als ihre Schritte verklungen waren, herrschte völlige Stille, niemand wagte, sich den Säcken zu nähern. Endlich ging ein kaum zehnjähriger Junge darauf zu, entnahm ihnen eine Handvoll Maiskörner und lief damit vor die Stadt hinaus, wo er einen kleinen Flecken sein Feld nannte, neben dem man ihn nun täglich knien und auf die ersten Sprößlinge warten sehen konnte.

Glück im Unglück

Wann auch immer die Ereignisse jener Tage hinterher zur Sprache kamen, herrschte Einigkeit über den seltsamen Umstand, daß die anhaltende Dürre die Rettung für Zamá gewesen sei. Noch immer waren die Regengüsse ausgeblieben, doch manchmal fielen ein paar Tropfen aus heiterem Himmel. Wieder setzte sich die Wasserkarawane in Bewegung, und zusätzlich hatte man Fließgänge gegraben, um eine gleichmäßige Bewässerung zu ermöglichen. So oft jemand an dem Jungen vorbeikam, wurde er gefragt, ob schon etwas zu sehen sei, und ebenso oft schüttelte er den Kopf; aber hören könne er sie, fügte er manchmal hinzu, denn bisweilen rumore es im Boden, und dann spreche er zum Mais und bete, daß er wachsen und gedeihen möge. Er war es auch, der als erster die schwarze Wolke am Horizont bemerkte.

»Da. Da!« rief er, und alle starrten in die Richtung, in die er wies. Ich wunderte mich noch, daß die Menge nicht in Freudengeschrei ausbrach, doch dann vernahm ich das Surren, von dem die Luft erfüllt war, und erst jetzt gewahrte ich das Flimmern, als ob in der Wolke Abertausende Stürme tobten oder eine Unzahl winziger, grauer Blitze zuckten, und ich begriff, daß dies keine Wolke war, sondern ein riesiger Insektenschwarm, Myriaden von Heuschrecken, drauf und dran, alles an Vegetation zu vernichten, was die Dürre bisher überstanden hatte. Schon waren sie über uns und fraßen in rasender Geschwindigkeit Löcher in die strohgedeckten Dächer, doch dann kam vom Meer her eine Brise auf, und sie zogen nach Westen ab. Kaum daß sie fort waren, überkam die Menschen das Entsetzen bei dem Gedanken, was geschehen wäre, wenn der Mais bereits ausgetrieben hätte, und allerorts konnte man hören, es sei der Dürre zu verdanken, daß nicht auch die zweite Aussaat vernichtet worden sei. Obwohl sich die Lage dadurch noch kein bißchen gebessert hatte, sahen viele darin ein Zeichen, daß es noch Hoffnung gab und es ihre Bestimmung wäre, sich dieser harten Prüfung zu stellen. Man kam überein, neuerlich eine Abordnung zu Chilam Balam zu entsenden, dem Propheten, der die Ankunft der Spanier geweissagt hatte und von allen als Heiliger verehrt wurde, denn wenn jemand einen Weg wüßte, die Götter gnädig und dem Volk wieder gewogen zu stimmen, dann er, hieß es. Ich bat den König, mich dieser Abordnung des Adels und einiger Priester anschließen zu dürfen, und führte an, daß er, nachdem sich seine Prophezeiung erfüllt habe, nun gewiß auch einmal einen Spanier zu Gesicht bekommen wolle. Zwar zeigte sich Butz Yaxum davon weit weniger überzeugt, gab meinem Wunsch aber dennoch nach, und so machte ich mich am nächsten Morgen auf, um einen Mann kennenzulernen, von dem man sich erzählte, daß er Zauberkräfte besitze. Zu anderer Gelegenheit sollte ich, buchstäblich am eigenen Leib, erfahren, daß dies zutraf.

Die verlassene Stadt

Während ich damit gerechnet hatte, daß wir uns einen Weg durch das Dickicht würden bahnen müssen, erreichten wir indes bald eine Straße, die als ein Wunderwerk der Baukunst gelten kann und die in aller Welt ihresgleichen sucht: Auf einer Länge von etwa zwanzig Leguas[1] verläuft sie, schnurgerade und völlig eben, entlang zweier Mauern, zwischen die man Abbruchmaterial aufgeschüttet und niedergewalzt hatte, so daß jede Unebenheit des Geländes ausgeglichen wurde, und hatte dieses Fundament mit Kalkguß überzogen, weshalb man sie *scabé*, die »weiße Straße« nennt. Als ich fragte, wann und mit welchen Hilfsmitteln sie errichtet worden sei, wußte man keine Antwort darauf, und es hieß nur, die Vorväter hätten sie angelegt, damit die Heiligtümer im Landesinneren leichter erreichbar wären, und daß zu früheren Zeiten Prozessionen dorthin abgehalten worden waren. Aber heute seien die Stätten, zu welchen sie führte, verwaist, und deshalb wer-

[1] ca. 100 km

de die *scabé* jetzt vor allem von Händlern und zu Kriegszügen genutzt.

Schon von weitem bot sich uns der Anblick eines Tempelbergs von gewaltigen Ausmaßen, und am Fuße desselben lag eine Stadt, größer als alle, die ich bisher gesehen hatte, und neben der einem selbst Sevilla wie ein unbedeutendes Fischerdorf vorkam. Das erste, das mir auffiel, war die Stille, die hier herrschte. Entlang der Straße standen halbverfallene, von Buschwerk überwucherte Häuser, und während ich das zunächst noch auf Absiedlungen infolge des gesunkenen Feldertrags zurückführte, wie es in diesen Ländern durchaus üblich ist, stellte sich allmählich heraus, daß die Stadt völlig unbewohnt war und daß die Menschen, die hier einmal gelebt hatten, allesamt überstürzt fortgezogen sein mußten, denn die Dinge des täglichen Bedarfs lagen da, wie man sie vielleicht nur für einen Moment weggelegt und dann für alle Zeiten hatte liegen lassen. Dieser Anblick flößt einem solche Ehrfurcht ein, daß man es nicht wagt, etwas von der Stelle zu rücken, als würde man damit die Totenruhe dieser Stätte stören. Doch was hatte die Einwohner bewogen, fluchtartig die Stadt zu verlassen, und wo waren diese vielen Menschen hin? Einer meiner Begleiter sagte, sie seien vor einem feindlichen Heer geflohen, ein anderer behauptete, daß sie eines bösen Omens wegen die Stadt aufgegeben und alles zurückgelassen hätten, damit ihnen der Fluch nicht an den Fersen hafte. Im übrigen sei die Stadt nicht völlig unbewohnt, Chilam Balam, der Jaguar-Priester, habe sich mit ein paar ihm ergebenen Jüngern hierher zurückgezogen, denn während die Kraft eines solchen Ortes bei gewöhnlichen

Sterblichen mit der Zeit Irrsinn hervorrufen könne, erlangten jene, die imstande wären, sie in sich aufzunehmen, dadurch die Fähigkeit, den Körper zu verlassen und über die Grenzen der Zeit und der Welten hinweg Dinge zu schauen, die unseren Sinnen verborgen blieben.

Ein kahlgeschorener Indio von mächtiger Statur kam die steile Treppe des Tempelberges herab, verneigte sich und fragte, aus welcher Gegend wir stammten. Wir erwiderten seinen Gruß, und einer der Priester legte dar, daß wir aus Zamá gekommen wären, um den weisen Mann um Rat und Beistand zu bitten, da der Regen ausgeblieben sei und nun Dürre und Hunger herrschten; daß die Vorräte, die der König an die Bedürftigsten verteilen lasse, nun auch allmählich zur Neige gingen, und daß, wenn man bis dahin nicht ernten könne, die Stadt verloren wäre und bald so menschenleer wie diese. Währenddessen sah der kahlköpfige Hüne immer wieder zu mir her und gab sich Mühe, sich seine Neugier nicht anmerken zu lassen. Er versicherte, daß er Chilam Balam berichten werde, wie ernst die Lage sei, verbeugte sich wieder, warf noch einen verstohlenen Blick in meine Richtung, dann wandte er sich um und stieg mühelos die Treppe mit ihren hohen Stufen hinauf. Wir sahen ihm nach, und als er bereits die oberste Plattform erreicht hatte und unserem Blickfeld entschwunden war, standen wir noch eine Weile da, den Kopf im Nacken und in der Erwartung, daß er gleich wieder erscheinen und uns auffordern werde, ihm zu folgen. Doch weder er noch irgend jemand sonst tauchte auf, und allmählich wurden die ersten ungeduldig; einer meinte, man habe uns vergessen, worauf der nächste erwiderte, er wäre ja von Anfang an dagegen gewesen, noch einmal hierher aufzubrechen, nachdem sie schon beim letzten Mal den Propheten nicht persönlich gesprochen, sondern den, damals die Gefährten und mich betreffenden Wahrspruch, bloß übermittelt bekommen hätten. Mancherorts habe es deshalb geheißen, daß er in Wahrheit längst tot sei und nur in den Erzählungen fortlebe, die seine Jünger verbreiteten. Das habe er auch gehört, pflichtete ein anderer bei, und ob es denn nicht Wichtigeres zu tun gäbe, als hier unnütz herumzustehen, und daß es das Vernünftigste wäre, sich gleich auf den Rückweg zu machen. Dem hielten jedoch die meisten entgegen, daß man sich nicht einfach davonstehlen könne, ohne auf Antwort gewartet zu haben, schließlich sei man das dem Ansehen dieses Mannes schuldig, ganz gleich, ob er nun noch am Leben wäre oder nicht. Über diesen Streit war unversehens die Nacht hereingebrochen, und als wir in der Nähe Feuer lodern sahen, gingen wir darauf zu in der Hoffnung, dort jemanden anzutreffen, der uns Auskunft darüber geben könnte, ob der Jaguar-Priester unsere Nachricht erhalten habe. Doch als wir die Stelle erreichten, nahmen wir nur noch Rauch wahr, der uns vom Wind zugeweht wurde, und entdeckten eine kleine Öffnung am Fundament des Tempels, aus der er heraufstieg, und unweit davon den Eingang, der ins Innere des Tempelberges führte. Dort fanden wir mehrere Fackeln vor, die wir nur noch an dem bereitstehenden Kohlebecken zu entzünden brauchten, und gewahrten, daß eine Treppe steil nach unten führte. Der gemauerte Gang war so schmal, daß wir nur hintereinander in die Tiefe steigen konnten, und es schien, als nehme die Treppe gar kein Ende; außerdem tropfte ständig Wasser von der Decke, so daß man darauf achten mußte, auf den glitschigen Stufen nicht auszurutschen. Endlich erreichten wir eine Felsenhöhle, deren Wände Malereien bedeckten, die von einem Feuer in der Mitte hell beleuchtet wurden. Sie stellten seltsame Wesen dar und Dinge, die wir nicht zu benennen wußten. Dies sei die Zukunft, das Ende der Welt, hörten wir eine Stimme sagen, und als wir uns umwandten, sahen wir einen in Felle gehüllten Mann beim Feuer hocken, der mit einem Ast in der Glut stocherte. Dabei hätte ich schwören können, daß sich niemand in der Höhle befand, als wir sie betraten. Er hob den Kopf, und ich erschrak fast beim Anblick seines faltigen Gesichts, aus dem die Knochen unter einer Haut wie aus Leder hervortraten. Seine Augen dagegen wirkten alterslos, und es ging eine Kraft von ihnen aus, daß ich seinem Blick kaum standhielt, der unverwandt auf mich gerichtet war. Endlich wagte einer der Priester das Wort zu ergreifen, doch der Alte beachtete ihn nicht weiter und fragte mich, ob es denn stimme, daß die Spanier ihre Bärte stutzten und zur Zierde trügen. Ich meinte erst, nicht recht verstanden zu haben, und wollte nicht glauben, daß einer, der die Ankunft eines fremden Volkes vorausgesagt habe, eben diese Frage an den ersten Vertreter desselben stellen würde, dem er begegnete. Als ich ihm stockend erwiderte, ja, dies sei durchaus üblich, hellte sich seine Miene auf, und mit einem zufriedenen Lächeln um den zahnlosen Mund begann er wieder in der Glut zu stochern, als wäre damit ein Geheimnis gelüftet, das ihn sein Lebtag beschäftigte, und nun könne er in Ruhe sterben. Ich blickte mich im Kreise der Begleiter um, und jedem war anzusehen, daß er dachte, der Alte wäre nicht mehr bei Verstand und daß es Zeitvergeudung sei, hier noch länger herumzustehen. Also bewegten wir uns möglichst lautlos dem Ausgang zu, doch da erschien der kahlköpfige Indio auf der Treppe und versperrte uns den Weg. Den da, hörten wir den Alten, dem keineswegs entging, was sich um ihn her zutrug, obwohl er nun mit dem Rücken zu uns saß und kein einziges Wort gefallen war, den hätte man vor einigen Jahren zu ihm gebracht, weil er im Zorn das halbe Dorf erschlagen habe und die Hinterbliebenen nun von ihm wissen wollten, welche Strafe er dafür verdiene. Die schlimmste von allen, habe er geantwortet, die Einsicht seiner Schuld. Heute wünschte er, er hätte ihn damals einfach töten lassen, denn nie habe ein Mensch eine grausamere Strafe erlitten, verglichen mit den Martern, die es ihm bereiten werde, wenn erst einmal das große Morden begonnen hätte und er erkennen müßte, daß er um nichts besser sei als die Schlächter, die bald durch die Lande zögen. Einen See von Blut habe er gesehen, über den Dämme aus Leichenteilen führten; ganze Leichenberge von ausgemergelten, bis aufs Gerippe abgemagerten Menschen, die ihn aus weit aufgerissenen Augen anstarrten, als wollten sie noch über ihren Tod hinaus an ihn die Frage richten, warum er, der alles vorhergesehen habe, nichts anderes unternommen hätte, als die Geschichte zur Strafe über einen einzelnen zu erklären. Dinge habe er gesehen, für die es nicht einmal Worte gebe; die Wände hier seien voll davon, so wie er sie aus dem

Gedächtnis malte. Krieg und Vernichtung werde das nächste *bak'tun*[1] bringen mit Waffen, gegen die die Feuerrohre der Spanier bloß Spielzeug wären; und dann stünde das Schlimmste erst noch bevor.

»Ihr Männer von Zamá«, sagte er, »was verlangt Ihr Rettung für ein Volk, dessen Vernichtung ja doch nicht zu verhindern ist? Ihr fordert meine Hilfe, damit Eure Stadt nicht das gleiche Schicksal erleide wie diese. Ich aber sage Euch: Für viele wäre es ein Segen, ein solches Schicksal erfahren zu dürfen, verglichen mit dem, was sie erwartet. Friedlich zu entschlafen wird nicht mehr vielen Orten gegönnt sein, und erst recht nicht ihren Bewohnern. Man wird sie vertreiben oder in Sklaverei verschleppen, wird Familien auseinanderreißen, Frauen von ihren Männern trennen, Kinder von ihren Eltern, und sie alle wird es in verschiedene Himmelsrichtungen verschlagen; kaum einer von denen, die sich heute noch ihres Hausstandes rühmen, die nicht in der Fremde sterben und in fremder Erde begraben sein werden statt im eigenen Hause, unter dem Gebetsschrein der Ahnen und betrauert von seinen Angehörigen.« Er legte eine Pause ein und dachte eine Weile nach, ehe er fortfuhr: »Richtet Eurem König aus, die Entscheidung liegt bei ihm, ob er das Volk vor der Not retten will und es damit ins Unheil stürzen.« Daraufhin gab er dem Kahlköpfigen ein Zeichen, der trat zur Seite und gab uns den Weg frei. Wir schauten einander ratlos an, endlich wagte einer die Frage zu

---

[1] *tun* (Stein) ist das 360 Tage-Jahr der Langzählung, nach dessen Ablauf ein Gedenkstein errichtet wurde; 20 *tun* = 1 *k'tun*; 20 *k'tun* = 1 *bak'tun*, also etwa vier Jahrhunderte.

stellen, auf welche Weise der König denn nun ... Der Alte schnitt ihm das Wort ab und rief, wozu wir zu ihm gekommen wären, wenn wir das, was er zu sagen hätte, gar nicht hören wollten. Seine Warnungen schlüge man einfach in den Wind, und eben darum sei bisher noch alles so eingetreten, wie er es vorhergesehen habe. Wir sollten verschwinden und uns hier nie wieder blicken lassen, rief er uns nach, doch als wir die Treppe erreicht hatten, war die Höhle plötzlich von der Stimme eines Knaben erfüllt, die wir sofort als die des Jungen erkannten, der immer neben seinem Feld hockte und den Mais zu hören vorgab. Ich fühlte einen kalten Luftzug im Nacken, und die Haare stellten sich mir auf, doch niemand wagte, sich von der Stelle zu rühren oder auch nur den Kopf zu wenden. Wir sollten dem König sagen, er möge sich des alten Bündelrituals entsinnen, hörten wir die Stimme ein paarmal wiederholen, dann ließ der Luftzug nach, und ohne uns noch einmal umzudrehen, stiegen wir die Treppe hinauf. Als wir uns ein wenig gefaßt hatten und um uns auf andere Gedanken zu bringen, besprachen wir, was nun zu tun sei. Wir kamen überein, für den Rest der Nacht irgendwo notdürftig Quartier zu beziehen und bei Sonnenaufgang nach Zamá aufzubrechen, doch als wir den Ausgang erreichten, war es bereits hellichter Tag.

Nach unserer Rückkehr erfuhren wir, daß der Junge in jener Nacht gestorben war. Ich sagte mir, daß dies Zufall sei, daß ich mir alles Mögliche gewiß nur eingebildet hatte und einer Täuschung der Sinne erlegen wäre; und, wer weiß, vielleicht war mir ja auch der Alte nur im Traum erschienen und diese Begegnung hatte gar nicht stattgefunden; und je länger all das zurücklag, um so einleuchtender schien mir diese Erklärung – indes sollten sich unsere Wege noch einmal kreuzen.

Der Aufruf zur Gegenwehr

Kaum zurück in Zamá, wurden wir vor den König gerufen, um ihm Bericht zu erstatten. Man führte uns in den Thronsaal, wo uns eine große Menschenmenge mit eisigem Schweigen empfing, als würden wir ein Urteil über Leben und Tod überbringen, das jeden hier beträfe. Der König vernahm die Worte, die ihm Chilam Balam hatte ausrichten lassen, ohne eine Regung zu zeigen, doch als der Sprecher ins Stocken geriet und ihm die Warnungen des Alten nicht so recht über die Lippen wollten, sah Butz Yaxum mißbilligend auf und sagte, daß er nichts verschweigen oder auch nur beschönigen möge. Die Weissagungen von Krieg und Zerstörung riefen einen Tumult hervor, alle schrien durcheinander, die einen, weil sie das Ende der Welt kommen sahen, die anderen, weil sie rieten, doch einen kühlen Kopf zu bewahren, und diesen dabei selbst verloren. Erst als man sich zu besinnen schien, wo man war, trat allmählich wieder Ruhe ein. Der König saß mit gesenktem Kopf und geschlossenen Lidern auf dem Thron, und fast hätte man meinen können, er sei trotz des Lärms eingeschlafen, und wie aus Rücksicht darauf wurde es plötzlich still. Wenn man die Wahl habe, sagte er in bedächtigem Tonfall und immer noch in der gleichen Haltung, wenn man also zwischen Hungertod und Vernichtung zu wählen habe, wofür sollte man sich entscheiden, ohne sich weder gegen die Götter noch gegen die Menschen zu versündigen?

»Für einen dritten Weg!« hallte es durch den Saal. Alle drehten sich nach dem um, der da gesprochen hatte, und auch der König sah erwartungsvoll auf. Jetzt trat Guerrero vor und gab sich als der zu erkennen, der diesen Einwurf geäußert hatte. Von welchem dritten Weg er spreche, fragte Butz Yaxum und bat Guerrero, dies zu erläutern. Nun, er sei bloß ein einfacher Mann, entgegnete der, und verstünde sich nicht darauf, das Schicksal zu deuten, doch er wisse, daß es Bestimmung gewesen sei, die ihn hierher verschlug; nur, zu welchem Zweck, das habe er sich bisher zu fragen verabsäumt. Und vielleicht wäre die Mahnung des Propheten ja auch gleich die Antwort darauf. Nein, man dürfe seine Warnungen nicht in den Wind schlagen, niemand könne das besser beurteilen als er. Und wenn man ihn nun also fragte, ob es möglich sei, die Spanier zu bezwingen, so müsse er darauf antworten, er wisse es nicht, aber er kenne die Mittel, um ihnen beizukommen, und deshalb fürchte er sie weit weniger als die Dürre, gegen die alle Menschen machtlos wären. Nun, nicht alle, erwiderte Butz Yaxum, und so treffe es sich offenbar, daß jeder von ihnen die Lösung des Problems kenne, das dem anderen unlösbar erscheine, demnach bestehe Aussicht darauf, beide aus der Welt zu schaffen, statt bloß zwischen zwei Übeln zu wählen, sagte er.

Das Blutopfer

Der König rief die Priester zusammen, um sich gemeinsam mit der Fürstin auf die bevorstehende Zeremonie vorzubereiten. Man sagte, sie sei schon fast in Vergessenheit geraten, und nur die Ältesten könnten sich noch daran erinnern, wann sie zum letzten Mal abgehalten worden war. Bis dahin, hieß es, habe jeder enthaltsam zu leben und Buße zu tun, und so wurde in dieser Zeit die Stadt selbst zum Tempel, zu einer heiligen Stätte. In jedem Haus brannten Opferfeuer, und die Menschen knieten vor dem Schrein der Ahnen, auf daß sie ihnen beistehen mochten. Am Tag der Zeremonie riefen die Muschelhörner die Einwohner von Zamá auf den großen Platz. Viele hatten dort bereits die Nacht im Gebet zugebracht und sich wachgehalten, indem sie die Wurzeln einer Pflanze kauten, der man die Eigenschaft zuschrieb, die Müdigkeit zu vertreiben. Als dann die Sonne genau über der Spitze des Tempelberges stand, ertönte zum ersten Mal die große Trommel, die man eigens für diesen Anlaß angefertigt hatte und die von mehreren Männern gleichzeitig und mit Fortdauer der Zeremonie immer schneller geschlagen wurde. Darüber gerieten sie allmählich derart in Ekstase, daß einer das Gleichgewicht verlor und von der Plattform in die Tiefe stürzte. Die übrigen Trommler schenkten dem nur insofern Beachtung, als ein anderer herbeigerufen wurde, der dessen Platz einnehmen sollte. Und auch die Menge gab sich ganz dem Rhythmus hin, ein jeder wiegte dazu den Oberkörper oder summte mit geschlossenen Augen immer die gleichen kehligen Töne. Die Krieger waren nur mit einem Lendenschurz bekleidet und bis auf die schwarz umränderten Augen ganz mit weißer Farbe bedeckt. In ihren Tänzen stellten sie Kampfszenen aus längst vergangenen Schlachten dar, in welchen ihre Ahnherren denkwürdige Siege errungen und damit den Ruhm Zamás begründet hatten. Als die Sonne am höchsten stand, traten der König und die Fürstin aus dem Allerheiligsten des Tempels, beide vom langen Fasten gezeichnet und nur in weiße Bußgewänder gehüllt. Die Fürstin trug das Bündel unterm Arm, das dem Ritual seinen Namen gibt, kniete nieder und breitete vor sich die Gerätschaften aus, die es enthielt: zwei Opferschalen, mehrere spitze Klingen, den Stachel eines Rochens, eine Dornenschnur und etliche Papierstreifen, die von einer goldenen Klammer fächerartig zusammengehalten wurden. Unterdessen streute Butz Yaxum Copalharz ins Tempelfeuer und tat Glut in die Opferschalen, dann stellte er sie vorne an die Rampe und wandte sich der knienden Fürstin zu. Sie reichte ihm den Rochenstachel und bot ihm ihre Zunge dar, die er mit einem gezielten Stoß durchbohrte, so daß ein Loch entstand, durch das sie die bereitliegende Dornenschnur zog. Obwohl ihr das ungeheure Schmerzen bereiten mußte, zeigte sie nicht die geringste Regung und gab keinen Laut von sich. Der König hatte inzwischen sein Bußgewand abgelegt und den Lendenschurz ein wenig gelockert, mit der einen Hand ergriff er eine Lanzette, mit der anderen sein männliches Glied und durchbohrte sich dieses dreimal. Auch er verzog dabei keine Miene. Dann ließen sie ihr Blut auf die Papierstreifen tropfen und warfen sie in die vor ihnen stehenden Opferschalen, aus denen nun zwei Rauchsäulen senkrecht in den Himmel stiegen. Die

Menge brach in Jubel aus, und das Muschelhorn ertönte zum Zeichen, daß die Götter das Opfer angenommen hätten. Die Trommler steigerten noch einmal das Tempo, und aufgepeitscht vom Rhythmus, brach nun eine Orgie los, ein jeder ritzte sich an Armen und Beinen und schnitt sich Wunden ins eigene Fleisch, so daß der Boden schimmerte vom Blut und die Rinne, die den Platz umgab, bald einem Schlachttrog glich. Doch der Durst der Götter war damit noch nicht gestillt, denn jetzt führte man die Gefangenen vor, die man auf Kriegszügen gegen herumziehende Räuberbanden gemacht hatte, und ich wußte nur zu gut, was die blaue Farbe zu bedeuten hatte, mit der man sie bestrich. Einer nach dem anderen stieg an der Seite des Kriegers, dem er unterlegen war, zum Opferstein hinauf, denn es war das Vorrecht seines Bezwingers, dem Gefangenen eine Botschaft an die Götter der Unterwelt aufzutragen, die nur sie beide kennen und die sie niemals jemandem anvertrauen würden, für dessen Ohren sie nicht bestimmt wäre, hieß es. Obendrein leisteten die Opfer nicht den geringsten Widerstand, denn nur, wer einen ehrenvollen Tod starb, würde im Jenseits Ruhe finden. Jene aber, die Furcht zeigten oder sich den Schmerz anmerken ließen, stünden für immer in der Schuld ihres Bezwingers und hätten diesem zu dienen, sobald er selbst ins Totenreich einginge. Plötzlich sah ich, wie sich ein Gefangener unter dem Gejohle der Menge auf den Opferstein hinstreckte, und in dem Mann, der das Steinmesser gen Himmel hob, erkannte ich Guerrero. Nein, dachte ich, das geht zu weit, das durfte, das konnte er nicht tun, und wenn es der letzte Funke christlichen Empfindens wäre, der ihm jetzt Einhalt gebot. Und wenn nicht? Würde der Engel des Herrn[1] herabsteigen, um ihn daran zu hindern? Hunderte Gedanken schossen mir in einem einzigen Moment durch den Kopf und ließen die Zeit hinter sich, und die Welt kam zum Stehen; mit aller Kraft stemmte ich mich gegen ihren Lauf, aber wo, wo war er? Da begriff ich, daß mir kein Engel zu Hilfe eilen würde und daß nichts und niemand Guerrero in den Arm fiele, wenn nicht ich selbst. Bloß wie?, wo doch der Körper mit den Gedanken nicht Schritt zu halten vermochte, und ehe ich noch einen Fuß vor den anderen setzte, fühlte ich plötzlich die Narbe stechen, die von der Wunde herrührte, die mir der Priester am Tag der Zerstörung der Kapelle zugefügt hatte. Nur ein Augenblick der Unaufmerksamkeit, nur ein kurzes Nachlassen der Kräfte, und schon kam die Welt wieder in Gang, und da hörte ich aus Guerreros Mund die Worte der heiligen Liturgie: *Dies ist das Blut, das für Euch vergossen wird und zum Heile der gesamten Welt.* Dann sah ich das steinerne Messer niederfahren, und ich schrie, schrie, als ob die Klinge davon bersten müßte, doch sie barst nicht; und der Himmel tat sich nicht auf, und kein Blitz schlug in den Tempel, um diesen dem Erdboden gleichzumachen. Das war der Tag, an dem ich Gott verfluchte.

Am nächsten Morgen zogen mächtige Regenwolken auf und brachten die ersehnten Niederschläge. Dem Maisjungen, dessen Geist angeblich durch den Propheten zu uns gesprochen hatte, wurde an der Stelle, wo er die Zeit der Dürre über gekauert war, ein Gedenk-

---

[1] vgl. Abraham und Isaak; Gen 22,10-11

stein errichtet. Im übrigen waren die von ihm ausgesäten Maiskörner die ersten, die nach den einsetzenden Regenfällen austrieben.

Ijobs Vermächtnis

Ein warmer, wohltuender Regen hatte eingesetzt, und fast konnte man zusehen, wie die Pflanzen gediehen, als ob sie die Zeit aufholen wollten, die sie im Wachstum zurücklagen. Die verdorrten Sträucher trieben Knospen, und bald blühte alles rings umher in den leuchtendsten Farben; Vögel nisteten in den Baumkronen, und in den Wäldern konnte man wieder die Rufe der Brüllaffen vernehmen, die lange Zeit nicht zu hören gewesen waren; die Jaguarweibchen warfen ihre Jungen, und alle Arten von Wild gab es in so reicher Zahl, daß man sich nur wundern konnte, woher die Tiere plötzlich kamen und wie sie die Dürre überstanden hatten – und jedem erschien die Welt schöner denn je. Warum ließ Gott das zu? Warum ließ er zu, daß die Indios ihre Rettung den Götzen und der Magie ihres Rituals zuschrieben, wenn es sein Wille gewesen war, daß ich diesen Menschen den wahren Glauben bringen sollte? Weshalb strafte er mich jetzt dafür? Warum ließ er lieber solchen Frevel geschehen, als mir die Gunst seines Beistands zu gewähren? Was gefiel ihm nicht an mir, daß er mich nicht für würdig befand, von ihm erhört zu werden? Doch hatte ich nicht ein Anrecht darauf? Und war er es mir denn nicht schuldig? Ich flehte nicht mehr darum, ich forderte ein, was ich als seine Pflicht erachtete. Nicht Waghalsigkeit und Abenteurertum hätten mich in diese Gegend verschlagen, sondern die göttliche Vorsehung; deshalb dürfe er mir jetzt auch nicht die Hilfe verweigern, da ich sie am dringendsten benötigte.

»Sieh mich an, Gott«, rief ich, »mein Gemüt lehnt sich auf gegen dich, in meinen Gedanken sinne ich auf Vergeltung für die Zurückweisung, die ich durch dich erfahren habe. Alles, wonach ich strebte, war, ein gottgefälliges Leben zu führen, doch du bist mir ein Greuel geworden, denn du mißbrauchtest mich. Habe ich nicht meinen Teil des Bundes erfüllt? Warum also bist du den deinen schuldig geblieben? Warum wirst du an jenen zum Verräter, die an dich glauben, die Frevler aber läßt du ungeschoren? *Wer nicht für mich ist, ist gegen mich, spricht der Herr.* O ja, so ist es, und so soll es auch künftig sein, doch gelte es hinfort für beide Seiten, drum gebe auch ich dir ein Gebot, das dich verpflichtet, uns ein guter und gerechter Gott zu sein, und dieses lautet: Der Mensch besitzt ein Anrecht auf ein sichtbares Zeichen deiner Gunst.« So endete ich meine Klage gegen den Schöpfer und stellte es ihm anheim, mich dafür zu vernichten, denn schlimmer als alles war die Ungewißheit, die ich selbst um den Preis des Seelenheils willen nicht länger ertragen konnte. Aber Gott schwieg.

Der Bruch mit der Außenwelt

Seit dem Tag der Zeremonie sah ich Zamá mit anderen Augen. Zwar hatte sich nach außen hin nichts verändert, die Indios waren nach wie vor die geselligen, gastfreundlichen Menschen mit ausgeprägtem Kunstsinn, als die ich sie kennengelernt hatte, aber gerade ihre tadellose Gesittung erfüllte mich plötzlich mit Mißtrauen, und ich sagte mir, daß ich mich davon hatte blenden und beschwichtigen lassen und daß ich es wohlweislich vermieden hätte, einen Blick hinter die Barriere dieses friedvollen Idylls zu werfen. Doch jetzt hatte ich die blutrünstige Fratze gesehen, die sich dahinter verbarg, und mit einem Mal war jedes Lächeln das eines Schlächters, der im Hinterhof gerade einen Menschen zerteilte, die Kürbisse, die die Frauen aushöhlten, wurden zu Köpfen, denen man das Hirn entnahm, aus den Maissäcken blickten mir blutige Augen entgegen, jeder Gruß war wie die Einladung zu einem grausigen Mahle, und selbst die Perlen, die junge Mädchen auf Schnüre fädelten, erschienen mir als die Zähne ihrer toten Geschwister. Und plötzlich meinte ich zu begreifen, warum Gott mir zürnte, hatte ich doch bisher nie wahrhaben wollen, mit welch hohem Blutzoll dieses Wohlleben den Götzen abgefeilscht worden war; als könne man eines vom anderen trennen, als hätten die Menschen nichts mit den Riten zu schaffen, die sie praktizierten.

Statt zunächst nach dem Ziel zu fragen, das es zu verfolgen galt, hatte ich dieses von vornherein als gegeben angenommen und immer nur nach den Mitteln gesucht, wie es zu erreichen wäre; damit, so dachte ich, hätte ich mich von Anfang an in jenem verhängnisvollen Irrtum befunden, der mich immer weiter von Gott entfernte und mich schließlich dazu brachte, Klage gegen ihn zu führen. Aber mit einem Mal glaubte ich, meine wahre Bestimmung zu kennen und zu wissen, was nunmehr zu tun sei: Nicht für ihr Heil, nicht für ihre Erlösung würde ich künftig beten, sondern für ihren Untergang, und daß Gottes Zorn einen jeden treffen möge, der nicht abließe von den heidnischen Bräuchen; sie sollten seine Macht zu spüren bekommen, bis sie aufschrien in ihrer Not und bekannten, er sei der wahre und einzige Gott. Ich verfluchte die Stadt und ihre Einwohner und schwor, daß ich nicht eher ruhen werde, als bis Rache genommen und der Sieg errungen wäre zu Ehren des Allmächtigen. Zamá mußte fallen und seine Götzen mit ihr, und nicht eher sollte Frieden sein, als bis die Maya selbst sie von den Stufen ihres Tempels stießen, und niemand sollte übrig bleiben, der ihren Kult der Nachwelt überlieferte.

Doch wie schon die Heilige Schrift berichtet, ist es den Menschen immer auch um jene, um den einen zu tun, der verschont bleiben und dem Verderben entgehen sollte, und so suchte ich das Haus der jungen Männer auf. Seit unserem Streit hatte ich Morales nur noch selten zu Gesicht bekommen, und schließlich ging er mir ganz aus dem Weg, deshalb erkannte ich ihn nicht gleich, als er auf mich zukam. Er war ein ordentliches Stück gewachsen und auch sonst von kräftiger Statur, nicht mehr das schmächtige Bürschchen, als das ich ihn in Erinnerung hatte. Er trug das Haar lang und geflochten und nur in der Scheitelgegend kurz, ganz nach Art der Indios, und ich fragte mich, ob es nicht schon zu spät sei, ihn seiner Herkunft zu erinnern.

Was es denn gäbe, fragte er. Ich müsse mit ihm reden, es sei wichtig, erwiderte ich. Nun, seinetwegen, bekam ich zur Antwort. Nicht hier, es wäre besser, wenn wir ... Was ich denn hätte, fiel er mir ins Wort, es könne uns ohnehin niemand verstehen, wozu also die Geheimnistuerei. Ich hätte meine Gründe, erwiderte ich und forderte ihn auf, mir zu folgen.

»Mir scheint, Ihr flieht vor Hirngespinsten«, sagte er.

»Das zu beurteilen überlasse ich Euch, sobald Ihr mich angehört habt«, gab ich zurück und tat recht geheimnisvoll; doch als wir endlich ungestört waren, wußte ich nicht, wie ich beginnen sollte, und stotterte eine Weile herum. Nun, entweder ich würde endlich zur Sache kommen, oder ich müsse mir jemand anderen suchen, der mehr Geduld aufbringe, sagte er. Also gut, ich wolle offen zu ihm sein, begann ich und erzählte vom Fluch, den ich über die Stadt und ihre Bewohner ausgesprochen hatte, und gab mich gewiß, daß uns nicht mehr viel Zeit bliebe, uns mit Gott auszusöhnen. Er sei mit Gott im reinen, erwiderte er; ich sollte mich eher fragen, ob dies auch auf mich zutreffe, denn ich hielte mich für besonders fromm und wäre dabei doch nur verbittert, weil ich wohl gemeint hatte, für Höheres bestimmt zu sein; und nun mache ich andere dafür verantwortlich, weil sich meine Erwartungen nicht erfüllten. Hier gehe es nicht um mich, sondern um die Lehre der Kirche, um den christlichen Glauben, hier gehe es um Gott. Nun, leere Phrasen würden davon nicht besser, wenn man sie häufiger dresche, erwiderte er, und er sei es leid, immer nur Worte zu hören. Was mich denn daran hindere, ein Zeichen meines Glaubens zu setzen, wenn es mir wirklich ernst damit sei, fragte er. Welches, entgegnete ich verblüfft. Nun, irgendeines, alle anderen hier wären darum ja auch nicht verlegen. Ob ich mir etwa an ihnen ein Beispiel nehmen und mir die Adern öffnen sollte. Warum nicht, gab er zurück, schließlich redeten wir immer vom Blut Christi, das für uns vergossen worden sei, aber eben, wir redeten nur davon; die Indios hätten indes nicht darauf gewartet, daß sich der Erlöser für sie opfere, sondern hätten ihr eigenes Blut dargebracht. Die Christen ließen es beim Wortgottesdienst bewenden, und weil sie alles gehorsam nachblökten, nenne man sie Schäfchen; für die Maya aber sei der Tatgottesdienst die höchste Form der Verehrung, und zu glauben heiße für sie, zu handeln, und er frage sich, ob das nicht edler und aufrichtiger wäre als dieses Geschwätz, das eben darum Geschwätz sei, weil es bloß Worte blieben. Er möge sich in acht nehmen, rief ich, denn was er hier treibe, wäre übelste Ketzerei. Ich könne ihn ja der Inquisition melden, falls ich jemals wieder unter meinesgleichen zurückkehren sollte, höhnte er; oder ob ich dieses Amt etwa auch auszuüben gedenke. Er sei mir wie ein Sohn, erwiderte ich, und trotzdem wüßte ich ihn lieber tot, als mit anzusehen, wie er sein Seelenheil aufs Spiel setze. Nun, damit wäre ja alles gesagt, entgegnete er, erhob sich und ging.

Von da an trat ich nicht mehr vor das Haus und richtete mir inmitten der Stadt eine Klause ein. Eine alte Frau versorgte mich mit dem Wenigen, das ich benötigte, ohne daß sie mich in meiner Einsamkeit störte. Außer dem Schein, der bei den schmalen Öffnungen hereinfiel, sah ich wochenlang kein Tageslicht; ich achtete nicht mehr auf mein Äußeres und war ganz den Gedanken an Tod und Vergeltung hingegeben. Eines Tages drangen von draußen Rufe herein, daß in der Stadt eine furchtbare Seuche wüte und daß sie einen nach dem anderen hinwegraffe. Da fiel ich auf die Knie und dankte Gott, daß er mich erhört habe.

Die Pockenepidemie

Ich streifte das Gewand über, das mir seinerzeit Rositta Giménez für die Meßfeiern angefertigt hatte, setzte eine Büßerkappe auf und schritt, ein schlichtes Holzkreuz in Händen, von Haus zu Haus. Aus jedem hörte man das Röcheln der Kranken und die Klagen der Trauernden. Dies sei die Strafe Gottes, rief ich, und daß sie bereuen sollten, bevor es zu spät wäre. In den Augen der Menschen sah ich Haß und Verachtung; einige spien vor mir aus und schrien, daß ich dorthin zurückkehren solle, woher ich gekommen sei. Daß sie mich nicht erschlugen, lag wohl nur daran, daß sie meinten, ich hätte den Verstand verloren und wäre verrückt geworden, und vermutlich war ich es auch. Wie der Racheengel Gottes lief ich durch die Stadt und prophezeite ihren Untergang, und daß die Völker aus dem Osten kommen würden, um gemäß dem christlichen Auftrag von der Welt Besitz zu ergreifen, auf daß der Name des Allmächtigen in aller Herren Länder gepriesen würde von nun an bis zum Jüngsten Tag. Die Ungläubigen aber werde man vertilgen vom Antlitz der Erde, und ihre Seelen würden unvorstellbare Martern leiden in den Feuern der Hölle, das Strafgericht habe begonnen.

Die Pocken waren erst durch die Spanier eingeschleppt worden, deshalb nannten die Eingeborenen diese Krankheit »das Geschenk Don Rodrigos«. Die Indios besitzen kaum Abwehrkräfte dagegen, und das erklärt auch die hohe Sterblichkeit unter den Erwachsenen und die rasante Verbreitung der Seuche entlang der Handelsrouten oft über Hunderte Meilen hinweg. Die Erkrankung beginnt als schwere Erkältung, die mit hohem Fieber und einer Beeinträchtigung sämtlicher Körperfunktionen einhergeht; und nach einiger Zeit bilden sich Bläschen am Körper und im Gesicht, die, sofern es einer übersteht und die Bläschen abheilen, häßliche Narben hinterlassen.

Die Menschen siechten dahin und starben innerhalb kürzester Zeit. Zwar pries man mancherorts eine Medizin an, von der man sich wahre Wunderdinge versprach, indes wußte man mir niemanden zu nennen, dem sie geholfen habe. Als schließlich die Thronfolgerzwillinge erkrankten, sahen viele das Ende für Zamá gekommen. Die Fürstin saß Tag und Nacht bei ihren Kindern, doch selbst die berühmtesten Heiler, die man nun eilends herbeirief, mußten bekennen, daß sie gegen dieses Leiden machtlos wären. Einer ihrer Söhne starb, der andere überlebte mit knapper Not, doch blieb sein Gesicht von Pockennarben entstellt.

Dann brachte man Antonio Morales auf der Bahre zu mir. Die Krankheit war bereits so weit fortgeschritten, daß keine Hoffnung mehr bestand. Ich kümmerte mich um ihn, so gut ich es vermochte, und redete ihm in den wenigen Stunden, da er ansprechbar war, ins Gewissen, daß er dem Götzenkult abschwören und Gott um Vergebung bitten möge. Nicht für sich wolle er beten, erwiderte er, sondern für mich und dafür, daß ich es mir nie vorwerfen müßte, diesem Volk die Vernichtung gewünscht zu haben. Er starb in den Morgenstunden des 3. Februar 1516 im Alter von nicht einmal achtzehn Jahren. Guerrero ließ ihn nach Art der Indios unter einem dem Kriegsgott geweihten Heiligtum in der Säulenhalle bestatten. Ich weigerte mich, an der Zeremonie teilzunehmen.

Guerreros Sieg und Weggang von Zamá

Das Erscheinen der Venus am Abendhimmel verhieß das Ende der Herrschaft des Mars, und allmählich nahm das Leben wieder seinen gewohnten Gang. Und ich fühlte mich von Gott um meine Rache betrogen. Die Seuche war beinah ebenso schnell abgeebbt, wie sie sich zuvor verbreitet hatte, und kaum waren die letzten Opfer beigesetzt, schien die Not auch schon wieder vergessen. Doch die eingekehrte Ruhe war nicht von langer Dauer. Krankheit und Dürre hatten entlang der Küste verheerenden Schaden angerichtet, und in manchen Städten war es deshalb zu Aufständen gekommen. Die Landesherren reagierten darauf, indem sie von den eigenen Problemen abzulenken oder andere dafür verantwortlich zu machen suchten und aus nichtigen Gründen Krieg mit benachbarten Völkern anzettelten, die man vor kurzem noch Brüder genannt hatte. Und so geriet auch Zamá in kriegerische Auseinandersetzungen, die abermals Dutzende Todesopfer kosten sollten. Zuerst beschränkten sich die Kämpfe auf die Abwehr von Übergriffen entlang der Grenzen des Landes, doch dann zog eine riesige Streitmacht aus dem Norden gegen Zamá. Ihr Anführer war Yat El[1], der Kriegsherr oder *nacóm* von Ecab, das die Spanier später Groß-Kairo nannten und das unweit des Ortes liegt, wo Kapitän Valdivia und vier weitere Gefährten am Tempelberg den Tod gefunden hatten und für uns Überlebende die Flucht begann, die uns hierher nach Zamá führte.

Ecab und Zamá gehörten zur selben Provinz[2], deren es etliche in Yucatán gab und die nach dem Zerfall der großen Reiche aus einem losen Zusammenschluß benachbarter Stadtstaaten hervorgegangen waren. Dennoch herrschte zwischen den beiden Städten immer schon Rivalität um die Vorherrschaft, die nunmehr seit zwei Generationen Zamá innehatte. Vor allem die Oberschicht von Ecab hatte sich damit nie recht abfinden können und beanspruchte für sich das Recht, den König aus ihren eigenen Reihen zu bestimmen. Und jetzt rückten sie also mit ihrem Heer an, um Butz Yaxum zu stürzen und Federkrone und Schlangenstab, die Insignien des Herrschers, nach Ecab zu holen. In Zamá rief man unterdessen die Hauptleute zusammen und teilte ihnen ihre Aufgaben zu. Trotz heftigen Widerstandes insbesondere seitens derer, die sich dadurch übergangen fühlten, übertrug der König Guerrero das Kommando. Am Abend vor der Schlacht versammelten sich die Krieger in der Säulenhalle. Als Zeichen ihrer Kampferprobtheit trugen sie Schrumpf-

---

[1] Aguilar enthält uns die Übersetzung vor; »Der vom Penis«, ein Hinweis auf die männliche Erbfolge.

[2] Die Halbinsel war in 16 Provinzen aufgeteilt; Ecab war zugleich der Name der Provinz, in der die beiden Städte lagen.

köpfe von Gefangenen früherer Feldzüge am Gürtel; sie hatten ihre Baumwollpanzer angelegt und waren mit den Federn der Zwergeulen geschmückt, die häufig in den Eingängen von Höhlen nisten und deshalb als Boten zwischen der Menschenwelt und dem Jenseits galten. Nach einem Weiheopfer erhielten sie aus den Händen der Frauen ihre Waffen. Das Heer zog um Mitternacht los und erreichte bei Morgengrauen eine Ebene, die zuvor auf ihre Eignung als Kampfplatz hin ausgekundschaftet worden war. Nichts sollte dem Zufall überlassen bleiben, Guerrero wollte jeden sich bietenden Vorteil nutzen und sah den größten darin, den Ort des Aufeinandertreffens und damit die Taktik bestimmen zu können. Schon die Marschroute war so gewählt, daß sie die aufgehende Sonne im Rücken hatten und die Gegner geblendet waren. Und nun standen sich die Streitmächte gegenüber und versuchten, einander durch Gebrüll und Drohgebärden einzuschüchtern. Einige besonders Wagemutige traten vor und beschimpften die Ahnen der Gegner, um sie zu provozieren. Allmählich stieg die Kampfwut auf beiden Seiten, doch Guerrero hatte seinen Männern eingeschärft, kühlen Kopf zu bewahren, und als sich die Gegner auf sie stürzten und den Zweikampf suchten, formierten sich die Krieger von Zamá blitzschnell zu kleinen Verbänden und gingen in Kampfreihen gegen die Anstürmenden vor. Sobald sich die vorderen Linien mit Schwertern und Äxten auf sie warfen, ging auf die Nachhut ein Pfeilregen nieder, so daß sie von den eigenen Leuten abgeschnitten war und Guerreros Männer wenig Mühe hatten, mit ihren Gegnern fertigzuwerden. Nach dem dritten Ansturm änderte Yat El die Taktik und setzte auf die zahlenmäßige Überlegenheit seines Heeres, indem er es geschlossen vorrücken ließ, doch nun brachte Guerrero Katapulte zum Einsatz, mit denen man in Pech getränkte Strohballen abschoß, die in den dichten Reihen der Angreifer in ihren Baumwollpanzern eine verheerende Wirkung hatten. Hinterher sollte es deshalb heißen, dies sei kein mannhafter Krieg gewesen, sondern einer, wie ihn Memmen führten. Guerrero erwiderte, wenn man gegen die Spanier bestehen wolle, dürfe man die Mittel, die man im Kampf einsetze, nur nach ihrer Wirkung beurteilen und nicht danach, ob sie mit dem Ehrgefühl vereinbar wären. Der erste und mächtigste Gegner, den jeder zu überwinden habe, sei der eigene Stolz, und den größten Sieg hätte der errungen, der bereit wäre, Demütigungen zu ertragen um der gemeinsamen Sache willen.

Unter den Kriegern von Ecab stifteten die Brandgeschosse heillose Verwirrung, so daß Guerreros Leute nun ihrerseits zum Angriff übergehen konnten. Im Handumdrehen war die Schlacht entschieden. Man machte unzählige Gefangene, die anderen ergriffen die Flucht. Doch Guerrero wollte den Anführer nicht entkommen lassen und setzte ihm nach.

Der Einzug in Zamá war triumphal. Die Menschen jubelten ihren Helden zu und staunten über die lange Kolonne der Gefangenen. Ganz am Ende kam Guerrero mit dem *nacóm*, den er schließlich gestellt und bezwungen hatte. Die Feiern anläßlich des errungenen Sieges begannen mit Tänzen und einer Darstellung der Schlacht in nachgestellten Kampfszenen, dann nahm man den tapfersten Kriegern die Fesseln ab, händigte ihnen ihre Waffen aus und ließ sie noch einmal gegen ihre Bezwinger kämpfen, ein jeder angefeuert von den eigenen Leuten. Doch plötzlich wurde es still, denn nun trat Guerrero mit seinem Gefangenen vor, beide nur im Lendenschurz, beide mit einer Lanze bewaffnet, und der Ausgang dieses Zweikampfs würde über das Schicksal Yat Els und seiner Leute entscheiden. Mit dem Mute der Verzweiflung setzte er Guerrero heftig zu und verletzte ihn leicht an der Schulter, doch dann machte sich die größere Ausdauer Guerreros bemerkbar, sein Gegner wurde müde und konnte sich kaum mehr auf den Beinen halten. Doch statt seine Schwäche zu nutzen, ließ Guerrero von ihm ab und wandte ihm den Rücken zu unter dem Vorwand, daß er durstig sei und ihm jemand einen Krug mit Wasser reichen möge. Alle Blicke waren auf Yat El gerichtet, der unschlüssig dastand, die Lanze aber immer noch wurfbereit in der Hand. Würde er Guerrero hinterrücks ermorden und durch diese unrühmliche Tat sein eigenes Todesurteil und das der übrigen Gefangenen fällen? Würde es sein Stolz zulassen, die Niederlage einzugestehen und sich zu unterwerfen? Konnte er überhaupt dem König, gegen den er zu Felde gezogen war, nun Treue schwören, ohne dadurch sein Gesicht zu verlieren? Oder war dies nicht immer noch ehrenvoller, als einen Mann zu töten, der den Mut besaß, sich zum Objekt dieser Entscheidung zu machen? Ein Aufschrei der Erleichterung ging durch die Menge, als er die Lanze sinken ließ und Guerrero bat, aus demselben Krug trinken zu dürfen wie er. Von Herzen gerne, entgegnete dieser, zumal er nicht sicher gewesen sei, ob er ihn nicht doch aufspießen würde; um so größer wäre seine Bewunderung für ihn, erwiderte Yat El. Von diesem

Tag an waren die beiden unzertrennlich und einander wie Brüder. Sie riefen zu Verhandlungen auf und sorgten dafür, daß der Streit zwischen Zamá und Ecab beigelegt wurde. Butz Yaxum begnadigte die Aufständischen, machte Yat El zum Oberhaupt von Ecab, womit dieser in den Rang eines Vizekönigs aufstieg, und ernannte Guerrero zu dessen Nachfolger als oberster Kriegsherr der gesamten Provinz. Zudem erhielt er die Erlaubnis, mit Yat El in dessen Stadt zu gehen, wo er die Schwester des Freundes zur Frau nahm, die ihm drei Kinder gebar.

Am Tag der Abreise suchte er mich auf, um von mir Abschied zu nehmen. Er reichte mir die Hand und sagte, daß wir nicht in Groll voneinander scheiden sollten, denn auch wenn wir keine Gefährten mehr seien, so wären wir es doch eine Weile gewesen. Ich erwiderte, die letzten Jahre hätten mich vergessen lassen, daß ich jemals einen Gefährten namens Guerrero hatte. Nun, wenn dem so sei, habe er mir von diesem auszurichten, daß ich ihm stets willkommen wäre, falls ich mich doch noch seiner entsinne; dann wandte er sich um und ging. Ich sollte ihm nur noch ein einziges Mal begegnen.

Reise nach Xibalba

Nach Guerreros Weggang fiel ich in eine tiefe Schwermut. Ich begriff, daß ich all die Jahre hindurch nur in Gegnerschaft zu ihm gelebt hatte, und nun war mir der Widerpart abhanden gekommen und mit ihm das Ziel, das einzige Ziel, das es noch anzustreben lohnte: nicht so zu werden wie er, ein Abtrünniger, ein Verräter, ein gottloser Barbar und menschenopfernder Heide. Nun aber, da ich mich nicht mehr von ihm abzugrenzen brauchte, wußte ich nicht mehr, wofür ich stand, als hätte das, was uns trennte, plötzlich ausgedient, sobald die Trennung auch örtlich vollzogen war. Das Schicksal hatte mich mir selbst überlassen, und nun, nur auf mich gestellt, fragte ich mich, wer ich denn eigentlich sei; und als ich keine Antwort darauf fand, beschloß ich zu sterben. Man braucht nicht Hand an sich zu legen, es genügt, keinen Sinn mehr darin zu sehen, daß man am Leben ist. Ich erkrankte, wurde von Tag zu Tag schwächer, und das Fieber sog mir allmählich das Mark aus den Knochen. Ich dämmerte dahin in der Erwartung des nahenden Endes, und wie von ferne her und nicht ganz frei von Schadenfreude nahm ich wahr, daß die Indios, weiß der Kuckuck aus welchem Grund, plötzlich in Sorge um mich waren und nichts unversucht ließen, um mich am Leben zu erhalten. Man verabreichte mir verschiedene Arzneien, verbrannte heilende Kräuter und öffnete mir die Adern, doch die Krankheit wich nicht aus meinem Körper. Deshalb meinte man, ein Dämon habe von mir Besitz ergriffen, und man trachtete, ihn mit Magie und Zauberei auszutreiben, wodurch sich mein Zustand eher noch verschlechterte. Also besann man sich wieder der Heilkunde und begann die Prozedur von vorn. Man flößte mir dieses und jenes Gebräu ein, hieß mich einmal, es zu behalten, ein andermal, es zu erbrechen, und stellte noch mancherlei mit mir an, so daß, wer daran nicht zugrunde ginge, gewiß schon aus Überdruß genesen würde; und freilich, der Zweck wäre erfüllt und die Wirksamkeit der Heilmethoden wieder einmal erwiesen. Ich indes blieb unerbittlich, und auch wenn sich mein Zustand zeitweilig ein wenig besserte, schwelte unterhalb der leiblichen Hülle das Feuer weiter, das an meinem Lebensnerv fraß, denn es ist ein Irrglaube zu meinen, mit den Anzeichen des Leidens sei auch schon das Leiden selbst überwunden, als wären es dessen Folgen und nicht seine Ursache, die uns leiden macht. Als man erkannte, daß es keine Rettung für mich gäbe, überließ man mich mir selbst und der Pflege jener India, die sich schon in der Zeit meiner Einsiedelei, sei es aus Mitleid, sei es aus Wohlwollen, um mich gekümmert und dafür Sorge getragen hatte, daß es mir nie am Nötigsten fehlte. Sie kam immer um die Mittagszeit, brachte etwas zu essen, von dem ich nur ihretwegen ein paar Bissen zu mir nahm, und netzte meine Lippen, wenn ich zu schwach war, den Kopf zu heben. Deshalb wunderte ich mich, als ich eines Abends Schritte im Haus hörte und Fackelschein den Raum erhellte. Ich dachte zunächst, sie habe aus irgendeinem Grund noch einmal nach mir sehen wollen, doch dann vernahm ich eine Männerstimme, die mir bekannt vorkam und die mich seltsam beunruhigte. Dann erschien sein Gesicht in meinem Blickfeld, und ich erschrak wie damals, als ich zum ersten Mal in dieses Gesicht geschaut hatte. Ich glaubte erst zu phantasieren und hielt alles bloß für einen Fieberwahn, doch plötzlich wußte ich nicht mehr recht, wo ich war, meinte, Gemälde an den Wänden zu erkennen, und wunderte mich, wie ich in die Höhle unter dem Tempelberg der verlassenen Stadt gekommen wäre; oder war dies etwa schon die Vorhölle, und ich hätte mit meiner Vermutung recht behalten, daß der Alte in Wahrheit ein Teufel sei?

»Ihr seid der, den sie Chilam Balam nennen«, brachte ich stockend hervor. Er grinste mich an und zog dabei den Mund unglaublich in die Breite, so daß man die zahnlosen Kiefer sehen konnte. Dieser Anblick erfüllte mich mit Scham, als ob jemand vor mir seine Intimität zur Schau stellte, und aus dem Gefühl der Peinlichkeit heraus lächelte ich zurück. Gut so, sagte er, schob noch ein wenig meine Lippen auseinander und träufelte mir aus einem winzigen Gefäß eine bitter schmeckende Flüssigkeit auf die Zunge. Das Gift wirkte sofort. Erst fühlte es sich nur wie ein Kribbeln an, das durch den ganzen Körper ging, doch dann wurde es stärker und schließlich unerträglich, ein brennender Schmerz wogte von den Zehen bis in die Fingerspitzen und krallte sich in meine Eingeweide.

»Ihr müßt stark sein und bei Bewußtsein bleiben«, vernahm ich die Stimme des Alten, und obwohl ich nichts mehr wünschte, als daß der Schmerz endlich aufhören möge, kämpfte ich gegen die aufsteigende Ohnmacht an, denn ich wollte, daß mich der Tod bei vollem Verstande ereilte und nicht im Schlummer der Selbstvergessenheit; und plötzlich überkam mich eine Wachheit, wie ich sie noch nie empfunden hatte, eine Klarheit der Sinne, des einzigen Sinns, den ich ..., nein, nicht besaß, sondern der ich war, ein Sensorium, dessen Empfindsamkeit die menschliche Wahrnehmung weit überstieg. Zugleich fühlte ich einen Sog in meiner Brust, ein Loch, ein Tunnel tat sich in mir auf, genau an der Stelle, wo der Messerstich des Priesters eine Narbe hinterlassen hatte, und ich fiel gleichsam durch mich selbst hindurch, fiel heraus aus dieser Welt und sank hinab ins Jenseits. Von überall her schwebten schemenhafte Gestalten auf mich zu, starrten mich aus toten Augen an, und ihre Stimmen klangen dumpf und fern. Einer, dessen linke Seite eine klaffende Wunde aufwies, stellte sich mir in den Weg und rief, wieso ich ihm die Schande hätte antun wollen, womöglich durch einen räudigen Feigling zu sterben statt durch den, der ihn bezwang, so wie es Brauch sei nach einem ehrlichen Zweikampf, damit der Unterlegene seine Würde bewahre. Ich wußte nicht, was das zu bedeuten hatte, bis er sich als derjenige zu erkennen gab, der von Guerrero geopfert worden war. Ich gelangte zu einem Ballspielplatz, um den sich unzählige Entstellte und Verstümmelte drängten, nun aber zurückwichen, um mich durchzulassen. Einige von ihnen glichen den Fratzen in den Tempeln, doch diese hier schwatzten und lachten auch noch miteinander und wiesen mit abfälligen Gesten auf mich. Plötzlich kam Kapitän Valdivia auf mich zu, gefolgt von den vier anderen Gefährten, die am Tempelberg den Tod gefunden hatten. Sie alle waren blutüberströmt, Alonso Bocca etwa war von unzähligen Pfeilen durchbohrt, und Juan Sendeño waren Arme und Beine nach hinten gefesselt, so wie er die Stufen des Tempelbergs hinabgestoßen worden war, was ihn seltsamerweise nicht in der Fortbewegung behinderte. Nur Valdivia wies keine Verletzungen auf, dafür war sein Gesicht blau angelaufen, der Mund verzogen, die Augen verdreht, und die Haut wirkte irgendwie ledrig. Sie fragten, wo ich so lange geblieben sei, und ob ich denn nicht wisse, daß sie ohne mich nicht anfangen könnten, schließlich bräuchten sie meinen Kopf; und schon spürte ich, wie er mir von den Schultern fiel und dahinkollerte, daß mir ganz schwindlig davon wurde, und damit hatte das Spiel begonnen, in dem ich zugleich Ball und Mitspieler in Valdivias Mannschaft war. Eine der Götzengestalten schlug ihn in weitem Bogen über den Platz, und ich fürchtete schon, mein Kopf könnte verlorengehen und damit ich mir selbst. Ich müsse ihn durch den steinernen Ring dort oben in der Mitte des Platzes schießen, dann wären sie erlöst, und ich bekäme meinen Kopf wieder, rief mir Valdivia zu, aber der Gespaltenheit wegen fehlte mir völlig die Orientierung. Ich dürfe mich davon nicht beirren lassen, sagte der Kapitän, eins zu sein an zwei verschiedenen Orten, das sei das Geheimnis. Doch wie ich es auch anstellte, immer war ich nur Kopf oder nur Rumpf. Ich müsse mir mehr Mühe geben, sonst sei das Spiel verloren, und dann gebe es für sie keine Rettung mehr, klagten die Gefährten. Ich *nahm mich zusammen*, und in gewissem Sinn lag darin die Lösung, denn allmählich kam ich dahinter, daß ich, damit Kopf und Körper wieder zusammengehörten, den Zwischenraum in mein Wesen aufnehmen mußte. Von da an gelang jeder Schlag, und ich verfehlte keinen einzigen Ball mehr, zumal der Kopf wie an einem unsichtbaren Seil hing, das sich dehnte und wieder zusammenzog, und er somit von selbst den Weg zurück zum Körper fand, während die Dämonen und Götzengestalten auf der anderen Seite immer hinterherjagten und einen Fehler um den anderen begingen. Durch den Ring, durch den Ring!, riefen die Mitspieler, also begab ich mich in Position und nahm Maß. Der erste Schuß ging daneben, beim zweiten traf ich die Umrandung, beim dritten aber flog der Kopf durch die steinerne Öse und saß im nächsten Moment wieder fest am Rumpf, und auch die

Wunden der Gefährten waren verschwunden, und Valdivias Züge waren nicht mehr entstellt. Die Götzengestalten aber gingen mit einem lauten Knall in Flammen auf. Die Detonation ließ die Unterwelt erzittern, und sie verschwamm wie ein Spiegelbild am Wasser, wenn die ersten Wellen aufkommen; und plötzlich zog es mich hinan, einem grellen, pulsierenden Licht entgegen, dem Schlag meines Herzens, immer greller, immer durchdringender wurde das Licht und das Pochen, bis ich, für einen Moment lang völlig geblendet und in den Ohren dieses gewaltige Dröhnen, auffuhr von meinem Lager und mich wiederfand in gewohnter Umgebung, im Leben, in dieser Welt.

Er habe schon gedacht, ich würde nicht mehr wiederkehren, sagte der Alte und reichte mir einen Becher. Ich sah ihn wohl erschrocken an; keine Angst, es sei bloß Wasser, versicherte er und meinte, daß ich bestimmt durstig wäre. Wie lange ich denn ... Wie lange ich fort gewesen sei, wolle ich wissen? Fünf Tage, sagte er, schließlich wäre es eine weite Reise nach Xibalba. Was denn der ganze Teufelsspuk zu bedeuten habe, fragte ich. Dies sei weder ein Spuk, noch wären es Teufel, sondern die Mächte, die uns am Leben erhielten, und wer sich ihnen verschließe, der gehe allmählich zugrunde. Die Krankheit, an der ich litt, sei die Folge davon gewesen, daß ich nicht an sie glaubte, deshalb habe er ihnen die Pforte zu meinem Herzen geöffnet. Er hätte mich lieber sterben lassen sollen, statt mir das Götzentum einzupflanzen, rief ich. Es sei mir noch nicht bestimmt zu sterben, sagte er, denn ich würde die Zunge derer sein, die die Vernichtung brächten. Wenn er das wisse, wieso sorge er dann dafür, daß ich am Leben bleibe, fragte ich. Weil ich der einzige sein werde, der die Wahrheit kenne, erwiderte er.

Ich erholte mich rasch und war bald völlig genesen, doch von da an gab es die Götzen, und so oft ich zum Gebet anhob, hatte ich eine der Fratzen vor Augen. Schließlich hörte ich auf zu beten.

Der Sündenfall

Alles hatte ich verloren und nun also auch noch den Trost des Gebets. Ich konnte nicht mehr beten, denn es bereitete mir Angst. Hatte es früher die hehrsten Gefühle in mir wachgerufen, so waren es jetzt die ketzerischsten. Beten war zur Sünde, war zum Frevel geworden. Indes hatte es sich nicht einfach ins Gegenteil verkehrt, vielmehr hob sich damit jede Gewißheit auf, denn worauf soll man noch vertrauen, wenn selbst Gut und Böse austauschbar geworden sind und sich als das Hirngespinst eines eingebildeten Urteilsvermögens erweisen? Wohnt dem menschlichen Dasein etwa ein solches Maß an Beliebigkeit inne, daß allein äußere Umstände, Zufälle also, dessen Verlauf bestimmen, und ist das, was wir Fügung nennen, denn nichts weiter als Willkür? Und ist es also am Ende gar nicht an uns, zu entscheiden, ob wir Gott oder dem Teufel dienen?

Ich saß nur noch da und starrte ins Leere, fühlte nichts, dachte nichts, jeder Gedanke könnte Frevel sein, jede Empfindung Blasphemie, also hatte ich aufgehört zu fühlen und zu denken, hatte aufgehört zu sein und vegetierte nur noch, stumpf, dafür aber frei von Sünde. Aber was zählte das, verdankte ich es doch nur einem Unvermögen, dessen man sich nicht zu rühmen braucht? Ich hatte nicht die Wahl, ich entschied nicht darüber, also machte es im Grunde keinen Unterschied, ob ich sündigte oder nicht – und das bedeutete, mir war nichts mehr verboten. Ob frei von Sünde oder nicht, ich war frei zu tun, was immer ich wollte. Und ich tat es und erwachte wieder zum Leben.

Ich kündigte mein Keuschheitsgelöbnis auf und gab mich von nun an der Fleischeslust hin. Einmal geweckt, verspürte ich eine unbändige Gier in den Lenden, die mich nimmer zur Ruhe kommen ließ. Rastlos trieb ich mich umher, immer auf eine Gelegenheit aus, meine Begierde zu stillen. Und kaum kam ich von der einen Frau, zog es mich schon zur nächsten hin.

Dabei war ich anfangs zaghaft und scheu und schlich die ganze Zeit vor dem Haus einer Frau herum, von der es hieß, daß sie sich gegen Geschenke mit Männern einließe. Und wenn mir jemand über den Weg lief, fühlte ich mich ertappt, als wäre mir meine Absicht ins Gesicht geschrieben, und damit war sie es dann wohl auch; daraufhin stahl ich mich beschämt davon und schwor mir, daß es das letzte Mal gewesen sei und ich diese Gegend nie wieder aufsuchen werde. Und am nächsten Tag stand ich wieder dort und wußte erst nicht, wie ich es beginnen sollte. Aber irgendwann war die Wollust stärker als alle Scheu, und ich trat ein. Zwar hatte ich mir keine Vorstellung davon gemacht, was mich erwartete, doch daß sich das Haus im Inneren durch nichts von allen anderen unterschied, ließ mich zweifeln, ob ich hier richtig wäre und ob denn die die Frau betreffenden Gerüchte stimmten. Vermutlich hatte ich gemeint, daß an solchen Orten Verwahrlosung herrsche und das Laster in Schmutz und Unrat zu Hause sei, und nun fand ich alles sauber und wohlriechend, und ich suchte schon nach einem Vorwand, der mein Erscheinen erklären sollte, sie aber kam auf mich zu und bat mich einzutreten, als habe sie mich längst erwartet. Sie mochte noch keine zwanzig sein, wirkte aber ob ihres sicheren Auftretens um vieles reifer, und ihr freundliches und zugleich ungekünsteltes Betragen nahm mich sofort für sie ein. Sie faßte mich am Arm und führte mich in den hinteren Raum, wo sie mir Honigwein und einen Imbiß aus Mais und geriebenen Pfefferschoten anbot. Sie fragte, wie es mir schmecke. Ein wenig scharf sei es, erwiderte ich. O, das sei gut, das mache die Männer feurig. Ich errötete, was ihr freilich nicht entging. Ob es etwa das erste Mal sei, daß ich mich zu einer Mayafrau lege, wollte sie wissen. Ich hätte noch nie bei einer Frau gelegen, gestand ich. Für einen Mann in meinem Alter wäre das ungewöhnlich, doch hätte ich gewiß Gründe gehabt, mir damit Zeit zu lassen. Ich sagte, ich sei durch ein Gelöbnis zur Keuschheit verpflichtet. Dann habe sich nun also erfüllt, dessentwegen ich den Eid geleistet hätte, meinte sie. Ich verneinte und versuchte ihr darzulegen, weshalb ich mich nicht mehr an das Gelübde gebunden fühle, und hatte unversehens begonnen, ihr meine Lebensgeschichte zu erzählen. Und es tat mir wohl, mir alles von der Seele zu reden. Sie hörte aufmerksam zu und zeigte sich sehr verständig. Dann wieder stellte sie Fragen, die ich nicht recht zu beantworten wußte, etwa wie die Frau, mit der mich meine Eltern zu verheiraten beabsichtigten, ausgesehen habe und ob sie hübsch gewesen sei. Ich mußte bekennen, daß ich darauf nie geachtet hatte, und überhaupt wäre es mir nicht in den Sinn gekommen, Menschen nach ihrem Äußeren zu beurteilen. Nun, das sei aber schade, schließlich könne das Äußere eines Menschen eine angenehme Wirkung auf andere haben, und ob sie mir so denn nicht lieber sei, als wenn sie alt und häßlich wäre. Doch, gewiß, erwiderte ich, aber nun hätte ich ihr schon so viel über mich erzählt und wüßte noch nicht einmal ihren Namen. Sie freue sich, daß ich danach frage, denn es sei eine Beleidigung für eine Frau, sich mit ihr einzulassen, ohne ihren Namen zu kennen. Sie heiße Sæk Chan, das bedeutet »weißer Himmel«. Der Name passe zu ihr, sagte ich, denn sie sei ein himmlisches Geschöpf. Wenn ich auch sonst keine Erfahrung hätte, so verstünde ich es immerhin, Komplimente zu machen, die ihr wohl schmeichelten, indes sei sie nur von dieser Welt, wie ich mich selbst überzeugen könne, bemerkte sie, schnürte die Bluse auf und streifte sie über ihre Schultern. Ich blickte beschämt beiseite, sie aber ergriff meine Hand und führte sie an ihre Brust. Dann streifte sie ihre restlichen Sachen ab, bis sie nackt vor mir stand, und nun wagte ich erst recht nicht aufzusehen. Sie aber nahm meinen Kopf in beide Hände und hieß mich, sie zu betrachten. Ob ich denn keinen Gefallen an ihr fände, fragte sie. Sie sei das Schönste, das ich je gesehen hätte, erwiderte ich. Dann sei das Schöne für uns Spanier wohl nur dazu da, um es den Blicken zu verbergen, mutmaßte sie. Da habe sie nicht ganz unrecht, pflichtete ich ihr bei und mußte plötzlich lachen. Sie lachte mit, wir fielen einander in die Arme und ließen uns auf ihr Lager nieder. Und ich erfuhr das Glück ihrer Berührung und alle unaussprechlichen Wonnen, die ein Mann bei einer Frau empfindet. Doch das höchste Entzücken bereitete mir ihr ungezwungenes Wesen, das ihr eine Anmut verlieh, wie ich sie seither nicht wiedergefunden habe. Es war nichts Obszönes an ihr, sie wirkte wie zurückversetzt vor die Zeit des Sündenfalls, als der Mensch sich seiner Nacktheit nicht zu schämen brauchte und Hingabe nicht von Verdorbenheit zeugte. Das brachte mich auf den Gedanken, daß das Paradies, nach dem zu suchen ich einst ausgezogen war, nicht ein bestimmter Ort, sondern ein Zustand, eine Haltung sei.

Von nun an suchte ich sie regelmäßig auf und brachte immer ein Geschenk für sie mit, ohne daß ich deshalb das Gefühl hatte, sie zu bezahlen. Es bereitete mir Vergnügen, sie mit Kostbarkeiten zu überraschen, mit welchen ich für meine Dienste bei Hofe entlohnt worden war und die sich bei mir im Laufe der Zeit angehäuft hatten. Mit einem Wort: Ich war ein wohlhabender Mann, der bisher keine Verwendung für seinen Reichtum gehabt hatte und dessen Wohlstand ihm nun zum ersten Mal etwas nützte. Die meiste Freude bereiteten ihr Kunstgegenstände, in Stein geschnitzte Figuren, bunt bemalte Masken oder Bücher von der Hand berühmter Kalligraphen. Ich liebte es, sie in ihrer Bewunderung für solche Dinge zu beobachten, und empfing dann den Dank dafür mit um so größerer Wonne. Bei meinem ersten Besuch wies sie jedoch das mitgebrachte Geschenk, eine Kette von aufgefädelten Muschelschalen, zurück. Wenn ich mein Gelübde breche, so sei dies meine Sache, aber wenn ich sie dafür auch noch entlohne, bringe dies gewiß Unglück. Doch falls ich wiederzukommen gedenke, könne ich sie beim nächsten Mal ja um so reicher beschenken. Die Kette aber müsse ich der Gottheit, der ich das Gelöbnis geschworen hatte, zum Opfer darbringen, sagte sie; ich solle die Muscheln zermahlen und in den Wind streuen, auf daß die Worte des Gelübdes verwehten wie Staub. Ich folgte ihr auch darin, wie ich ihr in allem folgte, und dies betraf vor allem die körperliche Liebe. Und so lehrte sie mich den Akt in einer Position auszuführen, von der ich später erfuhr, daß sie bei den Spaniern als ungehörig und abartig galt, da sie eher der Natur von Straßenkötern als der des Menschen entspräche. Bei den Indios ist das hingegen die übliche Position, was von vielen als Indiz dafür gewertet wird, daß sie zu den Tieren zu zählen sind. Nun, ich wußte es nicht besser und vertraute mich Sæk Chan an mit Haut und Haar, sie bestimmte über mich, und ich ließ sie dankbar über mich verfügen. Endlich gab es jemanden, der mir sagte, was ich zu tun und zu lassen hatte, und in allen Lebensbereichen wußte, was gut und was schlecht war. Sie kannte keine Zweifel; sie war sich stets ihrer selbst gewiß, und was immer sie tat, tat sie mit der größten Selbstverständlichkeit. Gerade deshalb erinnerte sie mich in jeder ihrer Regungen an die Momente der Hingabe, als gehörte es bereits zum Vorspiel, ganz gleich, ob sie nun den Haarknoten löste oder nur eine Strähne zurückstrich, während sie in einem Topf über der Feuerstelle rührte. Doch trotz des Verlangens, das sie in mir weckte, war sie vor allem eine Wohltat fürs Gemüt, bei ihr fühlte ich mich aufgehoben, durch sie kam ich zum ersten Mal, wie mir schien, wirklich zur Ruhe; doch diese währte nicht lange und schlug, wenn es das gibt, ins Gegenteil um.

Ich ging häufig zu ihr, genoß ihre Gegenwart, solange ich bei ihr war, und vermißte sie, sobald ich mich verabschiedete. Allmählich hatte ich begonnen, Pläne zu schmieden, mir vorzustellen, wie es wäre, für immer mit ihr zusammen zu sein, und zum ersten Mal hatte ich nicht mehr das Gefühl, aus Zamá fort zu wollen, um wieder unter meinesgleichen zu leben. Doch das änderte sich, als ich eines Tages einen Freier in ihr Haus gehen sah. Ich wartete. Er blieb lange. Und als er endlich gegangen war, brachte ich es nicht über mich, sie aufzusuchen. All ihre Reize wurden mir plötzlich vergällt von der Vorstellung, daß sie nichts weiter wären als eine wohlfeile Ware, von der jeder, der wollte, Gebrauch machen konnte. Von da an mied ich sie und ging zu anderen Frauen, die käuflich waren, und ich schwor mir, dies nicht noch einmal zu vergessen. Und damit ich es nicht vergaß, behandelte ich sie schlecht und ließ sie meine Verachtung spüren, und wenn sich eine beklagte, sagte ich, sie würden sich kaufen lassen, also seien sie Sklaven und verdienten eine dementsprechende Behandlung. Dabei war ich nicht einmal mehr großzügig wie früher, sondern wollte sie demütigen, indem ich hinterher um den Preis zu feilschen begann. Viele weigerten sich daher, mir weiterhin zu Willen zu sein, und bald waren es nur noch die, die aus Armut alles über sich ergehen ließen. Zumeist nahm ich sie gleich in der Hütte, vor der ich sie aufgelesen hatte, oft inmitten einer Kinderschar, die sie allein durchbringen mußten, weil ihre Angehörigen allesamt Hungers oder an den Pocken gestorben waren. Und auch sie demütigte ich. Ich hatte die Scham *und* das Mitgefühl verloren, ich kannte nur noch meine Gier, die ebensowenig zu stillen war wie der Durst durch das Wasser einer Fata Morgana.

Und dann ging ich doch noch einmal zu Sæk Chan, gewappnet, wie ich meinte, mit Haß und Verachtung und entschlossen, sie so zu behandeln, wie sie es meiner Ansicht nach verdiente. Ich sagte mir, daß sie nichts Besseres sei als alle anderen, eine Hure eben, und daß sie mich nur meiner mangelnden Erfahrung wegen habe verhexen können. Das würde ihr nicht noch einmal gelingen, denn nun wüßte ich, wie man mit ihresgleichen umspringt, dachte ich, und daß es mir eine Genugtuung sein werde, sie ihre Erbärmlichkeit spüren zu lassen – doch als ich ihr gegenüberstand, war mir ganz elend zumute. Ich nahm mich zusammen und sagte, sie möge nur gleich zur Sache kommen, hier das Geschenk, dafür würde mir eigentlich das ganze Haus samt Inventar, einschließlich sie selbst, gehören. Und damit holte ich eine Jademaske hervor, die dem Wert nach tatsächlich ein kleines Vermögen darstellte, denn während ich andere zu demütigen gesucht hatte, indem ich ihre Gegenleistung billig machte, wollte ich sie durch die Kostbarkeit des Geschenkes beschämen. Ich solle mich damit fortscheren, sagte sie, denn noch sei das ihr Haus, und jeder, der hier Gastrecht genieße, habe sich dementsprechend zu benehmen. Wer sie denn sei, daß sie sich so aufspiele und sich unterstehe, mir Vorschriften zu machen, rief ich, ein verkommenes Weibsbild, eine ehrlose Hure, nichts weiter. Wenn hier jemand ehrlos und verkommen sei, dann wäre ich das. Schon wie ich sie ansehe, sei entwürdigend, bestimmt fielen mir gleich die Augen heraus. Und erst der Ton, in dem ich mit ihr spreche. Ich solle verschwinden und mich hier nie wieder blicken lassen, sagte sie, ich aber beharrte darauf, schrie, es sei mein Recht, und drohte sogar damit, das Haus in Brand zu stecken, weshalb schließlich die Stadtwache einschreiten mußte. Und so kam alles dem König zu Ohren, was zu meiner Entlassung als dessen Haremswächter führte. Das hatte vor allem zur Folge, daß ich, nachdem ich meinen Besitz durchgebracht hatte, fortan selbst für meinen Lebensunterhalt aufkommen und mich wieder als Lastenträger verdingen mußte. Die Arbeit war hart und ich jeden Abend so erschöpft, daß ich auf mein Lager fiel und sofort einschlief. Auf diese Weise wurde ich meines Lasters entwöhnt und bin ihm auch später nicht mehr erlegen; ich erneuerte mein Gelübde und habe es gehalten bis zum heutigen Tag. Um Sæk Chan willen bedauere ich indes nicht, es gebrochen zu haben, und ich zähle auch nicht zu jenen, die sich auf tückische Verführungsmächte ausreden und Reue heuchelnd das Verlangen als Teufelszeug verdammen, denn dazu machen erst wir es. Wie viele erlebe ich, die von der Kanzel herab Entsagung predigen, und kaum kehren sie der Kanzel den Rücken, schon steht ihnen die Lüsternheit ins Gesicht geschrieben; und das Abscheulichste daran ist der Deckmantel der Ehrbarkeit, den sie darüber breiten.

Der Kampf beginnt

Im Februar des Jahres 1517 lief eine Flotte aus dem Hafen von Santiago de Cuba aus, unter dem Kommando von Francisco Hernández de Córdoba und mit dem

Ziel, Gefangene zu machen, die zur Sklavenarbeit in den Minen herangezogen werden sollten, da die Arbeitskräfte auf der in weiten Teilen bereits entvölkerten Insel allmählich knapp wurden. Über den Verlauf dieser Unternehmung berichtete mir später ein junger Kamerad, der damals an Bord eines der Schiffe war und der sich zwei Jahre darauf Cortés anschloß und wie ich zu dessen Gefolgsleuten zählte.

Sie segelten in westlicher Richtung und erreichten nach zwanzig Tagen Land, das, wie sie meinten, noch kein Spanier vor ihnen betreten habe. Sie gingen in der Gegend des Kap Catoche an der Nordspitze von Yucatán vor Anker. Von ihren Schiffen aus sahen sie eine Stadt, die etwa zwei Stunden landeinwärts lag und die größer war als jede Ansiedlung, die sie bisher gesehen hatten, weshalb sie ihr den Namen Groß-Kairo gaben. Eines Morgens kamen Eingeborene in großen Kanus angerudert, in welchen etwa vierzig, fünfzig Mann aufrecht stehend Platz fanden. Die Spanier winkten sie herbei, und etwa dreißig Indios kamen an Bord des Kommandoschiffes. Man gab ihnen zu essen und beschenkte sie mit grünen Glasperlen. Ihr Anführer ging an Deck umher und ließ sich dies und jenes zeigen, und die Spanier hatten ihre Freude, als er beim Wiehern eines Pferdes erschreckt zusammenfuhr. Am nächsten Tag kam er wieder und forderte die Spanier auf, mit ihm an Land zu kommen. Sie meinten, daß man es ihnen als Feigheit auslegen werde, wenn sie darauf nicht eingingen, indes müsse man auf der Hut sein und dürfe nur bewaffnet und in geschlossener Formation landeinwärts marschieren. Und die Vorsicht sollte sich bezahlt machen, denn als sie an einer Anhöhe vorbeikamen, gab der Anführer den Kriegern, die dort in einem Hinterhalt lagen, den Befehl anzugreifen. Die Spanier sahen sich plötzlich umzingelt, ein Pfeilregen ging auf sie nieder, in dem fünfzehn Soldaten verwundet wurden, zwei von ihnen sollten ihre Verletzungen nicht überleben. Dann rückten die Indios mit Lanzen und Speerschleudern gegen sie an, wobei sie keinerlei Furcht vor dem Krachen der Musketen zeigten. Doch der Überraschungsangriff mißlang, denn im Zweikampf waren ihre Waffen jenen der Spanier weit unterlegen, und ein Teil der Mannschaft schoß pausenlos mit ihren Armbrüsten und Musketen in die Menge. Sie brachten den Indios hohe Verluste bei, und auch deren Anführer wurde tödlich verwundet; sie machten einige Gefangene und schlugen die anderen in die Flucht. Nun zogen die Spanier in die Stadt ein, zerstörten die Tempel, raubten alles Gold, das sie finden konnten, und brachten es samt den Gefangenen auf die Schiffe. Angesichts der Beute entbrannte in ihnen eine Gier nach noch reicheren Schätzen, und sie setzten die Entdeckungsfahrt entlang der Küste fort. Sie kamen in eine Gegend, die die Indios Campeche nennen und der sie den Namen San Lazaro gaben, weil sie am Festtag des heiligen Lazarus dort von Bord gingen, um Wasser zu fassen. Auch hier gab es eine größere Ansiedlung mit vielen Tempeln, in welchen man auf reiche Beute hoffte, meinte man doch, leichtes Spiel zu haben, da man sich diesmal auf den Gegner besser würde einstellen können. Was sie indes nicht wußten, war, daß sie hier bereits von einem erwartet wurden, der auch ihre Taktik kannte.

Zum Zeitpunkt des Überfalls auf Ecab – denn dies

war die Stadt, der die Spanier den Namen Groß-Kairo gegeben hatten – befand sich Guerrero in der Region Campeche, wo er um Verbündete warb und Truppen für den Kampf gegen die Spanier ausbildete; und so kam es, daß die Maya die erste schwere Niederlage ausgerechnet dort erlitten, wo er sich kaum ein Jahr zuvor niedergelassen hatte.

Die Hauptleute schlugen Guerreros Warnung, nicht den offenen Kampf zu suchen, in den Wind und drängten Yat El, einen Angriff zu wagen. Der gab schließlich nach, machte indes zur Bedingung, kein Risiko einzugehen und aus einem Hinterhalt anzugreifen. Außerdem wies er seine Männer an, in Gruppen zusammenzubleiben, so wie es ihnen Guerrero vorgeführt hatte. Sie versprachen, sich an die Anweisungen zu halten, doch hinterrücks munkelte man, daß es Yat El an Mumm mangle, weil er gar solchen Respekt vor einem Feind zeige, dem man zahlenmäßig um ein Zigfaches überlegen sei; und das komme auch nur daher, weil er sich dauernd mit diesem Großtuer Guerrero abgebe, der wohl eher bestrebt sei, seine Landsleute zu schützen, als sie zu bekämpfen. Yat El übernahm es indes selbst, die Spanier in den Hinterhalt zu locken. Er ließ sich zu der Flotte rudern, wo man ihn aufforderte, an Bord zu kommen; und unter dem Vorwand, sich für die Beschaffenheit des Schiffes zu interessieren, begann er, die Mannschaftsstärke und die Art ihrer Bewaffnung zu erkunden. Und als er eins der Pferde wiehern hörte, tat er, als wäre er fürchterlich erschrocken, was die Männer belustigte und woraufhin sie ihm bereitwillig die Auskunft erteilten, daß sie nur zwei solcher Tiere mit sich führten. Wovor er sich indes wirklich fürchtete, waren die kläffenden Hunde, die an den Ketten zerrten und ihre Zähne bleckten, sobald ein Fremder vorüberkam, doch er merkte bald, daß sie seinem Blick auswichen und kläglich zu winseln begannen, wenn er sie fixierte und ihnen seinen Willen aufzwang, wie dies die Priester mit den Opfertieren tun. Den Spaniern gegenüber zeigte er sich von allem sehr beeindruckt und versprach, am nächsten Tag wiederzukommen. Die ganze Nacht über traf er Vorbereitungen und wies jeden an, was er zu tun habe. Man gab vor, alles genau zu befolgen, doch kaum hatte er seinen Leuten den Rücken gekehrt, schon hieß es, man wisse selbst gut genug, was zu tun sei und daß man diesen Bastarden das Herz bei lebendigem Leibe herausreißen werde. Yat El hatte großen Wert darauf gelegt, daß die Kanus mit Blumen geschmückt wurden und die Leute, die ihn begleiteten, ihre besten Gewänder trugen. Welche Verschwendung, rief darauf einer aus den Reihen der Krieger, der seinen Unmut nicht länger zurückhalten konnte, wo diese ja doch nur besudelt würden mit dem Blut des Feindes. Solange es nicht ihr eigenes Blut wäre, sei ihm jedes Opfer recht, erwiderte er. Mancher behauptete später, Yat El habe zu diesem Zeitpunkt schon geahnt, daß die Sache einen schlechten Ausgang nehmen werde, doch nun war es zu spät, die Leute davon zu überzeugen, daß sie womöglich im Begriffe seien, einen schweren Fehler zu begehen, jetzt half nur noch hoffen. Er stieg in eines der zwölf Kanus, die einen imposanten Anblick boten. Guerrero hatte ihm manches über die Spanier erzählt und ihn wissen lassen, daß deren größte Schwäche ihre Eitelkeit sei. Deshalb wollte er sie so empfangen, wie sie es allerorten zu erwarten schienen: als die Götter, deren Ankunft geweissagt worden war. Von Guerrero wußte er auch, daß sie Gold für das Wertvollste in der Welt erachteten und daß ihre Gier danach grenzenlos sei. Deshalb führte er einige Gegenstände aus Gold mit sich, gerade so viel wie ausreichen würde, um sie an Land zu locken. Außerdem hatte er köstliche Speisen zubereiten lassen, die sie ordentlich satt und für den Kampf träge machen sollten. Sie ruderten zum Kommandoschiff, wo sie Francisco Hernández in voller Rüstung empfing. Yat El überreichte ihm die Geschenke und ließ die Speisen auftragen, doch die Spanier vermuteten wohl, daß diese vergiftet wären, und fütterten vor aller Augen damit ihre Hunde. Dies war eine unverhohlene Beleidigung, und einige in Yat Els Gefolge raunten, daß man dies nicht ungesühnt hinnehmen dürfe, er aber mahnte sie, kühlen Kopf zu bewahren, damit die Spanier keinen Verdacht schöpften, denn dann säßen sie selbst in der Falle; dafür werde man es ihnen doppelt heimzahlen, wenn man erst Gelegenheit dazu habe. Yat El kannte seine Männer und wußte, daß es nur diese Aussicht war, die sie daran hinderte, sich auf den Feind und sie alle damit ins sichere Verderben zu stürzen. Doch wie lange würden sie sich noch beherrschen können? Er durfte nicht zulassen, daß die Lage außer Kontrolle geriet, also mußte er dafür sorgen, daß sie schnell von hier wegkamen. Daher lud er den Kommandanten ein, mit in sein Haus zu kommen, und gab dies durch viele Gesten und wenig Worte zu verstehen, die er so lange wiederholte, bis auch der letzte Spanier an Bord ihre Bedeutung begriffen zu haben schien, während die anderen beratschlagten, ob sie darauf eingehen sollten.

Schließlich willigten sie ein und bestiegen die Kanus und eines ihrer eigenen Boote samt den Hunden und eines der Pferde, das sie mittels Seilwinden herabließen. Als sie indes sahen, daß an der Küste immer mehr Indios zusammenliefen, weigerten sie sich zunächst, Yat El ins Landesinnere zu folgen. Doch der verstand es mit viel Geschick und weiteren Goldgeschenken, sie außerhalb der Reichweite der schweren Kanonen an Bord der Schiffe zu locken, so daß man von diesen aus nicht in den Kampf würde eingreifen können. Guerrero hatte immer vor der verheerenden Wirkung dieser Waffen gewarnt, weshalb Yat El darauf achtete, daß der Angriff nicht zu früh erfolgte. Bis zuletzt fürchtete er, daß die Hunde eine Witterung aufnehmen und den Anschlag vereiteln könnten, doch der Wind stand günstig und die Rauchschalen, die er hatte aufstellen lassen, taten ein übriges. An der vereinbarten Stelle stieß er seinen Kriegsruf aus und ging mit seinen Leuten in Deckung. Trotz der Eisen- und Lederpanzer, die die Spanier trugen, taten die Pfeile ihre Wirkung. Er hatte den Bogenschützen eingebleut, daß sie vor allem auf die Beine zielen sollten, da diese am wenigsten geschützt wären. Das Pferd wurde von einem Speer in die Flanke getroffen, so daß es samt dem Kommandeur zu Boden stürzte. Er blieb jedoch unverletzt und gab Befehl, daß sich die Musketenschützen bereitmachen sollten. Obwohl die erste Salve etliche Angreifer niederstreckte, hatte dies nicht die erhoffte Wirkung, da die Spanier damit rechneten, den Indios dadurch Angst einzujagen und sie in die Flucht zu schlagen, wie man dies von allen Gegenden her kannte, wo zum ersten Mal Spanier landeten. Diese aber taten, als wären sie taub, und setzten ihre Angriffe fort. Darauf waren die Spanier nicht gefaßt und traten den Rückzug an. Einer um den anderen fiel getroffen zu Boden, einige mußten getragen werden, etliche schleppten sich nur noch mit letzter Kraft dahin. Der Sieg schien den Indios nicht mehr zu nehmen, doch angesichts des beinah bezwungenen Gegners überkam sie die Kampflust, und jeder stürmte los, um einer derer zu sein, die den unbesiegbaren Spaniern den Garaus machten, zumal ihrer so wenige wären, daß, wie man vor dem Kampf hinter Yat Els Rücken gemunkelt hatte, man sich würde beeilen müssen, um nicht das Nachsehen zu haben. Allen voran stürmten die Hauptleute auf die Spanier los, die eigentlich dafür hätten sorgen sollen, daß die Kämpfer in Verbänden zusammenblieben, um einander Deckung zu geben. Und nun waren sie die ersten, die die Schärfe der eisernen Klingen zu spüren bekamen. Obendrein war nun den Bogenschützen die Sicht verstellt, weshalb sie nach ihren Äxten griffen und sich gleichfalls ins Getümmel warfen, doch dort herrschte bereits heillose Verwirrung, da jeder auf eigene Faust kämpfte und sich niemand mehr an die Anweisungen hielt, die man ihnen erteilt hatte. Yat El kämpfte in vorderster Linie mit und war zudem bemüht, wieder Ordnung in die eigenen Reihen zu bringen, doch seine Leute waren zu sehr mit dem Gegner beschäftigt, als daß sie seinen Anordnungen hätten Folge leisten können. Schließlich streckte ihn ein Spanier mit einem Schwerthieb nieder, so daß er schwer verwundet am Kampfplatz liegen blieb. Als dies die Indios sahen, ergriffen sie Hals über Kopf die Flucht und überließen den Spaniern das Feld. Mit Francisco Hernández de Córdoba an der Spitze zogen sie im Triumphzug in die Stadt ein, plünderten die Tempel und schändeten die Heiligtümer. Zum Zeichen ihres Sieges errichteten sie ein Holzkreuz und hielten einen Dankgottesdienst ab, dies alles vor den Augen der Einwohner von Ecab, um ihnen noch größere Schmach anzutun. Dann befahlen sie, Wasser und Proviant auf ihre Schiffe zu bringen, und nahmen zwei als Gefangene mit, denen sie die Namen Melchior und Julian gaben. Yat El erlag seinen Verletzungen und wurde, als die Spanier abgezogen waren, in einer feierlichen Prozession beigesetzt. Von da an galt er als der erste Heerführer, der im Kampf gegen die Eroberer gefallen war. Es würden und werden ihm wohl noch etliche folgen. Seine Geschichte aber machte im ganzen Land die Runde und wurde fortan immer und immer wieder erzählt, und sie endete jedesmal damit, Yat El hätte Guerrero am Sterbebett ausrichten lassen, er möge ihm verzeihen, daß er ihn so schlecht vertreten habe. Als Guerrero die Nachricht vom Tod seines Freundes erhielt und man ihm dessen letzte Botschaft überbrachte, schwor er den Spaniern ewige Feindschaft.

Fünfter Teil

Guerrero erklärt Spanien den Krieg

Von Ecab aus fuhr Francisco Hernández westwärts immer der Küste entlang. Der vielen Untiefen wegen segelten sie nur bei Tag und gingen nachts vor Anker. Dann folgten sie der Küste weiter Richtung Süden, und deren Verlauf nach meinten sie, dieses Land wäre eine Insel. Schließlich gelangten sie zu einer Bucht, an der eine große Stadt lag. Ihre Wasservorräte waren knapp, und sie beschlossen, an Land zu rudern, um ihre Fässer zu füllen. Sie hatten gehofft, hier auf eine Flußmündung zu stoßen, in die sie mit den kleineren Booten einfahren könnten, aber das Meer war so seicht, daß sie nicht nah genug an die Küste herankamen. Außerdem gab es dort keinen Fluß, weshalb sie erst recht den weiten Weg zu einer Wasserstelle zurücklegen mußten, zu der sie ein alter Indio führte. Ob sie über das Meer im Osten gekommen wären, wollte er wissen, und als man dies bejahte, lächelte er zufrieden und rief allen, die ihnen begegneten, zu: Castilán, Castilán![1] Später würden die Spanier behaupten, sie hätten nicht begriffen, was damit gemeint war, doch wie mir mein

[1] s. Anm. S. 122

Gewährsmann, dessen Namen ich niemals preiszugeben geschworen habe[1], unter dem Eindruck meiner Leidensgeschichte und geplagt von Schuldgefühlen bekannte, verstanden sie sehr wohl, was dies zu bedeuten hatte, nämlich daß sie keineswegs die ersten Spanier waren, die hier landeten. Indes konnten sie davon ausgehen, daß es sich bei diesen *bloß* um Schiffbrüchige handelte, zumal man über Kurs und Ziel jeder Expedition im Bilde war und man von keiner gehört hatte, die in diese Breiten führen sollte. Man erklärte es kurzerhand für ausgeschlossen, daß die armen Leutchen, die hier an Land gekrochen sein mochten, noch am Leben wären, und einigte sich darauf, Stillschweigen darüber zu bewahren, zum einen, um sich nicht um den Ruf zu bringen, als erste Spanier dieses Land betreten zu haben, zum anderen, um sich einen womöglich langwierigen Erbstreit um den Anspruch auf die Nutzungsrechte der entdeckten Gebiete zu ersparen. Deshalb also fragte man nicht weiter nach und tat die längste Zeit so, als wisse man von nichts; zu verlockend war die Aussicht auf Wohlstand und Reichtum. Diese erfüllte sich nicht; mich aber kostete es zwei weitere Jahre in Gefangenschaft.

Die Spanier wurden von einigen sehr prächtig gekleideten Indios aufgefordert, mit ihnen in die Stadt zu kommen, wo sie sich von ihren Strapazen erholen könnten und man sie reichlich bewirten wolle. Obwohl Francisco Hernández abermals einen Überfall befürch-

---

[1] Gemeint ist vermutlich Bernal Diaz del Castillo, der in seinem Bericht »Die Eroberung von Mexiko« beschreibt, wie Aguilar freikam.

tete, gab er dem Drängen der Soldaten nach, die seine Bedenken zu beschwichtigen suchten und sich überzeugt gaben, mit diesen Leuten schon fertigzuwerden. Zudem betrugen sie sich derart zuvorkommend, daß man sie für das friedfertigste Volk der Welt hätte halten mögen. Dieser Eindruck wurde indes bald auf das Schlimmste enttäuscht, denn man führte die Spanier in einen Tempel, in dem das Blut rund um den Altar kaum getrocknet war, und wies auf die Köpfe, die man vom Rumpf der Opfer abgetrennt und auf lange Stangen aufgespießt hatte. Nun erschienen auch Frauen und Kinder, und alle lächelten ihnen freundlich zu, sie aber wurden das Gefühl nicht los, dies sei, als wenn man ein Vieh tätschelt, das man gleich schlachten wird. Dann erschienen Priester mit blutverklebten Haaren, die ihre Rauchpfannen schwenkten. Sie steckten ein Strohbündel in Brand und gaben den Spaniern zu verstehen, daß sie das Land zu verlassen hätten, ehe das Bündel zu Asche zerfallen sei. Daraufhin zog sich Francisco Hernández mit seinen Leuten zurück, und sie gelangten wohlbehalten an Bord ihrer Schiffe. Sie fuhren weiter nach Süden, doch da ihre Fässer leck waren, mußten sie bald wieder an Land und gingen in einer Bucht vor Anker. Als sie die Küste erreichten, war es bereits Abend. Sie stellten Wachen auf und machten sich daran, die Fässer abzudichten. Plötzlich hörten sie großen Lärm und sahen sich von Tausenden von Indios umzingelt, allesamt bewaffnet und in Kriegsbemalung. Die ganze Nacht über waren Trommeln und das Kriegsgeschrei der Indios zu hören. Gegen Morgengrauen wurde es plötzlich still. Noch hatte sich der Nebel nicht gelichtet, und man konnte kaum etwas erkennen. Da vernahmen sie eine Stimme, und sie trauten ihren Ohren kaum, denn da redete sie in fließendem Spanisch. Nun wußten sie, woher die Indios den Ausdruck Castilán kannten. Wer der Kommandant sei, wollte er wissen. Man nannte ihm den Namen.

»Hat man Euch, Francisco Hernández de Córdoba, denn nicht bekundet, daß Ihr in diesem Lande nicht willkommen seid? Was also treibt Ihr noch hier?«

Er sei gekommen, um im Namen Seiner Majestät, dem König, von dieser Insel Besitz zu ergreifen, und wenn er ein Landsmann sei, so möge er sich ihnen anschließen. Zuviel der Irrtümer, erwiderte dieser, zum einen sei dies keine Insel, zum anderen gehöre dieses Land den Menschen, die hier lebten, und daß Seine Majestät wohl darauf verzichten müsse, denn man werde jeden Spanier, lebend oder tot, ins Meer zurückwerfen, über das er gekommen sei. Und damit man es nicht als leere Drohung erachte, werde man an ihnen ein Exempel statuieren. Dem König aber möge man ausrichten, daß er, Gonzalo Guerrero, im Namen des Volkes der Maya Spanien hiermit den Krieg erkläre, bis Seine Majestät für alle Zeit Verzicht auf deren Länder leiste und die Hoheit und Rechtmäßigkeit der eingeborenen Herrscher anerkenne.

Im nächsten Augenblick ging ein Pfeilregen auf Francisco Hernández und seine Leute nieder. Fünfzig von ihnen starben auf der Stelle, die anderen ergriffen die Flucht und rannten um ihr Leben. Sie schlugen sich den Weg frei und stürzten sich in die Boote, diese aber waren von den Indios beschädigt worden und sanken, weshalb sie sich schwimmend auf das kleinste der Schiffe retten mußten, das möglichst nahe der Küste ankerte. Die Indios setzten ihnen in Kanus nach, und obwohl man von den Schiffen aus den Kameraden Feuerdeckung gab, wurden noch etliche verwundet, fünf von ihnen so schwer, daß sie ihren Verletzungen erlagen. Zwei Soldaten gerieten in Gefangenschaft und wurden vor den Augen aller geopfert. Den Hauptmann brachte man schwer verletzt an Bord, man zählte an ihm dreiunddreißig Wunden[1]. Ein einziger kam mit heiler Haut davon.

Der Kampf hatte kaum eine halbe Stunde gedauert, doch damit war die Expedition gescheitert, und sie nahmen Kurs nach Cuba. Während der gesamten Fahrt hatten sie großen Durst zu leiden, da die Fässer an der Küste zurückgeblieben waren und die Wasservorräte nur noch für wenige Tage reichten. Zerschunden und halb verschmachtet statt ruhmreich und wohlhabend, liefen sie in den Hafen von Carenas[2] ein, wo Francisco Hernández de Córdoba wenig später an den Folgen seiner Verletzungen starb. Doch nun, da der Kommandant tot war, gab es niemanden, der es gewagt hätte, dem Gouverneur über das Vorgefallene Meldung zu machen und von dem abtrünnigen Spanier zu berichten, der Seiner Majestät den Krieg erklärt hatte, denn dies auch nur zu übermitteln, erschien jedem bereits wie Hochverrat. Und so verschwieg man und verschweigt es bis zum heutigen Tag, daß Spanien der Krieg erklärt worden war.

---

[1] Vermutlich eine Anspielung auf die Christusjahre; mit 33 wurde Christus gekreuzigt.

[2] später Havanna

Ein Jahr darauf versuchte Juan de Grijalva sein Glück, doch ihm erging es kaum besser als seinem Vorgänger, obgleich er statt des Lebens nur zwei Zähne einbüßte, die ihm in einem Kampf ausgeschlagen wurden; und keinem, der ihm folgte, ist es bisher gelungen, den Widerstand zu brechen und die Maya zu unterwerfen. Man nennt Yucatán deshalb die Nuß, die es noch zu knacken gilt, denn die größten Heerführer beißen sich an ihr die Zähne aus, und oft ist die Gegenwehr so heftig, daß die Angreifer selbst in ärgste Bedrängnis geraten. Guerrero leistet demnach ganze Arbeit. Von den Spaniern wird er gefürchtet wie kein anderer, und schon vergleicht man ihn mit Gestalten aus der Geschichte wie Hannibal oder El Cid[1], denn obgleich man ihn zum Gegner hat, bringt man ihm große Achtung entgegen und ist sogar ein wenig stolz, daß es einer aus den eigenen Reihen ist, der sich ihnen zu widersetzen vermag. Zumindest leidet die Selbstachtung der Conquistadoren nicht so sehr darunter, als wenn sie eingestehen müßten, einem dieser Wilden unterlegen zu sein, denen sie nicht mehr Verstand zubilligen als ihrem Pferd. Deshalb könnte man mitunter meinen, Guerrero wäre überall und an mehreren Orten zugleich, denn wo immer einer Blessuren davonträgt, heißt es gleich, Guerrero hätte die Hand im Spiel gehabt. Was ihn so gefürchtet macht, sind sein taktisches

[1] Spanischer Nationalheld; eroberte 1094 für Kastilien das damals maurische Valencia.

Geschick und seine außergewöhnlichen Kampfmethoden, durch die er den Gegner immer wieder zu überrumpeln versteht. So ließ er etwa Gräben ausheben und in der Weise abdecken, daß Indios, die zum Schein die Flucht ergriffen, darüber laufen konnten, während die Reiterei, die sie verfolgte, einbrach und schwere Verluste zu verzeichnen hatte. Zudem sorgte er dafür, daß die verschiedenen Truppenteile im ungewissen über das Schicksal der Kameraden blieben, und während die einen dachten, jene wären vernichtend geschlagen, machte man die anderen glauben, die Flotte, die sie aufnehmen sollte, sei in einem Unwetter zerschellt und gesunken. Doch beim nächsten Mal ließ er zutreffende Meldungen verbreiten und führte damit die Spanier erst recht in die Irre, da diese, mißtrauisch geworden, so reagierten, als wäre das Gegenteil davon wahr. Und indem er die Streitmacht auseinanderriß, schwächte er die Schlagkraft des Gegners entscheidend und konnte aus dem Hinterhalt nun auch Überfälle wagen, ohne seine eigenen Leute dadurch in Gefahr zu bringen. Zudem hatte er in weitem Umkreis sämtliche Dörfer räumen lassen, so daß die Truppen in eine menschenleere Gegend vordrangen, wo sie mehr mit Hunger, Hitze und der Mückenplage zu kämpfen hatten als gegen den Feind. In den größeren Siedlungen dagegen bereitete man den Spaniern stets einen freundlichen Empfang, um ihnen keinen Vorwand zu Plünderungen und Brandschatzungen zu geben.

Zu der Zeit, als Grijalva seine Expedition antrat, wußte man freilich noch nicht, mit welchem Gegner man es zu tun hatte, zumal die Leute des Francisco Hernández darüber Stillschweigen bewahrt hatten. Nur dem Steuermann, der auch diesmal wieder mit dabei war (wie auch im Jahr darauf unter Cortés), rutschte einmal heraus, von den Indios das Wort Castilán vernommen zu haben, was auch prompt zu Debatten führte, ob in dieser Gegend etwa versprengte Spanier oder Schiffbrüchige lebten, und ob es nicht ihre Verpflichtung wäre, dem nachzugehen und nötigenfalls alles zu deren Rettung zu unternehmen. Doch Grijalva meinte, das könne sonstwas bedeuten und daß man sich und die Unternehmung nicht mit Wortklaubereien aufhalten möge.

Diesmal segelten sie einen südlicheren Kurs und erreichten die Insel Cozumel, die wenige Meilen vor Yucatán liegt. Sie fanden die Dörfer verlassen vor, denn die Leute hatten sich aus Angst in die Berge zurückgezogen. Dann fuhren sie weiter die Ostküste entlang und entdeckten mehrere große Siedlungen, und eine davon, mit ihrem weißen Tempel an der Steilküste, verglichen sie an Größe und Schönheit sogar mit Sevilla.

Als ich die Nachricht vernahm, meinte ich, das Herz bliebe mir stehen.

»Die Spanier kommen! Die Spanier kommen!« riefen die Leute durcheinander, und ein jeder ließ alles liegen und stehen und lief zur Küste. Zuerst war nichts zu erkennen, da es sich plötzlich eingetrübt hatte, und einige meinten schon, daß sich wohl jemand einen Scherz erlaubt habe, doch plötzlich deutete ein Mädchen nach Norden.

»Da!« sagte sie, und jetzt sahen es alle, sahen das Segel, das aus einem Dunstschleier auftauchte, und dann das Schiff selbst, und dann noch eines und noch eines und noch ein viertes. Ich hetzte zum Palast und rannte den Tempelberg hinauf, um besser sehen zu können, welchen Kurs sie nahmen und ob sie vielleicht in der Nähe vor Anker gingen, doch sie behielten ihren Kurs bei. Um mich herum herrschte eisiges Schweigen. Jeder sah den riesigen Fahrzeugen nach, von denen alle zwar schon gehört hatten, doch die wenigsten waren auf einen solchen Anblick gefaßt. Und nun glitten diese Ungetüme vorbei, und mit ihnen waren die Weissagungen von Krieg und Vernichtung erstmals Wirklichkeit geworden.

Mir aber stiegen die Tränen in die Augen. So greifbar nah schien die Rettung und war doch außer Hörweite. Nie habe ich mich so elend und verloren gefühlt, nie solche Trauer über mein Schicksal empfunden wie im Moment, als die Flotte auf gleicher Höhe lag und ich mit ansehen mußte, wie sie sich allmählich wieder entfernte und am Horizont verschwand. Die Indios starrten den Schiffen noch lange nach, ich aber fiel auf die Knie und weinte bitterlich.

Das Ablenkungsmanöver

Juan de Grijalva segelte in südlicher Richtung, ohne an Land zu gehen, und erreichte schließlich eine Bucht, der er nach dem Tag ihrer Entdeckung den Namen Himmelfahrtsbucht gab. Dann kehrte er um und nahm den gleichen Kurs wie sein Vorgänger. Demnach hat die Flotte Zamá ein zweites Mal passiert, doch der Strömung wegen in größerer Entfernung zur Küste; deshalb wurde sie auch nicht mehr gesichtet, obwohl die

Maya von nun an häufig den Blick gen Osten richteten und nach Schiffen Ausschau hielten.

Auch diesmal wurden die Spanier, wo immer sie an Land gingen, heftig attackiert und mit einem Steinhagel empfangen, erst weiter im Norden zeigten sich die Leute umgänglicher und wollten mit ihnen Handel treiben. Die Indios merkten bald, daß die Spanier nur an Gold interessiert waren. Man verspottete sie wegen ihrer unbändigen Gier danach und nannte sie *die Tiere, die sich vom gelben Metall ernähren*. Auch trieb man allerlei Späße mit ihnen, schickte sie dorthin und dahin und schwärmte ihnen von Gegenden vor, wo die Flüsse so viel Gold mit sich führten, daß sie davon glitzerten. Doch dann war es gerade einmal eine Handvoll glänzender Staub, für die sich die Spanier im kalten Wasser blaugefrorene Füße holten, worauf die Indios meinten, mit dem Gold sei es eben wie mit den Fischen, die in bestimmten Jahreszeiten in Schwärmen vorkommen, und die restliche Zeit finde man keinen einzigen ihrer Art. Und die Spanier glaubten auch das, ihre Gier hatte ihnen den gesunden Menschenverstand geraubt, und die kaum nennenswerten Funde nahmen sie als Indiz dafür, daß sie auf der richtigen Spur wären und bald schon unermeßliche Schätze entdecken würden. Und so lebten sie ständig in dem Wahn, jetzt ihr großes Glück zu machen – oder jedenfalls das, was sie dafür hielten. Doch aufgrund der immer wieder enttäuschten Hoffnung wurden sie zusehends gereizter, und statt der grünen Glasperlen, gegen die sie anfangs Schmuck und kleine Figuren aus minderwertigem Gold eingetauscht hatten, gab es nun Schläge, um diesen verstockten Hunden, wie es hieß, hinter ihr Geheimnis zu kommen, wo sie die wirklich wertvollen Gegenstände versteckten. Das fiel den Indios mit der Zeit ziemlich lästig, und sie überlegten, wie sie die Fremden loswerden könnten. Dafür hätten sie deren Schiffe sogar eigenhändig bis zum Rand mit Gold angefüllt, damit sie allesamt beim ersten Wellenschlag untergingen und man ein für allemal Ruhe vor ihnen hätte, aber in den meisten Gegenden war Gold so rar, daß man bereits Mühe hatte, gerade einmal soviel aufzubringen, um das erhitzte Gemüt der Spanier ein wenig zu besänftigen. Daß sie im Kampf unterliegen würden, war nur allzu offenkundig, zumal Grijalva die Lehren aus den Niederlagen seines Vorgängers gezogen und für bessere Ausrüstung gesorgt hatte; und so sehr die Indios auch auf Rache sannen, taten sie dennoch nichts Unüberlegtes und ließen sich nicht dazu hinreißen, Streit anzufangen. Denn selbst wenn es gelang, die Spanier zu bezwingen, wie lange würde es dauern, bis die nächsten hier wären mit noch mehr Schiffen und noch mehr Kanonen. Nein, man mußte dafür sorgen, daß sie in Zukunft hier erst gar nicht mehr an Land gingen, indem man ihr Interesse dorthin lenkte, wo tatsächlich Aussicht bestand, daß sich all ihre Wünsche erfüllten und sie irgendwann genug hätten und für immer dahin zurückkehrten, woher sie gekommen waren – so dachte man jedenfalls. Und sie begannen, eher beiläufig, da die Spanier allem Glauben schenkten, das irgendwie geheimnisvoll klang, begannen also, von einem riesigen Reich im Landesinneren zu erzählen, in dessen Hauptstadt man ungeheure Schätze angesammelt hätte, so daß es in den Palästen eigens Kammern gäbe, die bis obenhin angefüllt wären mit Gold und Smaragden.

Alle Völker hier im Umkreis wären dem Herrscher dieses Landes tributpflichtig, und sie hätten schwer unter dieser Knechtschaft zu leiden, denn was immer sie besaßen, hätten dessen Krieger bereits fortgeschleppt, und das wenige, das man hatte retten können, wäre man nun auch noch los, klagten sie. Señor Grijalva und seine Leute sollten sich deshalb an diesen wenden, wenn ihnen das, was man dem nun doppelt gestraften Volk fortgenommen habe, zu wenig sei. Die Augen der Spanier funkelten vom Glanz der Schätze, die sie in ihrer Vorstellung bereits erbeutet hatten. Von da an gaben sie sich leutselig und kinderlieb und zeigten sich um so freundlicher, je mehr man ihnen von diesem Land erzählte; sie verteilten Geschenke an jene, die ihnen Hoffnung auf unermeßlichen Reichtum machten, und ließen sich in ihrer Euphorie gegenüber den sonst verachteten Wilden zu der Bemerkung hinreißen, daß sie, egal ob Spanier oder Indio, im Grunde alle Menschen wären.

Dieses Land, so sagte man, sei das Reich der Mexica und werde deshalb Mexico genannt, und ihr Herrscher sei der mächtigste König der Welt und heiße Moteczuma. Der mächtigste wohl kaum, erwiderte Grijalva, denn das sei zweifellos Seine Majestät, der König von Spanien, und man werde dies zu beweisen wissen. Nun, damit war man seither zur Genüge beschäftigt, weshalb man kaum noch Augenmerk auf Yucatán richtete und der abtrünnige Spanier namens Guerrero schon beinah in Vergessenheit geriet.

Wie ich nach acht Jahren endlich freikam

Tag für Tag stand ich an der Küste und hielt nach der Flotte Ausschau, und selbst als ich die Hoffnung, jemals von hier wegzukommen, bereits aufgegeben hatte, kehrte ich immer zur gleichen Stunde an den gleichen Ort zurück und malte mir aus, wie das Leben wohl anderswo aussehen mochte, denn seit dem Anblick der Schiffe waren die Erinnerungen deutlicher, das Heimweh stärker denn je. Und weil es mir Linderung verschaffte, begann ich manches davon festzuhalten, das mir so durch den Kopf ging, und allmählich entstand der Plan, meine Lebensgeschichte niederzuschreiben und jenen als Vermächtnis zu hinterlassen, die dereinst hier landen und vielleicht diese Aufzeichnungen finden würden, denn ich rechnete nicht damit, diesen Tag noch zu erleben. Doch nun ist es anders gekommen, und deshalb gab es manches nachzutragen, zumal sich vieles jetzt anders darstellt, als ich es damals zu beurteilen vermochte. Außerdem bin ich noch zu erzählen schuldig, wie es zu meiner Befreiung kam, nachdem diese bereits vereitelt schien.

Zu jener Zeit hatte der Gouverneur seinen Sitz in Santiago de Cuba und nicht mehr auf der Española, wie damals, als ich mich dort aufhielt. Als Grijalva nach acht Monaten zurückkehrte, beschloß man, umgehend ein neues Geschwader auszurüsten, doch fehlte es an einem geeigneten Kommandanten, da man in seiner Abwesenheit Verleumdungen über Grijalva in die Welt gesetzt hatte und er deshalb in Ungnade gefallen war. Nun gab es freilich keinen Abenteurer, der nicht darauf erpicht gewesen wäre, diese Expedition anzuführen, doch kaum einer war dazu wirklich geeignet, und so ernannte der Gouverneur schließlich Hernan Cortés zum Generalkapitän, der zwar wenig Geld, aber sehr viel Ehrgeiz besaß. Wiewohl niemand seine Fähigkeiten in Frage stellte, rief seine Ernennung großen Unmut hervor, da einige fürchteten, er könne zu mächtig werden und ihren Interessen schaden. Manch einer hätte es deshalb lieber gesehen, wenn eine nicht gar so strebsame Person Kommandant geworden wäre, selbst auf die Gefahr hin, daß damit das ganze Unternehmen auf dem Spiel stand. Cortés wußte von den Intrigen, die gegen ihn im Gange waren, und drängte auf einen raschen Aufbruch. Er traf umgehend alle Vorbereitungen, ließ alle Schiffe überholen und rekrutierte die Mannschaft selbst. Doch noch während er damit beschäftigt war, Geld für Bewaffnung und Verpflegung einzutreiben, suchten seine Gegner, den Gouverneur gegen ihn aufzubringen. Cortés setzte eiligst Segel und fuhr die Insel ab, um Pferde zu kaufen und weitere Soldaten anzuwerben; da erreichte ihn die Nachricht, daß sich der Gouverneur nun doch anders entschieden und ihm das Kommando entzogen habe. Cortés widersetzte sich diesem Bescheid und lief bei Nacht mit der gesamten Flotte aus; dem Gouverneur aber ließ er ein Schreiben überbringen, in dem er ihn seiner Treue und Ergebenheit versicherte. Elf Schiffe und rund fünfhundert Mann standen unter seinem Befehl, und kaum einer war darunter, der nicht sein Leben für ihn gegeben hätte, von so einnehmendem Wesen war er. Er nahm Kurs auf Cozumel, die Insel, die vor ihm bereits Grijalva angelaufen hatte. Hier vernahm Cortés zum ersten Mal, daß die Spanier von den Indios Castilán genannt wurden. Er fragte, was dies zu bedeuten habe, und erfuhr, daß in der Nähe zwei seiner Landsleute lebten, die hier als Schiffbrüchige gelandet wären und nun in den Diensten eines mächtigen Herrschers stünden. Daraufhin schickte Cortés indianische Kaufleute als Boten aus, um mit diesen Kontakt aufzunehmen.

Ich hatte gerade einen Sack Mais auf den Schultern, als ein Händler, mit dem ich erst einige Tage zuvor ein paar Worte gewechselt hatte, auf mich zugelaufen kam und mir schon von weitem zurief, er hätte eine Nachricht für mich. Mein erster Gedanke galt Doña Insunta, und für einen Augenblick meinte ich, sie wäre noch am Leben, oder aber es müsse sich ein Brief gefunden haben, der auf dem Weg verloren oder vergessen worden war und nun nach Jahren doch noch eintraf. Ich setzte den Sack ab und wollte schon nach dem Brief greifen, den er mir unter die Nase hielt, da erst fiel mir das Wachssiegel auf. Ich wischte die Hände an meinem Hemd ab und nahm ihn zögernd entgegen, dann hockte ich mich auf den Sack und begann zu lesen, las von einer Flotte, die vor der Insel Cozumel vor Anker liege, und man hätte in Erfahrung gebracht, daß zwei Spanier in der Gewalt der Indios lebten. Den Boten habe man einen Beutel mit grünen Glasperlen mitgegeben, die als Lösegeld gedacht seien; acht Tage blieben uns, um zu ihnen zu stoßen, dann werde man weitersegeln. Der Händler überreichte mir den Beutel, und vor Aufregung fiel er mir aus der Hand, so daß die Glasperlen in den Staub kollerten und ich sie einzeln auflesen mußte. Dann lief ich damit zum König, warf mich vor ihm auf den Boden und bat ihn um meine Entlassung und um die Erlaubnis, mich den Landsleuten anschließen zu dürfen. Ich übergab ihm den Beutel und sagte, dies sei der Preis, den sie für mich, seinen Sklaven, zu zahlen bereit wären. Er nahm eine Perle heraus und hielt sie ins Sonnenlicht. Ob das für uns Spanier von hohem Wert sei, fragte er, und ich gestand, daß es unsereiner als völlig wertlos erachte und daß man ihn bei diesem Handel zu betrügen suche. Er würdigte meine Offenheit und sagte, um dieser willen wolle er mir die Freiheit schenken. Immerhin wären die Perlen hübsch anzusehen, deshalb werde er diese eine als Andenken behalten; die anderen möge ich mit mir nehmen und den Señores ausrichten, daß sie noch merken würden, wie teuer dem Volk der Maya die Freiheit sei. Ich dankte ihm für seine Großmut, doch erbäte ich Freiheit nicht nur für mich selbst, sondern auch für den Gefährten aus früheren Tagen, für Gonzalo Guerrero, der außer mir als einziger noch am Leben sei von denen, die nach langer Irrfahrt hier Schutz und Aufnahme gefunden hätten. Ja, jetzt, wo ich es erwähne, entsinne er sich wieder, und wiewohl Guerrero für ihn und sein Volk längst einer der ihren geworden sei, werde es sich nun wohl erweisen, wohin er wirklich gehöre. Damit entließ er mich und wünschte mir Glück und ein langes Leben.

Ich machte mich sofort auf den Weg nach Ecab. Dort erfuhr ich, Guerrero sei nicht in der Stadt, und man erwarte ihn erst in den nächsten Tagen zurück. Ich verschob die Abreise und wiegte mich in der Zuversicht, daß ein paar Tage auf oder ab keine Rolle spielten. Doch Guerrero kam nicht, und allmählich wurde ich ungeduldig. Schließlich war es höchste Zeit, und ich beschloß, alleine aufzubrechen; das Kanu, das mich zum vereinbarten Treffpunkt bringen sollte, war bereits fertig zum

Auslaufen, da erreichte mich die Nachricht, Guerrero sei eben angekommen. Ich eilte zurück nach Ecab und traf ihn in seinem Haus an. Er begrüßte mich herzlich, und ehe ich mich's versah, war ich von seiner Familie und sämtlichen Hausbewohnern umringt, so daß ich Mühe hatte, mir bei ihm Gehör zu verschaffen. Endlich fand ich Gelegenheit, ihn unter vier Augen zu sprechen, legte ihm in aller Eile den Grund meines Besuches dar und sagte, daß ich nicht hier wäre, um von ihm Abschied zu nehmen, sondern ihn zu überreden, mit mir zu kommen und sich gleichfalls den Spaniern anzuschließen, die diese Glasperlen geschickt hätten, um uns freizukaufen. Es ehre ihn, daß ich seinetwegen diesen Umweg in Kauf genommen habe, erwiderte er, aber er werde nicht mit mir kommen. Er stehe nicht nur einem Herrn, sondern einem ganzen Volk im Wort, und davon könne ihn niemand entbinden, ohne daß er das Gefühl hätte, Verrat zu begehen. Daraufhin wurde ich zornig und sagte, im Falle Spaniens und der Krone sei ihm dies wohl leichter gefallen. Er entgegnete, dem Vaterlande wäre man nur von Geburts wegen verpflichtet, weshalb es nichts Unredliches sei, diesen Umstand nachträglich richtigzustellen. Außerdem habe er jetzt Familie, und wer solle für sie sorgen, wenn er von hier weggehe. Seine Frau kam und fragte, was denn los sei, und als er es ihr übersetzt hatte, schimpfte sie mich einen nichtsnutzigen Sklaven, der ihr den Gatten rauben wolle. Sie hätte mir gleich angesehen, daß man mir nicht trauen könne, dem frommen Mann, der behaupte, dem Fleisch abhold zu sein, und dann von einer Hure zur nächsten laufe. Ja, auch bis hierher sei gedrungen, was ich wirklich treibe, und dafür habe sie nur Verachtung übrig, schrie sie und spie vor mir aus. Nie in meinem Leben habe ich mich so sehr geschämt wie in diesem Augenblick vor Guerrero, als hätte ich ein ihm gegebenes Gelöbnis gebrochen. Er aber sagte nur, da hätte ich ja nun selbst gesehen, warum es ihm unmöglich sei, von hier fortzugehen. Die Glasperlen aber möge ich für seine Kinder hierlassen, die hätten gewiß bessere Verwendung dafür als jene, für die sie gedacht gewesen seien. Ich wandte ein, daß er seine Familie doch mitnehmen könne und daß es gewiß nicht die erste Ehe wäre, die ein Spanier mit einer India einginge. Und wovon, fragte er, sollten sie leben? Hier sei er ein angesehener Mann und habe es weiter gebracht, als dies bei den Spaniern schon aus Standesgründen jemals möglich wäre. Und was würden sie dazu sagen, daß er sich das Gesicht tätowieren und Ohren und Nase habe durchstechen lassen? Nicht einmal als einfacher Söldner würde er so durchgehen. Aber im Grunde wären es ohnedies nur Ausflüchte, die er hier vorbringe, die Wahrheit sei vielmehr die, daß ihm Spanien so fern sei wie nichts sonst auf der Welt und kein Volk ihm so verhaßt wie dieses, das vom Wahn besessen wäre, zur Weltherrschaft bestimmt zu sein. Die Welt brauche keine Herrscher, die Vernichtung und Knechtschaft über die Menschheit brächten. Deshalb werde er die Spanier bekämpfen und nicht eher ruhen, als bis sie den Anspruch auf dieses Land aufgegeben hätten. Ich fragte, wann das denn seiner Meinung nach sein werde. Nie, antwortete er. Wir umarmten einander zum Abschied, und ich verließ ihn mit gemischten Gefühlen. Einerseits meinte ich, daß ich ihn vielleicht doch noch hätte überreden können, wenn nur mehr Zeit gewesen wäre, andererseits fürchtete ich, die Flotte könnte unterdessen ohne mich weitersegeln, wenn ich mich nicht sofort auf den Weg machte. Das Kanu stand bereit, und der Bootsführer drängte zum Aufbruch. Noch einmal, zum letzten Mal, wie ich meinte, wandte ich mich dem Land zu, in dem ich nun acht Jahre meines Lebens verbracht hatte, dann nahm ich meinen Platz ein und wir legten ab. Doch kaum hatten wir Ecab hinter uns gelassen, als plötzlich heftige Windböen aufkamen, so daß an eine Weiterfahrt nicht zu denken war und wir auf einer vorgelagerten Insel an Land gehen mußten, wo wir einen ganzen Tag lang festsaßen. Nun war's für mich gewiß, daß die Spanier ohne mich abfahren würden, und ich schalt mich meiner Leichtfertigkeit wegen, mit der ich die wohl letzte Chance vertan hatte, die Freiheit wiederzuerlangen. Die Indios sprachen mir indes Mut zu und meinten, daß auch die Spanier bei solchem Seegang nicht auslaufen könnten, doch ich wußte es besser, da Verhältnisse, die für die kleinen, kaum seetüchtigen Kanus bereits bedrohlich sind, für die Segelschiffe oft geradezu ideale Bedingungen darstellen. Und dies fand ich auch bald bestätigt, denn als wir den vereinbarten Treffpunkt erreichten, wo mich eines der Schiffe aufnehmen und dann der Flotte nachsegeln sollte, mußte ich erfahren, daß die Spanier nicht länger hätten warten können und vor einigen Stunden Segel gesetzt hatten. Als ein Entmutigter, ein Gebrochener kehrte ich nach Zamá zurück und wäre gewiß an meinem Kummer zugrunde gegangen, hätte die Vorsehung es nicht abermals gut mit mir gemeint; denn kaum in Zamá angekommen, hieß es, die Flotte wäre nach Cozumel zurückgekehrt. Ich wollte es zuerst nicht glauben und sagte, daß dies wohl nur ein Gerücht sei, doch man versicherte es mir so eindringlich, daß ich schließlich überzeugt war, es müsse stimmen. Ich vermachte dem Bootsführer mein ganzes Hab und Gut und bat ihn, mich nach Cozumel überzusetzen. Man wird sich denken können, unter welcher Anspannung ich die ganze Zeit über litt. Endlich waren wir der Küste so nahe, daß man bereits das Wiehern der Pferde und das Scheppern der Rüstungen vernehmen konnte. Ich trieb die Indios noch einmal zur Eile an, als bestünde tatsächlich noch Gefahr, daß die Flotte ohne mich auslaufen könnte. Schließlich gingen wir unweit des spanischen Lagers an Land. Ich betrat von Pferdehufen zertrampelten Boden, roch die strengen Gerüche der Stallungen, hörte das Hämmern auf dem Amboß und die Stimmen der immer ein wenig zu lauten Soldaten – ich war heimgekehrt.

Wie ich von den Spaniern empfangen wurde

Unsere Ankunft war von einem Vorposten bemerkt worden, und er rief seinen Kameraden zu, daß ein Kanu mit sieben Eingeborenen angekommen sei. Erst jetzt wurde mir klar, daß man mich der langen Haare und der Kleidung wegen für einen Indio halten mußte; obendrein stammelte ich herum und redete in der Aufregung wirres Zeug daher, als die Abordnung eintraf, die Order hatte, uns ins Lager zu bringen. Da wäre einer, der ein paar Worte Spanisch aufgeschnappt habe, hieß es, und unter Gelächter versicherte man einander, daß man ihm schon noch beibringen werde, sich ordentlich auszudrücken. Darüber lacht man heute noch, und man sagt, ich sei der

Muttersprache nicht mehr mächtig gewesen und daß ich sie erst wieder hätte erlernen müssen. Meinen Einwänden zum Trotz gilt dies als verbürgt und ist so in die Überlieferung eingegangen. Andererseits findet immer Erwähnung, daß ich stets ein Gebetbuch bei mir trug, doch niemand scheint sich den Kopf darüber zu zerbrechen, wozu es hätte gut sein sollen, wenn ich die Sprache nicht beherrschte. Doch was helfen Argumente, wo es um Historie geht, denn solange die Menschen lieber Geschichten glauben als die Wahrheit, ist man gegen die Überlieferung wehrlos; unwidersprochen soll sie deshalb aber nicht bleiben.

Ich hatte mich schnell wieder gefaßt. Die Herren irrten, sagte ich, in meinen Adern fließe ebenso spanisches Blut wie in den ihren. Indes sei ich ein Mann, dem das Schicksal manch harte Prüfung auferlegte, von welchen zu berichten sich gewiß noch manche Gelegenheit bieten werde. Vorerst aber möge man es dabei belassen, einander bekannt zu machen, mein Name sei Gerónimo de Aguilar, und ich freue mich über den Empfang, den mir die werten Herren da bereiteten. Nun hatte *ich* meinen Spaß, denn sie standen mit offenem Mund da und gafften mich an, als hätten sie tatsächlich einen »sprechenden Affen« vor sich. Endlich hellten sich ihre Gesichter auf, sie hießen mich willkommen, einer fiel mir gar um den Hals, und alle freuten sich mit mir, daß die Jahre der Sklaverei nun vorüber waren. Sie brachten mich ins Lager, wo sich die Nachricht bereits herumgespochen hatte. Die Männer standen vor ihren Zelten und jubelten mir zu wie die Legionen ihrem Feldherrn. Schließlich nahmen mich zwei auf die Schultern und trugen mich umher. Vor dem Eingang eines der Zelte hatte man einen Stuhl aufgestellt, und ein schmächtiges Bürschchen hielt Barbierschüssel und Schermesser bereit. Man bildete einen großen Halbkreis, und die Männer sahen andächtig zu, wie ich mich unter den Händen des Jungen von einem Wilden in einen zivilisierten Menschen verwandelte. Als man mir einen Spiegel vorhielt, konnte ich kaum glauben, daß ich das sei. Dann steckte man mich in feine Gewänder und führte mich zum Zelt des Kommandanten. Als ich es betrat, staunte ich darüber, solche Pracht inmitten dieser gottverlassenen Gegend vorzufinden: orientalische Teppiche, Möbel aus den wertvollsten Hölzern, allerlei Zierat aus Gold und mit Rubinen besetzt, so daß man hätte meinen können, ein Fürst halte hier hof. Zwei indianische Diener schlugen den Vorhang zur Seite, und nun trat ein ganz in Schwarz gekleideter Mann herein, eine goldbestickte Mütze auf dem Kopf und den Degen an der Seite. Der Kommandant Hernan Cortés, rief einer der Hauptleute, und alle Männer nahmen Haltung an. Zwar kannte ich seinen Namen bereits aus dem Brief, nun aber meinte ich mich zu entsinnen, ihn schon einmal gehört zu haben. Später erfuhr ich, daß er zu der Zeit, da ich in San Domingo weilte, Schreiber des königlichen Schatzbeamten war. Er kam auf mich zu, umarmte mich und hielt lange meine Hand, um seiner Ergriffenheit Ausdruck zu verleihen, indes wohl auch im Bewußtsein, daß er auf diese Weise das Vertrauen der Leute gewann. Cortés ließ ein Festmahl zubereiten und brachte einen Trinkspruch auf mich aus. Nun erfuhr ich auch, welchem Zufall ich meine Rettung verdankte. Als die Flotte bereits ausgelaufen war, hatte eines der Schiffe plötzlich starken Wassereinfall und mußte umkehren; die anderen folgten, und so liefen sie noch einmal Cozumel an. Cortés, der ein frommer und zugleich abergläubischer Mensch ist, sagte, dies sei eine göttliche Fügung und daß jemand, um dessentwillen das Schicksal eine ganze Flotte zur Umkehr zwinge, zweifellos zu Großem berufen wäre. Vermutlich hatte er bereits zu diesem Zeitpunkt seine Pläne mit mir.

Als das Mahl beendet war, forderte er mich auf zu berichten, wie es dazu gekommen sei, daß ich in Gefangenschaft geriet, und wie es mir all die Jahre, die ich bei den Indios gelebt hatte, ergangen wäre. Cortés hörte aufmerksam zu und zog mich von da an häufig zu Rate, vor allem in den Verhandlungen, die er mit Moteczumas Leuten oder mit diesem selbst führte. Viele seiner späteren Entscheidungen waren somit von den Erfahrungen beeinflußt, die ich am Hofe Butz Yaxums gemacht hatte. Dann wollte er wissen, was aus dem anderen geworden sei, zumal es geheißen habe, wir wären zu zweit. Ich stockte und merkte plötzlich, wie schwer es mir fiel, über Guerrero zu reden; so oft ich ihn auch einen Abtrünnigen und Verräter genannt hatte, so wenig wollte ich, daß die restliche Welt ihn für einen solchen hielt. Und so kam es, daß ich begann, Guerrero zu verteidigen, ihn in Schutz zu nehmen, noch ehe er dieses Schutzes bedurfte. Ich sagte, daß es ihm nicht möglich wäre, mit uns zu kommen, und nannte die gleichen Ausflüchte, die er mir gegenüber vorgebracht hatte, erzählte, daß er die Sitten der Indios angenommen und sich das Gesicht habe tätowieren lassen, daß er mit der Schwester eines Fürsten verheiratet und Vater von drei Kindern sei und daß er hier hohes Ansehen genieße und zum obersten Kriegsherren ernannt worden wäre. Daran sehe man, daß es ein Spanier überall zu etwas bringen könne, rief einer; ja, nur in Spanien selbst nicht, erwiderte ein anderer. Es sei ein Jammer, meinte Cortés, einen solchen Mann hier zurückzulassen, statt ihn in den eigenen Reihen zu haben. Er fragte nach seinem Namen, ich nannte ihm diesen; Gonzalo Guerrero, wiederholte er, was für ein Name für einen Kriegsherren, rief er aus und erhob sein Glas, und alle taten's ihm gleich und brachten einen Trinkspruch aus.

So ehrenvoll der Empfang war, den man mir damals bereitete, richtig Anschluß habe ich in den Jahren seither nicht mehr gefunden, und so bin ich auch unter meinesgleichen ein Fremder geblieben. Einmal vernahm ich, daß einer sagte, die acht Jahre hätten bei mir ihre Spuren hinterlassen, und dabei tippte er sich an die Stirn. In diesem Moment sah er zufällig zu mir her und merkte erst jetzt, daß ich in der Nähe stand. Doch das scherte ihn wenig, denn er grinste und nickte mir zu. Ich wandte den Blick ab und ging einfach weiter, und gewiß hat ihn das in seiner Meinung nur noch bestärkt.

Erkennen sollen die Völker: Sie sind nur Menschen. (PS 9,21)

Am Tag nach meiner Ankunft ließ mich Cortés zu sich rufen und fragte, welche Pläne ich für die Zukunft hätte. Ich sagte, ich wolle nach San Domingo, wo alles seinen Ausgang genommen hatte, und daß ich eine Rückkehr nach Spanien erwäge. Nun, damit müsse ich mir wohl noch Zeit lassen, sagte er, dafür könne er mir versprechen, daß sich der Aufschub lohnen werde und ich dann wenigstens nicht mit leeren Händen dastünde. Außerdem habe er meiner Erzählung entnommen, daß ich versucht hätte, die Indios zum Christentum zu bekehren, aber als einzelner wäre man freilich zum Scheitern verurteilt. Das sei jetzt anders, und wo man durch Güte nichts erreiche, dort werde man eben mit Flamme und Schwert dem Unglauben ein Ende bereiten. Ob ich denn bereit sei, ihm zu folgen und mit Gottes Hilfe dieses Werk zu vollbringen, fragte er. Ja, sagte ich. Ja.

Vor der Abfahrt versammelte Cortés die gesamte Mannschaft, und nachdem man die Messe gehört hatte, rief er den Männern zu, daß ihnen ein gefährliches Abenteuer bevorstehe, das allen letzten Einsatz abfordern werde. Doch wenn sie die Kräfte zu verlassen drohten, sollten sie sich daran erinnern, wofür sie die Strapazen auf sich genommen hätten: für Gott, für seine Majestät – und *dafür*, sagte er und hielt einen alten, abgewetzten Lederbeutel in die Höhe, von der Art, wie sie die Indios verwenden. Die Männer schauten einander fragend an, ob ihr Kommandant sich denn über sie lustig mache, doch darauf hatte Cortés nur gewartet, denn jetzt zog er die Schnüre des Beutels auf und holte einige Klumpen reinen Goldes heraus und hielt sie den Soldaten unter die Nase. Dieses Gold, sagte er, habe man einem Indio abgenommen, der beteuerte, auf dem Festland weiter im Norden gebe es so viel davon, daß der König die Fußböden seines Palastes mit Gold habe auslegen lassen und daß er deshalb El Dorado genannt werde. Ein Raunen ging durch die Menge, El Dorado, der Goldene – und schon wurde ein ganzer Palast aus purem Gold daraus. Cortés konnte es nur recht sein, denn er wußte, daß damit die Beschwörungsformel gefunden war, die diesen Haufen einte und ihm gefügig machte. Und so begann, was man heute als den größten Triumph seit der Zerstörung Trojas rühmen hört, und die Ruinen, die jetzt noch davon zeugen, werden bald ebenso verschwunden sein wie nach dem Sieg des Griechenheeres.

Doch es war ein langer, beschwerlicher Weg von Cozumel nach Tenochtitlan, erst Wochen auf See, dann durch Steinwüsten und über schneebedeckte Berge, einmal bei brütender Hitze, dann bei Regen und Kälte, und immer wieder in Gefechte verwickelt gegen die indianischen Heere, dem unseren zahlenmäßig weit überlegen, so daß man hätte meinen können, sie würden uns einfach überrennen und daß es bereits einem Wunder gleichkäme, wenn auch nur einer überlebte. Aber so aussichtslos oft die Lage auch schien, wir blieben jedesmal Sieger; und wer wäre unter solchen Umständen nicht zur Überzeugung gelangt, Gott sei mit uns? Deshalb gehörte ich zu Cortés' glühendsten Anhängern: Er gab mir meinen Glauben wieder und die Gewißheit, daß ich auf der richtigen Seite stand. Und ich war seine Zunge, er sprach durch mich; ich war sein Sprachrohr und durch ihn das Sprachrohr Gottes. Er verschaffte mir das Gehör, das ich in Zamá nicht gefunden hatte, und wollte einer nicht hören, so folgte die Rache gleich auf dem Fuße.

Über den Feldzug gegen Moteczuma und die Schlacht um Mexico sind mehr Berichte im Umlauf, als Leute daran beteiligt waren – unsere Verbündeten[1] mit

[1] Völker, die, von den Azteken unterworfen, nun die Chance gekommen sahen, ihre Freiheit wiederzuerlangen, und sich den Spaniern anschlossen.

eingerechnet –, und die meisten dienen nur dazu, die Bedeutung eines anderen zu schmälern und dadurch die eigenen Verdienste hervorzuheben, so daß es mir schon gänzlich verleidet ist, mich dazu zu äußern und mich womöglich dem gleichen Vorwurf auszusetzen. Indes komme ich darum nicht umhin, zumal der Heroismus, dem man allerorts huldigt und der sich um diese Erzählungen rankt, stets die Greuel ausspart, die begangen wurden, und gewiß wird sich auch der eine oder der andere die Mühe machen und seine »Lebenserinnerungen« zu Papier bringen, auf daß der geneigte Leser dies für die lautere Wahrheit und die Wissenschaft es für Geschichtsschreibung halten möge.

Wieso er wolle, daß ich am Leben bleibe, habe ich Chilam Balam, den Jaguar-Priester gefragt, nachdem er mich von meiner Krankheit geheilt hatte. Weil ich der einzige sein werde, der die Wahrheit kenne, war seine Antwort. Nun, darin irrte er, ich kenne *die* Wahrheit nicht, ich kenne zwei; und man muß diese beiden kennen, alles andere ist gelogen.

Auch die Mexica erwarteten die Rückkehr der gefiederten Schlange, und wir ließen sie im Glauben, daß wir Götter seien. Und als es die Indios schon nicht mehr glaubten, glaubten wir es schließlich selbst. Die Überlegenheit unserer Waffen verlieh uns ein Gefühl der Allmacht, und unter Gerechtigkeit verstanden wir das Recht des Stärkeren. Die Kreuze, die wir allerorts errichteten, waren Trophäen unseres Triumphes, und in Gott, zu dem wir beteten, verehrten wir uns selbst für die Siege, die wir in seinem Namen errungen hatten; und schon bald war zu hören, Gott wäre uns dies und jenes schuldig für die Gefahren, die wir seinetwegen auf uns nahmen. Viele Priester, denen ich im Laufe der Jahre begegnete und auf die es die Indios besonders abgesehen haben, um sie ihren Götzen zu opfern, waren darin der gleichen Meinung, und sie stellten Berechnungen an, wie viele Menschen einer bekehren müsse, damit er in die himmlischen Heerscharen eingehe. Und so machten wir ganze Dörfer auf dem Scheiterhaufen zu Christen und schickten sie als die geretteten Seelen ins Jenseits, die sich dereinst als unsere guten Werke zu Buche schlagen sollten. Wir verkündeten den Indios die Erlösung und rechtfertigten damit das Verderben, das wir über sie brachten. Der Zweck heilige die Mittel, hieß es, doch das Gegenteil davon ist wahr. Erst die Mittel heiligen den Zweck, und wo sie es nicht tun, ist den Menschen bald nichts mehr heilig. Ich sah einen See von Blut, wie es der Prophet geweissagt hatte, und wir stiegen über Leichen, mit denen die Dämme gepflastert waren, die in die Stadt führten.[1] Wir traten Toten in die Eingeweide, auf die Hände, ins Gesicht, und manchmal befand sich noch ein Lebender darunter, der ein Röcheln von sich gab; wir aber erachteten ihn nicht einmal des Schwertstreichs für wert, der seinem Leiden ein Ende gemacht hätte. Doch angesichts der blutbefleckten Opfersteine in den Tempeln packte uns das Grauen, und wir wurden nicht müde, unserem Abscheu Luft zu machen, und schworen, solchem Treiben ein Ende zu setzen – und ich gehörte zu jenen, die sich darüber am meisten ereiferten.

Ein Vorfall, gewiß nicht der einzige dieser Art, aber

[1] Tenochtitlan lag auf einer Insel in einem heute ausgetrockneten See.

exemplarisch für die Heuchelei, die wir trieben, öffnete mir die Augen. Man fand ein Kleinkind bei seiner von Spaniern ermordeten Mutter sitzen und in ihrem Blut und ihren Gedärmen herumtapsen. Einer, der dies sah, rief, daran könne man erkennen, daß den Indios der Götzenkult angeboren wäre, ein anderer meinte gar, daß das Kind vom Teufel besessen sei. Man holte einen Priester herbei, der dem Kinde so lange Latein vorlas, bis es zu weinen begann, womit auch prompt für erwiesen galt, daß der Teufel ihm im Leibe stecke. Und schon war ein Scheiterhaufen errichtet, auf den man das Kind setzte, und gewiß hätte man es bei lebendigem Leib verbrannt, wäre nicht einer im letzten Moment dazwischengesprungen, der sich mit blankem Degen alleine gegen eine Hundertschaft stellte und rief, wenn es ihnen ernst damit sei, müßten sie zuerst ihn aus dem Weg räumen, doch werde dies wohl auch manchen von ihnen das Leben kosten, was für die Menschheit gewiß kein großer Verlust sei, nach dem zu schließen, welch schändliche Posse man hier geboten habe. Teufel hin oder her, so wichtig war es nun auch wieder keinem, daß er deshalb Kopf und Kragen riskiert hätte, und so zogen die Leute wieder ab, und eine alte India nahm sich des Kindes an. Man hätte also meinen können, der Vorfall wäre ohne Folgen geblieben und ihn zu erzählen hätte sich damit erübrigt. Für mich aber hatte der Spuk jetzt erst begonnen, denn ich hatte erfahren, daß ich bereit gewesen wäre, den Scheiterhaufen in Brand zu stecken. Bald darauf nahm ich meinen Abschied und wurde aus den Diensten des Hernan Cortés entlassen.

Schluß

Mittlerweile habe ich Frieden mit mir geschlossen, doch über Monate hin quälte mich der Gedanke, *ich hätte es tun können* und mein Gewissen hätte mir nicht Einhalt geboten. Aber allmählich verstummten die Selbstvorwürfe, und als ich die Menschen nicht mehr zum Glauben bekehren wollte, lernte ich auch wieder beten.

Das Paradies freilich, das zu suchen ich einst ausgezogen war, habe ich nicht gefunden, weder in der Welt noch in mir selbst, und sollte uns der Zufall jemals in den Garten Eden geführt haben, so erachteten wir ihn nicht dafür und hinterließen ihn verwüstet, wie so viele Gegenden, durch die wir kamen.

Heute lebe ich in Vera Cruz, einer Stadt an der Küste im Osten von Mexico. Fünf Jahre sind es erst her, seit wir hier landeten, und schon gleicht nichts mehr dem, wie wir es damals vorgefunden haben. Die Neue Welt, die einst unsere Phantasie beflügelte, mußte unserem Tatendrang weichen, nichts durfte bleiben, wie es war, und indem wir eine Stadt nach der anderen aus dem Boden stampften, haben wir unsere Herrschaft im wörtlichsten Sinn untermauert. Nach San Domingo ging ich nicht mehr zurück, wozu auch, dort ist es nicht anders als hier, und erst recht nicht nach Spanien. Mich verbindet nichts mehr mit diesem Land, und wenn, so habe ich Heimweh nach Zamá, der Stadt der Morgendämmerung. Mein Trost ist, daß ich ihren Untergang nicht mehr erleben werde. Obwohl noch nicht alt an Jahren, bin ich bereits zu lange auf der Welt. Die Strapazen, das Fieber, die Verwundungen, die ich davontrug, haben mich vor der Zeit zum Greis werden lassen. Ich bin müde und erwarte für mich nichts mehr in diesem Leben. Indes hoffe ich und bete zu Gott, daß auch andere ihren Irrtum einsehen und helfen, dem Morden ein Ende zu setzen. Um dieser Hoffnung willen lege ich hiermit Zeugnis ab, ohne etwas zu beschönigen und ohne Rücksicht auf mich selbst. Möge man dies als Indiz dafür werten, daß ich in allem die Wahrheit berichtete, und hätte ich dadurch auch nur den geringsten Anteil daran, daß der Welt eine friedvollere Zukunft beschieden wäre, so habe ich nicht umsonst gelebt.

Das allein ist mir Trost und Enschädigung für vieles, und eine seltsame Fügung gibt mir die Gewißheit, daß sich in jedem unserer Schritte ein Plan, ein tieferer Sinn, eine göttliche Absicht offenbart, und daß also auch mir eine Aufgabe zugedacht war, und welche wäre dies, wenn nicht die, Mittler zu sein zwischen den Völkern.

Vor einiger Zeit trafen hier zwölf Franziskaner ein, barfuß und ärmlich gekleidet, und unter ihnen ist ein Pater, in dem ich jenen Novizen wiederzuerkennen glaube, der, als ich nach dem Tod meines Bruders das Kloster verließ, an meiner Statt entsandt worden war und der also jene Stelle einnahm, die man zunächst mir zugedacht hatte. Und so schließt sich für mich nun der Kreis mit einem Blick auf das Leben, das unter anderen Umständen mein eigenes hätte sein können.

NACHSCHRIFT

Brief des Pater Toribio an den Westindienrat anno 1555[1]

Wenn ich nach den dreißig Jahren, die ich im Besitz dieser Schriften bin, welche ich, seitdem ich sie gelesen, vor aller Welt verborgen halte, mich nun entschlossen habe, sie dem erlauchten Rat auszuhändigen, so geschieht dies aus keinem anderen Grunde denn aus tiefer Sorge um die Kirche in den Ländern Neuspaniens.

Mit großer Zuversicht zogen wir aus, den Unwissenden den wahren Glauben zu bringen und sie zur katholischen Lehre zu bekehren. Doch die Indios sind ein störrisches Volk, und mancherorts treiben sie lieber ihren Götzendienst, als nach dem ewigen Heil zu trachten, und so erlahmte denn bald auch der Eifer unserer Missionare. Statt die verirrten Seelen mit der nötigen Strenge auf den rechten Weg zu führen, behaupten einige nun, daß den Eingeborenen Unrecht geschehe. Worin, frage ich, sollte dieses Unrecht bestehen? Etwa darin, die Götzen zu stürzen und den wahren Glauben in die Hütten jedes noch so entlegenen Dorfes zu tra-

[1] T. de Benavente; aus demselben Jahr ist ein Schreiben an Kaiser Karl V. überliefert, in dem er sich gegen die indiofreundliche Haltung des Bartolomé de Las Casas wendet.

gen? Jene aber, die sich, wie es jetzt Mode ist, ihrer Menschenfreundlichkeit rühmen und von Kulturen reden, die bewahrt werden müßten, verharmlosen nun gar die blutigen Riten, welchen man vielerorts immer noch huldigt, und lassen unter dem Vorwand, daß jeder frei geboren sei, das ketzerische Treiben gewähren, so daß man meinen könnte, die werten Herren hätten mehr von den Indios angenommen als umgekehrt. Wie sich dies auszuwirken vermag, davon geben Aguilars Aufzeichnungen ein beredtes Zeugnis, denn ist man zunächst noch geneigt, diesen Gonzalo Guerrero bloß für einen Mitläufer zu halten, der sich nur aus Anpassung dem Götzentum verschrieb, so wird mit Fortgang der Erzählung deutlich, daß auch von Gerónimo de Aguilar, den jeder, der ihn kannte, als rechtschaffenen und gottesfürchtigen Mann schätzte, jene Teufel bereits Besitz ergriffen hatten, zu denen diese Völker beten. Um wieviel größer ist diese Gefahr erst für die, deren Glaube weniger gefestigt ist, als es der seine war, ehe er in die Fänge der Indios geriet; möge uns sein Schicksal ein warnendes Beispiel sein.

Ich kann behaupten, mehr Indios zu Christen gemacht zu haben als irgend jemand sonst in der Neuen Welt, einige sprechen sogar von einer halben Million, die durch mich die Taufe empfingen. Wohin ich auch kam, war mir mein Ruf bereits vorausgeeilt; die Leute strömten in Scharen herbei, und ich erwarb mir ihr Vertrauen durch die Tugend der christlichen Nächstenliebe. Indes kannte ich keine Gnade für jene, die sich nur dem Schein nach zum Christentum bekehrten und im geheimen weiterhin ihren Götzenkult trieben. Ihnen galt mein Zorn, und sie vom Erdboden zu tilgen, erachtete ich für meine christliche Pflicht, auf daß uns am Ende nicht auch noch ein indianischer Luther die Bibel erläutern möge.

Als ich mit meinen Mitbrüdern nach Mexico kam, ließ uns Cortés einen feierlichen Empfang bereiten. Aus den Ortschaften zogen uns die Gläubigen mit Fahnen und Kreuzen in Händen entgegen, und dies machte auf die Eingeborenen um so mehr Eindruck, als wir keine Sandalen trugen und nichts als die Kutte besaßen und den Strick um den meist leeren Bauch. Und hatten wir etwas zu essen, so teilten wir es mit denen, die hungerten. Die Mexicaner gaben mir deshalb den Beinamen Motolinía, das bedeutet »armer Bruder«. Cortés kniete zur Begrüßung vor uns nieder und nahm eine ehrfürchtige Haltung ein, wenn er mit uns sprach, und als dies die Indios sahen, fragten sie, wer wir denn seien, daß uns dieser mächtige Mann, der Kriegsherr und Eroberer, solchen Respekt erweise. Als sie erfuhren, daß wir ins Land gekommen wären, um die Lehre Gottes zu verkünden und sie zum rechten Glauben zu bekehren, wollten sie sogleich Christen werden und ließen sich taufen, weil sie sich an ihm ein Beispiel nahmen. Hätten wir doch einige wie ihn, so würden wir der Ketzerei gewiß längst ein Ende gemacht haben, denn obschon ein Sünder, war er ein guter Christ und hat mehr für die Verbreitung des Glaubens getan als irgendein anderer. Aber heute, da er tot ist und sich gegen den Rufmord, den man an ihm noch zu Lebzeiten beging, nicht mehr wehren kann, redet man von ihm wie über einen Verbrecher und schimpft ihn einen Leuteschinder. Ich sage, wenn er es war, so hat es bestimmt keinen getroffen, der es nicht verdient hätte. Zudem herrschte Krieg, und da geziemt es dem Soldaten, nicht zimperlicher zu sein als der Gegner. Wer spricht von den vielen Unglücklichen, die in den Tempeln ihr Leben lassen mußten, hingeopfert für irgendeinen Götzen, den es nach dem Blut der Menschen dürstet? Wer fragt nach dem Leid derer, denen auf so grausame Weise der Vater, der Gatte, der Bruder genommen worden war? Für sie findet sich kein Fürsprecher, aber wenn es heißt, daß einem Indio Unrecht geschehen sei, melden sich gleich Dutzende ungefragt zu Wort, um ihrer Empörung Luft zu machen und den armen Unterdrückten in Schutz nehmen, der, wie sich dann oft herausstellt, so schuldlos freilich nicht ist. Man sieht ja, wohin das geführt hat: Fast jeder zweite Indio sitzt jetzt auch schon hoch zu Roß; bald werden sie sich einbilden, sie wären die Herren im Lande oder wenigstens den Spaniern gleichgestellt, wie es jene fordern, die behaupten, alle Menschen wären gleich. Ein Blick genügt, um zu wissen, daß dem nicht so ist; sie aber kommen mit den spitzfindigsten Argumenten daher, um uns weiszumachen, daß wir unseren Augen nicht trauen dürften. Und auf die Frage, wer denn, bitteschön, die Felder bestellen und die Ernte einbringen sollte, wenn jeder sein eigener Herr sei, darauf wissen sie indes auch keine Antwort. Cortés dagegen war von ganz anderer Art, seinen Argumenten fehlte es nie an Schärfe, und sei es das Schwert, das mitunter unerläßlich ist, um seiner Rede Nachdruck zu verleihen. Dabei war er alles andere als grausam zu nennen, und selten bin ich einem feinsinnigeren Menschen begegnet. Die Kommunion empfing er stets mit großer Andacht, und bei der

Beichte vergoß er oftmals Tränen aus Verzweiflung über die eigenen Verfehlungen. Und wer an seiner redlichen Gesinnung zweifelt, der möge sich des Leitspruchs erinnern, der auf seiner Fahne zu lesen war: *Laßt uns dem Kreuz Christi folgen, in diesem Zeichen werden wir siegen.*

Über Aguilar, der lange sein Dolmetscher gewesen ist, habe ich ihn immer nur Gutes sagen hören, was jedoch nicht auf Gegenseitigkeit beruhte. Aguilar äußerte sich häufig abfällig über den Kommandanten, insbesondere, was dessen Schwäche für das weibliche Geschlecht anging, die nun gewiß nicht zu leugnen ist, denn obwohl verheiratet, fühlte er sich zu Doña Marina hingezogen, einer Indianerin, die ihm zum Geschenk gemacht worden war und die ihm später gemeinsam mit Aguilar als Übersetzerin diente; indes wurde ich den Verdacht nie los, aus Aguilar spreche einer, der selbst gerne von ihr erhört worden wäre.

Ich lernte ihn im Jahr meiner Ankunft in Mexico kennen. Obwohl allseits geachtet um der Dienste willen, die er Cortés geleistet hatte, galt er als verschroben, und es hieß wohl nicht zu Unrecht, die Jahre in Gefangenschaft hätten ihn zu einem Sonderling werden lassen. Er redete wenig und mied die Nähe anderer eher, als daß er sie suchte. Um so verwunderlicher war es, daß er mir gegenüber eine geradezu verschwörerische Anhänglichkeit entwickelte, die mir merkwürdig vorkam und für die ich erst hier in seinen Aufzeichnungen eine Erklärung fand. Daraus geht hervor, daß er mich offenbar von jenem Kloster her zu kennen meinte, in dem er erzogen worden war, über dessen Namen und Standort er uns jedoch im ungewissen läßt. Demnach wäre ich also derjenige gewesen, der statt seiner zum Studium in die Hauptstadt entsandt wurde. Ich aber konnte mich nicht entsinnen, diesen Menschen je zuvor gesehen zu haben, und auch den Namen Gerónimo de Aguilar hörte ich in Vera Cruz zum ersten Mal. Außerdem ist es undenkbar, daß mir, als dem Besten unter den Mitschülern, zunächst ein anderer hätte vorgezogen werden sollen. Nun könnte man es einfach für eine Verwechslung halten oder aber als ein Indiz dafür, daß es Aguilar mit der Wahrheit keineswegs so genau genommen habe, wie er das von sich behauptet. Möchte man es jedoch dabei belassen und an einen Irrtum glauben, so stellt ihm das ein kaum besseres Zeugnis aus, zumal man sich wird fragen müssen, in welchen Punkten er denn sonst noch irrte. Ohne dem Urteil des erlauchten Rates vorgreifen zu wollen, sei noch ein Umstand vermerkt, der Aguilars Glaubwürdigkeit in Zweifel zieht. In seinem Bericht behauptet er, seit seiner Freilassung das Keuschheitsgelübde nicht mehr gebrochen zu haben. Nun aber ist eine Frau vorstellig geworden, die glaubhaft versichert, seine Tochter zu sein, und Anspruch auf das Erbe erhebt und Aguilars Anteil an den durch die Eroberung erworbenen Gütern einfordert, in deren Genuß er selbst nicht mehr gelangte.

Er starb in einer naßkalten Nacht des Jahres 1524. Man hatte mich auf seine Bitte hin zu ihm gerufen, er beichtete und empfing durch mich das Sterbesakrament. Ich blieb bei ihm, um für ihn zu beten. Gegen Mitternacht ging es mit ihm zu Ende. Das letzte Wort, das ihm über die Lippen kam, war »Guerrero« – dann verschied er.

An seinem Begräbnis nahmen zahllose Menschen

teil. Cortés führte den Trauerzug an, gefolgt von den Kameraden, die mit ihm in Tenochtilan gewesen waren. Viele hatten Tränen in den Augen. Cortés rühmte ihn für die Dienste, die er ihm als Übersetzer geleistet hatte, und meinte gar, daß das große Werk, das sie vollbrachten, ohne ihn gescheitert wäre. Jeden, sogar ihn selbst, hätte man entbehren können, nicht aber Gerónimo de Aguilar. So ehrte man ihn, dessen letzter Gedanke einem Abtrünnigen galt.

Unter seinen wenigen Habseligkeiten, die man mir als seinem Beichtvater aushändigte, fanden sich ein altes abgegriffenes Stundenbuch, ein goldenes Kruzifix, ein verrosteter Dolch und diese engbeschriebenen und nach Indianerart gefalteten Bögen, die er in einer mit Götzenfiguren verzierten Holzschatulle aufbewahrte. Das Stundenbuch und das Kruzifix schickte ich nach Écija an seine Familie zusammen mit einem Brief, in dem ich die großen Verdienste hervorhob, die er sich im Kampf gegen die Ungläubigen erworben habe. Sein Vater, heißt es, habe damals noch gelebt, und als er vom Ruhm seines Sohnes erfuhr, hätte er einen gläsernen Schrein anfertigen lassen, in dem er die beiden Gegenstände aufbewahrte.

Den Dolch, der ohnedies zu nichts mehr zu gebrauchen war, warf ich fort, und nachdem ich Aguilars Aufzeichnungen gelesen hatte, schien es mir geboten, diese zu verbrennen, da niemand erfahren sollte, wie es in den Jahren, die er bei den Indios verbrachte, wirklich um ihn stand und wie sehr er davon bis ans Ende seines Lebens geprägt blieb, während ihn jeder für ein Muster an Tugend und Standhaftigkeit pries. Die Schatulle enthielt mehrere einzelne Bündel, von denen ich eines wahllos herausgegriffen und bereits ins Feuer geworfen hatte, als mich plötzlich ein heftiger Impuls überkam und ich es wieder herauszog. Bis auf einen Brandfleck ist es völlig unversehrt und fast zur Gänze lesbar geblieben. Statt dessen verbrannte ich die Schatulle, und seither bewahrte ich Aguilars Schriften in einem ledernen Buchumschlag auf, bis eben zu jenem Zeitpunkt, da ich mich genötigt sah, davon Gebrauch zu machen und sie als Waffe gegen jene einzusetzen, die unser Werk zu zerstören im Begriffe sind und die Früchte unserer Mühen verdorren lassen, statt die Ernte einzubringen; sie gegen Verleumder wie diesen Las Casas in Stellung zu bringen, der sich Prokurator der Indios nennt und ihnen durch die Nachsicht, die er walten läßt, größeren Schaden zufügt, als er ihnen nützt. So wie man einem ungezogenen Kinde mit Strenge begegnen muß, um es davon abzuhalten, Wege zu beschreiten, die für es schädlich wären, so soll man auch den Indios nicht alles durchgehen lassen und sie damit entschuldigen, daß sie es nun einmal nicht besser wüßten, indes man gar nicht den Versuch unternimmt, es ihnen beizubringen. Wenn es nach diesen Leuten geht, müßten wir wohl auch die angemessene Härte, die wir selbst in unserer Erziehung zu unserem eigenen Besten erfuhren, nun für ein Unrecht und ein Verbrechen wider die Menschlichkeit halten, die neuerdings jeder im Munde führt. Was, frage ich, soll denn diese Menschlichkeit sein, wenn nicht das Bestreben, diejenigen, die uns anvertraut sind, dazu anzuleiten, jene Tugenden auszubilden, die den Menschen vom Tier unterscheiden? Deshalb ist es auch als gerecht anzusehen, daß die Spanier über die Indios herrschen, da dies nur zu deren Vorteil ist und sie von den Christen erlernen, was ihnen von Natur wegen abgeht. Wo es aber gilt, diese Herrschaft durch Krieg zu erlangen oder aufrechtzuerhalten, bedarf es keiner weiteren Gründe mehr, um einen solchen Krieg einen gerechten und seine Ziele den Ausdruck einer edlen Gesinnung zu nennen. Und auch die Philosophen lehren uns, daß es dem Naturrecht entspräche, wenn das Vollkommenere sich über das Unvollkommene erhebt und über es herrscht, und sie bezeugen, daß es gerecht sei, diese Herrschaft anzustreben und mit allen Mitteln zu verteidigen.

Um wieviel weniger aber verdient es dieser Krieg, ein Frevel an Gott genannt zu werden, wie manche behaupten, denn daß sie die Unwahrheit sagen, liegt auf der Hand, zumal wir ihn gegen jene führen, die dem Götzenkult nicht abschwören. Die Vernichtung, die wir über sie bringen, ist die gerechte Strafe für ihr ketzerisches Treiben. Mögen sie dafür in der Hölle schmoren, und alle mit ihnen, die dem auch noch Vorschub leisten, indem sie jene, die tun, was zu tun ist, daran zu hindern suchen. Bevor sie den Mund aufmachen, um andere Mörder zu heißen, sollten sich jene Herren erst einmal den Satz des heiligen Hieronymus hinter die Ohren schreiben, welcher besagt, daß der ein Diener Gottes sei, der die Schlechten tötet.

Zudem hört man immer wieder Klagen darüber, daß die Indios ihrer Freiheit beraubt und zum Christentum gezwungen würden. Dieser Vorwurf ist ebenso schnell entkräftet wie alle anderen, denn auch das geschieht nur zu ihrem Heil; und über die, die es zu verantworten haben, daß auch nur einem einzigen Indio die Taufe nicht erteilt wurde, über die möge dessen Seele herfallen, wenn sie dereinst gewahr wird, welchen Dienst man ihr erwiesen habe, und sie erkennen muß, daß durch die Schuld eines sogenannten Indiofreundes sie der ewigen Verdammnis preisgegeben ist.

Andere wiederum stört es, daß auch getaufte Indios als Sklaven gehalten werden und Frondienst verrichten müssen, doch das heißt nun gewiß, deren wahres Wesen zu verkennen, denn bei den meisten Völkerschaften in den Ländern der Neuen Spanien sind Frondienst und Sklavenhaltung seit jeher eher die Regel denn die Ausnahme. Nun aber tun einige so, als hätten hier nur freie Menschen gelebt, und erst die Spanier hätten ihnen die Sklaverei gebracht. Es gibt genügend Beweise, die das Gegenteil belegen, und deshalb ist es das einzig Richtige, in gleicher Weise fortzufahren, denn gewiß wäre es für alle verderblich, ihnen die Freiheit zu schenken, die sie doch bisher nicht kannten, und sie damit bloß in die Ungewißheit zu entlassen.

Aus diesem Grund muß verhindert werden, daß jene bei Hofe weiter an Einfluß gewinnen, die sich für die besseren Menschen halten, bloß weil sie für nichts Verantwortung übernehmen, sich dafür aber in jede Angelegenheit einmischen und allen ein schlechtes Gewissen einreden wollen, die nicht ihre Ansichten teilen. Ließe man mich mit ihnen verfahren, wie mir der Sinn danach steht, ich würde schon dafür sorgen, daß sie auf der Streckbank ihren Lügen abschwören und obendrein bekennen, daß ich recht damit tat, da es gewiß die höchste Pflicht der Nächstenliebe ist, einen Menschen, auf welche Weise auch immer, davon abzuhalten, fortdauernd Schuld auf sich zu laden. Dem Sünder muß die Freiheit zu sündigen genommen werden, und gilt dies schon für unsereinen, in wieviel höherem

Maße erst für die, die nicht mit der christlichen Lehre aufgewachsen sind und noch die Last des Vermächtnisses zu tragen haben, das die Vorväter ihnen in die Herzen pflanzten. Man sage nicht, dies sei ein leichtes Los, denn wie schnell und dicht es selbst dann noch wuchert, nachdem man bereits meinte, es ausgerottet zu haben, wird jeder bestätigen, der schon einmal durch ein indianisches Dorf gekommen ist, in dem es zwar eine Kirche, aber seit einiger Zeit keinen Priester mehr gibt, gestorben, wie es dann heißt, am Fieber; und fragt man nach seinem Grab, weisen sie einem lächelnd den Weg zu einem Schrein, vor dem sie früher ihren Götzen opferten. Und führt uns Aguilar hier nicht vor Augen, wie leicht man sich selbst als aufrechter Christ in diesem Dickicht verfängt? Deshalb möge man nicht zaudern, es samt der Wurzel auszureißen.

Der Abtrünnige namens Guerrero, heißt es, habe ihn um zwölf Jahre überlebt. Viel Abenteuerliches wurde über ihn berichtet, und man sprach mit größerer Bewunderung von ihm als von irgendeinem auf spanischer Seite. Deshalb gebot ich, daß sein Name nicht mehr genannt werden dürfe, aber vergebens; Guerrero blieb in aller Munde, und jeder dichtete ein wenig hinzu, so daß man sich heute aus gutem Grund fragen muß, ob daran überhaupt etwas wahr ist. Selbst der greise Francisco de Montejo vermochte mir darüber nicht Auskunft zu geben, und wenn er es nicht weiß, wer sonst? 1526 hatte er die Erlaubnis erhalten, Yucatán zu erobern, so er selbst für die Kosten aufkomme, zumal alle vorangegangenen Unternehmungen gescheitert waren und man bei Hofe weder die Mittel besaß noch willens war, Geld in eine Expedition zu stecken, von der sich die wenigsten etwas versprachen. Montejo erklärte sich dazu bereit, obwohl er über kaum mehr verfügte als die Aussicht auf das Vermögen einer Witwe, mit der er auch bald darauf die Ehe einging. Er rüstete drei Schiffe aus, überquerte den Ozean und ging vor der Insel Cozumel vor Anker. Von dort setzte er aufs Festland über, und er gelangte bis nach Ecab, ohne auf Widerstand zu stoßen. Die Einwohner bereiteten den Spaniern einen freundlichen Empfang, doch von Guerrero, den Montejo hier anzutreffen gehofft hatte, war weit und breit keine Spur. Montejo versicherte, die meisten Indios hätten den Namen Guerrero nie zuvor gehört; andere wieder behaupteten, irgendein Spanier lebe in Chetumal. Montejo schickte einen Boten hin, erhielt jedoch von dort keine Nachricht. Bald darauf kam es zur ersten Schlacht, in der mehr als tausend Indios fielen. Montejo glaubte, damit den Widerstand gebrochen zu haben, und errichtete an der Ostküste zwei Stützpunkte, wo er jeweils vierzig Mann Besatzung zurückließ, und segelte nach San Domingo, um Soldaten anzuwerben und mit neuen Kräften die Eroberung fortzusetzen. Doch allerlei Angelegenheiten machten einen längeren Aufenthalt erforderlich, und als er ein halbes Jahr später nach Yucatán zurückkehrte, fand er die Lager verlassen vor, die Garnisonen waren überrannt und die Mannschaften bestialisch massakriert worden. Ein einziger hatte überlebt. Montejos Leute stießen zufällg auf sein Versteck, als sie die Gegend durchstreiften, ein Erdloch, das er mit Zweigen und Blättern bedeckt hatte. Niemand weiß, wie lange er schon so dahinvegetierte, denn er hatte den Verstand verloren und erkannte die Kameraden nicht mehr. Erst allmählich gelang es, ihm zu entlocken, was vorgefallen war. Die Indios wären in Scharen über sie hergefallen, sagte er, und unter ihnen sei Guerrero gewesen, er hätte ihn mit eigenen Augen gesehen; indes habe ich von keinem anderen gehört, der ihn je zu Gesicht bekommen hat, doch alle, die von Guerrero erzählten, beriefen sich fortan auf ihn.

Montejo entschloß sich zu einem Rachefeldzug und drang bis Chetumal vor. Daraufhin kam es im ganzen Land zu Aufständen, und die Spanier hatten alle Hände voll zu tun, um sich gegen die Übermacht zur Wehr zu setzen; doch nicht die Kampfkraft der Indios vereitelte Montejos Erfolg, sondern ein Ereignis, das sich anderswo, weit im Süden zutrug. Die einträglichen Goldminen, die es den Gerüchten nach in Yucatán gebe, hatte man bisher vergeblich gesucht, und nun erreichte die Spanier die Nachricht vom Goldland Peru, das Pizarro entdeckt habe; von da an waren Montejos Leute nicht mehr zu halten. Einer nach dem anderen desertierte, um sich dorthin aufzumachen, wo etwas zu holen wäre, und jeden Morgen mußte er feststellen, daß sein Heer geschrumpft war, weil sich bei Nacht wieder einige davongestohlen hatten. Dadurch wurde die Lage immer bedrohlicher, denn während Montejo bald nur noch eine Truppe von hundert Mann befehligte, ein jeder durch die Strapazen geschwächt und von Hunger und Krankheit gezeichnet, nahm die Zahl der Aufständischen ständig zu. Deshalb zog er sich an die Küste zurück, wo er mit den letzten Getreuen ausharren wollte, bis Verstärkung einträfe. Seite an Seite kämpften sie darum, den letzten Stützpunkt zu halten und damit zu verhindern, daß erstmals in der Geschichte der Conquista ein von Spaniern erobertes Land wieder verlorenginge, doch vergebens; denn als Montejo erkannte, daß nichts anderes dabei herauskommen würde als ein Gemetzel an denen, die ihm die Treue hielten, entschloß er sich zum Rückzug. Und nun hieß es, Guerrero und nicht das Gold des Pizarro habe über Montejo triumphiert; und so schrieb man schließlich Pedro de Alvarado den einzigen Sieg zu, der je über Guerrero errungen worden sei.

Alvarado hatte bereits an der Eroberung von Cuba teilgenommen und war später einer von Cortés Hauptleuten gewesen. Die Indios hatten ihm der rotblonden Haare wegen den Beinamen *Tonatio* gegeben, das ist ihr Wort für »Sonne«, was ihm außerordentlich schmeichelte, da er viel auf sein Äußeres gab und sich immer sorgfältig kleidete. Er gründete die Stadt Santiago de Guatemala, doch die Bodenschätze in dieser Gegend waren rar, und als ihn nun die Nachricht vom Goldland Peru erreichte, rüstete auch er eine Flotte aus und segelte nach Süden. Doch diese Unternehmung stand unter keinem guten Stern, denn als er Quito, den Sitz der Inka-Könige, erreichte, mußte er erkennen, daß ihm Pizarro zuvorgekommen war. Alvarado verkaufte diesem kurzerhand seine gesamte Ausrüstung und verlor im Glücksspiel die Hälfte seines Erlöses gleich wieder. Nach seiner Rückkehr machte er sich an die Eroberung der Provinz Hibueras[1], wo sich die Indios unter ihrem Anführer Ciçumba seit geraumer Zeit gegen die Spanier erfolgreich zur Wehr setzten. Und hier soll sich,

[1] Honduras

will man den Berichten Glauben schenken, jene Begegnung zugetragen haben, die heute zu den seltsamsten Vermutungen Anlaß gibt.

Die Indios leisteten erbitterten Widerstand, und Alvarado entging mehrere Male nur knapp einem Mordanschlag. Man hatte deshalb die Wachen verdreifacht und einen Wall um sein Zelt gezogen, doch der wäre ihm beinahe zum Verhängnis geworden, denn eines Morgens ging ein Hagel von brennenden Strohballen auf das Lager der Spanier nieder, und einige davon trafen Alvarados Zelt und setzten es sofort in Brand. Von überall eilten seine Leute herbei, doch der Wall verhinderte, daß man nah genug herankam, um das Feuer wirksam zu bekämpfen, und gewiß wäre er verbrannt, hätte er es sich nicht zur Angewohnheit gemacht, den Degen immer in Griffweite zu verwahren. Damit hieb er ein Loch in die Plane und rettete sich, so wie Gott ihn geschaffen hatte, ins Freie. Ein junge India, die bei ihm war, kam in den Flammen ums Leben.

Alvarado fluchte und tobte ob der Schmach, die ihm zugefügt worden war, und sann auf Rache; und so verfiel er auf den Gedanken, es den Indios in gleicher Münze zu vergelten und steckte ein Dorf um das andere in Brand. Ob sie da draußen, die sich in den Büschen verkrochen, es denn auch hören könnten, das Schreien der Frauen und Kinder, der Alten, die sie schutzlos zurückgelassen hätten. Wenn sie dem ein Ende setzen wollten, müßten sie endlich wie Männer kämpfen und nicht wie feige Strauchdiebe.

Bald darauf kam es zur entscheidenden Schlacht, in der die Aufständischen vernichtend geschlagen wurden. Immer wieder rannten sie gegen die Stellungen der Spanier an, die damit leichtes Spiel hatten und aus der sicheren Deckung heraus die Angreifer niederstreckten. Ihr Anführer Ciçumba wurde gefangengenommen, wegen Hochverrats verurteilt und auf dem Scheiterhaufen verbrannt. Über alles weitere gibt es die widersprüchlichsten Berichte, die meisten beginnen jedoch damit, daß einer der Soldaten Alvarado von einem Verletzten Meldung machte, der seiner Erscheinung nach zwar ein Indio sei, ihn aber in fließendem Spanisch angesprochen und ihn gebeten habe, Alvarado zu bestellen, daß ihn die Indios seiner Eitelkeit wegen für invertiert[1] hielten; und da es ihm gewiß sei, daß er diesen Tag nicht überleben werde, müsse er diese letzte Bitte eines Sterbenden erfüllen, wozu sich der Soldat, obgleich Alvarados Zorn fürchtend, von dem Verletzten jedoch an seine Christenpflicht erinnert, schließlich habe überreden lassen. Alvarado soll ihn indes ruhig angehört und ihm aufgetragen haben, diesen Mann herbeizuschaffen. Von der Kugel einer Arkebuse[2] tödlich getroffen, habe man ihn auf einer Bahre in das Lager getragen, und die übrigen Soldaten hätten sich darüber sehr gewundert, zumal sein Gesicht tätowiert und er nur mit einem Lendenschurz bekleidet gewesen sei und sie ihn deshalb für einen Indio hielten, mit welchen man für gewöhnlich einen anderen Umgang pflegte. Alvarado habe ihn nach seinem Namen und seiner Herkunft gefragt, und er hätte sich als jener Guerrero zu erkennen gegeben, der vor Jahren als Schiffbrüchiger in dieses Land gekommen sei

---

[1] Heute würde man *schwul* dazu sagen.

[2] Hakenbüchse

und der, nachdem er in Yucatán gegen die Spanier erfolgreich geblieben wäre, sich den Aufständischen in den südlicher gelegenen Gebieten angeschlossen hätte. Es heißt, man habe einen Priester rufen lassen, auf daß der Sterbende die Beichte ablegen und um des Heils seiner Seele willen bereuen möge, er aber hätte davon nichts wissen wollen und seinerseits die Spanier dazu aufgerufen, zu bereuen und um Vergebung zu bitten für ihre Verbrechen. Bartolomé de Las Casas ist durchaus nicht darum verlegen, dies im genauen Wortlaut wiederzugeben, obwohl er zu dieser Zeit im fünfzig Leguas entfernten Santiago de Guatemala weilte, weshalb wir es wohl für eine göttliche Eingebung erachten müssen oder schlichtweg für eine Lüge. Der erlauchte Rat möge sich selbst einen Reim darauf machen. Allein für den Fall, daß ihm dies tatsächlich der Heilige Geist eingab, möchte ich mich abgesehen vom Vorwurf, diesen Umstand nicht gebührend gewürdigt zu haben, nicht auch noch jenem aussetzen, ich hätte da und dort ein paar Silben unterschlagen; deshalb möge Las Casas nun selbst zu Wort kommen, so wie er in seinen Schriften die vermeintlichen Ereignisse darlegt.[1]

»Die Soldaten in ihren eisernen Rüstungen standen vor dem Lager des Sterbenden, und der Priester trat an ihn heran und drang in ihn, doch die Beichte abzulegen, da richtete er sich noch einmal auf und sprach: ›Ich bekenne, daß ich mich von Spanien losgesagt habe und ein Maya geworden bin; ich bekenne, daß ich gegen Euch in den Krieg zog und daß ich, so oft mir die

---

[1] Diese Episode ist im Original nicht überliefert.

Geister der Unterwelt das Leben schenken und ich auf die Erde zurückkehren sollte, es wieder und wieder tun werde und meine Brüder mit mir, bis endlich Gerechtigkeit herrscht und das Land wieder jenen gehört, denen Ihr es gestohlen habt. Du aber, dem sie in Verkennung deines wahren Wesens den Namen Tonatio, die Sonne, gaben, du mögest schmoren in siedendem Teer in der finstersten Hölle, dich verfluche ich, auf daß du nie mehr Ruhe findest jetzt und für alle Zeiten. Der Reichtum, den du anderen abgepreßt, werde dir zur Beschwernis und dein Leben dir eine Last, und sterben sollst du einen qualvollen und schmählichen Tod. Und dein Haus soll mit dir untergehen und alle, die ihm angehören; alles sei getilgt und vernichtet, auf daß nichts an dich erinnere als die Greuel, die du begangen; sie aber sollen für immer eingemeißelt bleiben ins Gedächtnis der Menschen, und du sollst genannt sein als von den Üblen der Schlimmste.‹ Daraufhin sank er zurück und verschied. Von diesem Tag an war Alvarado wie ausgewechselt. Früher ein gern gesehener Gast in Schenken und an den Spieltischen, hielt er sich nun von allen Vergnügungen fern, und wer ihn aufsuchte, fand ihn stets nachdenklich und schwermütig vor.«

Hier legen wir Las Casas wieder beiseite, denn wir ahnen bereits, worauf das hinauslaufen soll, zumal Pedro de Alvarado tatsächlich eines nicht eben rühmlichen Todes starb. Er wurde von seinem Pferd, das einen Abhang hinabrutschte, mitgerissen und dabei so unglücklich an der Brust getroffen, daß er sich davon nicht mehr erholte. Tagelang, heißt es, habe er die entsetzlichsten Qualen gelitten, ehe ihn der Tod von seinen Schmerzen erlöste.

Doch damit nicht genug der Zeichen, wie Las Casas es nennt. Alvarados Frau, Doña Beatriz, trat sein Erbe an und war somit der erste und bislang einzige weibliche Gouverneur in den Ländern Neuspaniens – jedoch nur für einen Tag; denn kaum war die Tinte der Ernennungsurkunde getrocknet, als ein Erdbeben einen Hangrutsch auslöste und die herabstürzenden Felsen Santiago de Guatemala und die meisten seiner Einwohner unter sich begruben. Keiner aus Pedro de Alvarados Familie überlebte, und die von ihm gegründete Stadt war bis auf die Grundmauern zerstört und wurde aufgegeben. Las Casas nennt das *göttliche Gerechtigkeit*; indes vermag er sich nicht recht zu entscheiden, ob er diese Unglücksfälle nicht doch lieber dem Fluch des Guerrero zuschreibt. Am Ende wird er uns gewiß noch einreden, daß dies ohnehin das gleiche sei, und so können wir uns getrost damit begnügen, eine Behauptung zu widerlegen, um auch die andere für hinfällig zu erachten. Deshalb werde ich im folgenden Beweise erbringen, daß es diesen Gonzalo Guerrero nie gegeben hat oder daß bestenfalls ein Träger dieses Namens existierte; daß alle Geschichten über ihn somit frei erfunden sind und daß es demnach müßig wäre, irgendwelche Schlüsse daraus zu ziehen; und zu guter Letzt werden wir jenen zu entlarven wissen, der diese Lügen in die Welt setzte und für ihre Verbreitung gesorgt hat.

Obwohl in manchen Gegenden Guerreros Name häufiger genannt wird als der unseres Erlösers, kenne ich keinen, der bezeugt hätte, diesem öfter begegnet zu sein als jenem. Und selbst die, die an den Feldzügen und Expeditionen teilgenommen haben, welche im nachhinein mit Guerrero in Verbindung gebracht wurden, glauben den Geschichten mehr als ihrer eigenen Erinnerung und behaupten felsenfest, sie hätten damals diesen abtrünnigen Spanier gejagt, der sich den Indios angeschlossen habe und ihr Anführer geworden sei. Doch fragt man einen von ihnen, ob er ihn jemals zu Gesicht bekommen hätte, dann erhält man die Antwort, er selbst nicht, aber er habe von einem gehört ... und mit diesem ist es dann genau das gleiche. Und so habe ich in meinem ganzen Leben noch niemanden getroffen, der Guerrero begegnet ist, bis auf einen, bis auf Gerónimo de Aguilar, der allen von einem Mitgefangenen erzählte, der die Bräuche der Indios angenommen hätte und sich das Gesicht tätowieren und die Ohren habe durchstechen lassen.

Für mich gilt als erwiesen, daß wir all die Jahre gegen einen Mythos kämpften, gegen eine Figur, die erst in Aguilars Vorstellung Gestalt annahm und auf die er die Konflikte übertrug, die er mit sich selbst ausfocht; er erschuf den anderen, der so war, wie er nicht werden durfte. Ob er jedoch auch an dessen Existenz als Mensch in Fleisch und Blut glaubte oder ob er uns nur etwas vormachte, ob er also wissentlich die Unwahrheit erzählte oder infolge zeitweiliger Wahnzustände, das wird wohl für immer ein Rätsel bleiben. Vielleicht hätten uns die Eingeborenen Klarheit darüber verschaffen können, aber wen hätte man fragen sollen? Zamá gibt es nicht mehr, die Stadt der Morgendämmerung ist nur noch eine Ruine, und ihre Einwohner sind fort.

ANHANG

Die Arbeit an diesem Roman wurde von der Kunstsektion des österreichischen Bundeskanzleramtes mit einem Staatsstipendium für Literatur 1999/2000 gefördert.

Editorischer Hinweis:

In der einschlägigen Literatur finden sich Personen- und Ortsnamen in unterschiedlichen Schreibweisen, weshalb der Autor die Entscheidung darüber als das erachtete, was es auch für alle anderen zu sein schien: reine Geschmackssache.

MITTELAMERIKA ZUR ZEIT AGUILARS

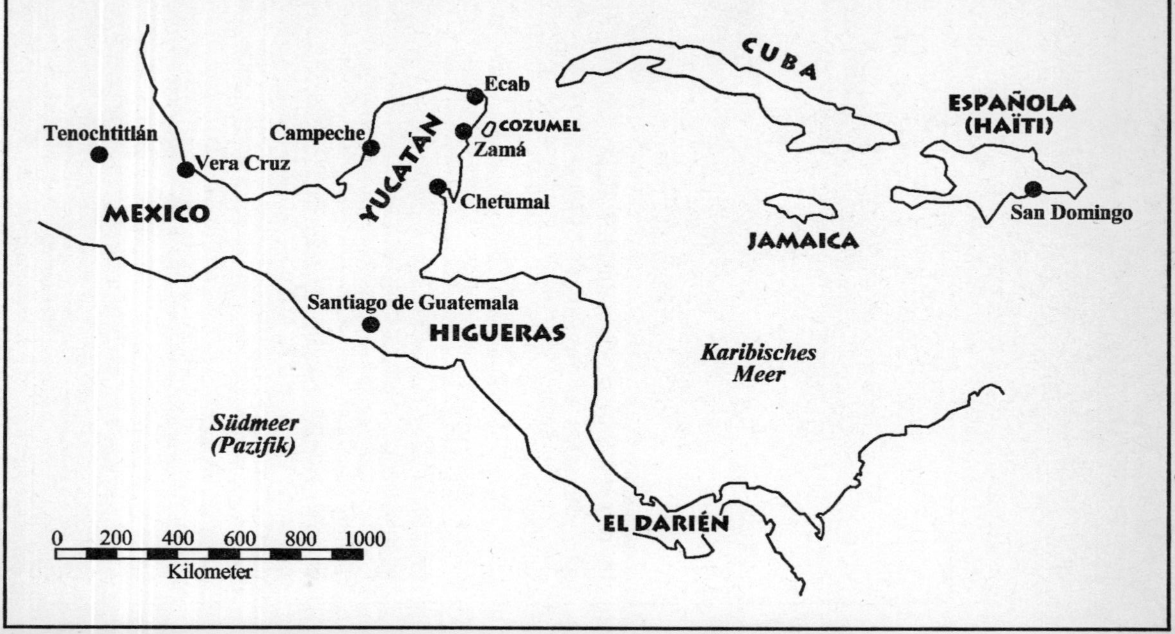

Im Jahre 1194 wird am zweiten Weihnachtstag auf dem Marktplatz von Jesi ein Kind geboren: Friedrich, der Sohn des Kaisers Heinrich und seiner Frau Konstanze. Wild und ungebändigt wächst der Junge in den Gassen von Palermo auf, regiert später als Friedenskaiser das Römisch-Deutsche Reich und stirbt 1250 nach einem erfüllten Leben – und jahrelanger Auseinandersetzung mit dem Papst.
Im Jahre 1284 verkündet ein würdiger alter Mann mit schneeweißem Haar auf dem Marktplatz von Köln: »Ich bin Friedrich der Staufer. Ich bin nicht, wie ihr glaubt, vor vielen Jahren gestorben, sondern nach einer langen Pilgerfahrt aus dem Heiligen Land zurückgekehrt, um Frieden zu bringen.« Die Zuhörer sind erstaunt, welche Einzelheiten aus dem Leben des Kaisers der Unbekannte kennt. Der Mann kann kein Betrüger sein! Aber wer ist er dann?

ISBN 3-404-14431-7

BASTEI LÜBBE

England 1360: Nach dem Tod seines Vaters, des ehemaligen Earl of Waringham, reißt der zwölfjährige Robin aus der Klosterschule aus und verdingt sich als Stallknecht auf dem Gut, das einst seiner Familie gehörte. Als Sohn eines angeblichen Hochverräters zählt er zu den Besitzlosen und ist der Willkür der Obrigkeit ausgesetzt.
Besonders Mortimer, der Sohn des neuen Earl, schikaniert Robin, wo er kann. Zwischen den Jungen erwächst eine tödliche Feindschaft.
Aber Robin geht seinen Weg, der ihn schließlich zurück in die Welt von Hof, Adel und Ritterschaft führt. An der Seite des charismatischen Duke of Lancaster erlebt er Feldzüge, Aufstände und politische Triumphe – und begegnet Frauen, die ebenso schön wie gefährlich sind. Doch das Rad der Fortuna dreht sich unaufhörlich, und während ein junger, unfähiger König England ins Verderben zu reißen droht, steht Robin plötzlich wieder seinem alten Todfeind gegenüber ...

ISBN 3-404-13917-8

BASTEI LÜBBE